btb

Aus Freude am Lesen

btb

Buch

Natürlich ist es lästig, wenn plötzlich eine von den Täubinnen, die kürzlich in dein Haus eingezogen sind, vor deiner Tür steht und sich deine Mikrowelle zum Brüten ausleihen will, aber man will ja die gute Nachbarschaft nicht gefährden. Natürlich ist es ein bisschen unheimlich, wenn plötzlich marodierende Taubenschlägertrupps die Straßen unsicher machen. Aber muss man sich denn in alles einmischen?
Doch was, wenn plötzlich der Obertäuberich in deiner Wohnung steht, und dir zu deinem künftigen Beitrag zur Taubenweltherrschaft gratuliert? Was, wenn du eines Morgens aufwachst und bemerken musst, dass übelriechende Hilfstauben an dir herumdoktorn: Man hat dir Flügel eingepflanzt, weil du der Prototyp auf dem Weg zur Menschen-taube oder zum Taubenmenschen werden sollst. Die Schmerzen sind schlimm, aber noch viel grausamer sind der Obertäuberich und seine Gattin in ihrer Dummdreistigkeit, in ihrem ideologischen Wahn, in ihrer ständigen sexuellen Aufgekratzheit, kurz: in ihrem politischen Knallchargentum. Doch mit der Zeit findest du immer mehr Geschmack daran, im Inneren der Macht zu residieren und an den Formations-übungsflügen teilzunehmen: war Fliegenkönnen nicht immer schon ein Menschheitstraum? Und ist der Geschmack der Macht am Ende nicht doch ein süßer?
Lajos Parti Nagy erfindet in seiner satirischen Parabel dem politischen Irrsinn eine eigene Sprache: mit einem unerhörten, abgrundtief komischen Gelalle der Welteroberungsfanatiker, das Terézia Mora kongenial ins Deutsche übertragen hat, gibt der Roman ein bestechendes Psychogramm terroristischer Politik.

Autor

Lajos Parti Nagy wurde 1953 in Szekszárd, Ungarn geboren. 1979 bis 1986 war er Redakteur der Literaturzeitschrift »Jelenkor«, seitdem ist er freischaffender Schriftsteller und Übersetzer. Parti Nagy begann als Lyriker, bis er Mitte der 90er auch Erzählungen, Romane, Hörspiele und Dramen verfasste. Parti Nagy lebt in Budapest.

Lajos Parti Nagy

Meines Helden Platz

Roman

Übersetzt von Terézia Mora

btb

Die Originalausgabe erschien 2000 unter dem Titel »Hősöm Tere«
bei Magvető, Budapest.

FSC
Mixed Sources
Product group from well-managed
forests and other controlled sources

Cert no. GFA-COC-1223
www.fsc.org
© 1996 Forest Stewardship Council

Verlagsgruppe Random House FSC-DEU-0100
Das für dieses Buch verwendete FSC-zertifizierte Papier *Munken Print*
liefert Arctic Paper Munkedals AB, Schweden.

1. Auflage
Genehmigte Taschenbuchausgabe Dezember 2007,
btb Verlag in der Verlagsgruppe Random House GmbH, München

Umschlaggestaltung: Design Team München
Umschlagfoto: Michael Sowa
Satz: Filmsatz Schröter, München
Druck und Einband: Clausen & Bosse, Leck
MM · Herstellung: BB
Made in Germany
ISBN 978-3-442-73568-6

www.btb-verlag.de

I.

Vor wenigen Minuten sind tausend weiße Vorschüler vom Heldenplatz in die Luft geschossen worden. Ihr entzücktes Gekreisch ist selbst durch das Stimmengewirr zu hören, von meinem Fenster aus sind sie schön zu sehen, wie sie fluoreszierend zwischen den beleuchteten, bauchigen Wolken verschwinden, um eine Minute oder eine halbe später wieder herunterzufallen, der eine schneller, der andere langsamer, je nachdem, ob sich sein Engelsfallschirm geöffnet hat oder nicht.

Der Stromausfall ist gerade zu Ende gegangen, ich schreibe hastig, wer diese Sendung öffnet, wird verstehen, wieso. Es ist acht Uhr durch, abends, die Zeit läuft mir allmählich davon, morgen früh um acht wird mich aller Wahrscheinlichkeit nach eine gewisse Person besuchen, um mich mitsamt des Computers mitzunehmen und ausstopfen zu lassen, eventuell sogar zu häuten: einen ehemaligen Mitmenschen, ja Verbündeten, über den die Sprache des Blutes hinweggegangen ist. Ich habe also sehr wenig Zeit, eine einzige, angebrochene Nacht, spätestens Viertel vor acht morgen früh muß ich dieses verhinderte Skript-Konvolut zusammengestellt und per E-Mail versendet haben.

Was ich in den restlichen Minuten, die mir dann noch bleiben, tue, entscheide ich dann. Ich hätte große Lust, diese ganze traurige Sammlung bis zum allerletzten Zeichen zu löschen, sobald ich sie verschickt habe: Soll sich doch Gewisse Person ein Leben lang in Zweifeln martern, ob nicht vielleicht doch, trotz aller Vorsicht und Manipulation, eine »Originalfassung« irgendwo, bei irgendwem auftaucht; andererseits soll sie sich auch in der unstillbaren, von bodenloser Eitelkeit und Selbstliebe gespeisten Sehnsucht nach ebendieser gefürchteten Version verzehren. Und sie wird sich nicht ohne Grund winden, denn es gibt immer eine Kopie, ein zum Original zerfetztes Exemplar, das wir niemals aufhören zu fürchten, ebensowenig, wie uns danach zu sehnen.

Für die Zukunft also: Falls Sie, lieber Leser, diese Zeilen, zum Beispiel diesen Satz, sowie meine späteren Beobachtungen bezüglich Gewisser Person unter meinem Namen finden, ist jenes Buch identisch mit diesem Skript, welches ich heute nacht zusammenstelle. Falls nicht … hier höre ich auf, denn falls Sie das hier nicht lesen, dann lesen Sie das hier nicht, und können demzufolge auch nicht wissen, daß es so etwas gab oder geben hätte können.

*

Anderthalb, zwei Jahre sind keine lange Zeit, dennoch scheint es mir, als würde sich die Vorgeschichte im Nichts oder wenigstens in einem erstarrten, milchigen Zwielicht verlieren. Es ist seltsam, aber jedesmal, wenn ich sie heraufbeschwöre, werde ich unsicher, mehr noch, mißtrauisch, so sehr, daß ich, im Interesse meiner Glaubwürdigkeit, nicht ausschließen darf, daß mir alles, was ich hier darlege beziehungsweise in unveränderter Form oder Formlosigkeit hierher kopiere, in einer Art langem Traum oder zumindest während eines Traums widerfahren ist. Diese etwas effekthascherische Lösung wäre vor der Kulisse des wiederholten Knallens der Sektkorken und der Engelsraketen nicht gerade verwunderlich, nur eben eine Lüge. Gleichzeitig würde sie meine allerehrlichste, meine fast kindliche Sehnsucht ausdrücken, diese ganze Ereignisreihe, deren Ende ich mich mit tödlicher Geschwindigkeit nähere, möge nur ein »böser Traum« gewesen sein.

Zweifellos war es das Haus, in dem ich damals eine Wohnung mietete, das die Kurhotels meiner wiederkehrenden Träume heraufbeschwor, jene nach Schreien und Engelsfedern riechenden Sanatorien, aus denen ich immer und immer wieder ohne Hoffnung, in Todesschweiß gebadet, floh. Zum Glück gelang es mir aber jedesmal, »im letzten Moment« aufzuwachen – als welkes, halbnacktes Fleisch um ein lange und grämlich schlagendes Herz herum.

Es war ein wahnwitzig überdimensioniertes, ansonsten aber ganz normales Mietshaus, auf den Briefkästen konnten Baseballschläger mitführende Passanten sogar die Namen von Berühmtheiten entziffern, während sie ihr schnelles Bedürfnis verrichteten. Außer dem vergangenen Glanz hatte das Haus eine attraktive Lage vorzuweisen, aus den Fenstern auf der Frontseite hatten alteingesessene wie gelegentliche Mieter einen direkten Blick auf das sogenannte Herz des Landes, was den Besuch gewisser junger Männer verständlich, ja sogar alltäglich machte, die sich nach anderen jungen Männern, vermeintlichen Musikern, erkundigten, genauer gesagt nach mittelgroßen, durchschnittlich aussehenden Instrumentenkoffern, und die mit Recht oder nicht mit all ihren Nervenfasern Zielfernrohrgewehre anstelle der Fagotts und Klarinetten vermuteten.

Hallende Flure mündeten in hallende Flure, und früher oder später führte jeder auf einen Dachboden oder ein Dach, auf verschiedene Dachböden und Dächer, so daß man das ganze Haus als ein in sich zurückgeknautschtes Dach bezeichnen konnte. Auf seinen selbstmörderischen Touren stieß der mutige Stromableser, bevor er aufgab, auf gepanzerte Büros, ausgetrocknete Frisörstudios und Redaktionen, auf eingestürzte Nebenräume und lange, geduldige Klingeln, hinter denen sich himmelstürmende Lustbarkeiten, Taufen und wilde Leichenschmäuse verbargen. Ansonsten herrschte Stille, und auch der Lift, dieser traurige Adamsapfel, fuhr nur selten und trocken auf und ab.

Aber: Ich schwatze hier nur, verschwende meine Zeit mit Kleinigkeiten, dabei ist es schon neun Uhr durch. So entschlossen ich auch bin, scheinbar fürchte ich mich vegetativ, mich mitten hineinzubegeben. Am liebsten würde ich wie ein Kind immer nur vor mich hin sprechen, all das gibt es nicht, es ist nicht da, nicht da, nicht da, es ist nur ein Spiel – aber zum Sprüchemachen ist nun endgültig keine Zeit mehr.

Niemand konnte mir sagen, seit wann und zu welchen Zwecken meine Nachbarn, von denen auf diesen Seiten noch ausführlich die Rede sein wird, den Dachboden nebenan benutzten. Anfangs nahm ich sie, ähnlich den anderen Mietern, wohlerzogen und heuchlerisch nicht zur Kenntnis, obwohl ich, ehrlich gesagt, nicht anders konnte als sie zu belauern wie der Falter die nächtliche Lampe. Oder der Hase die sich nähernden Autoscheinwerfer, so daß es nur dem blinden Zufall zu verdanken ist, wenn das massive und brüllende Gebilde nicht geradewegs auf ihn zuhält, sondern an ihm vorbeizieht und ihn lediglich umwirft und aufwirbelt.

Die ominösen Nachbarn führten ein lautes und großes Haus, zu jeder Tages- und Nachtzeit strömten scharenweise Besucher herbei, manche in Adleranoraks, in Daunenmänteln, andere in Bomberjacken, mit grünen Fußwikkeln und Baseballmützen. Es waren ausnahmslos sportliche, elegante Exemplare, manchmal fürchtete ich, das Dach könnte unter der Last ihrer Geländewagen einstürzen. Oder das Schwimmbassin könnte hinunterrutschen, denn sie spielten gerne und leidenschaftlich Wasserball.

Wenn nach diesen sogenannten »Gruppenmeetings mit Kulturprogramm« zu nächtlicher Stunde noch eine Schießerei ausbrach und die Gegend von heftigen Maschinengewehrduellen aus dem Schlaf gerissen wurde, sprang jedesmal einer von ihnen, mutmaßlich das Familienoberhaupt, ans Fenster und warf theatralisch einen laufenden Fernsehapparat auf die Straße hinaus. Während er die Mutter sämtlicher Besucher brüllend als Nesthure beschimpfte sowie sie selbst als nichtsnutzige Galgenvögel mit ihren Schmalspurwichservideos, unter denen kein einziges anständiges, vorzeigbares Programm zu finden sei, nur Schießereien und Gewalt, was er ab nun nicht mehr bereit sei zu ertragen. Warum man denn nicht lieber Scheikoski höre. An diesem Punkt schlug meist der Fernseher unten auf; ein großer Knall, dann Stille.

Solche Intermezzi waren keine Seltenheit, ich würde sie trotzdem nicht als alltäglich bezeichnen wollen. Auf einen lauthalsen Frühling folgte ohnehin ein ereignisloser Frühsommer, wochenlang waren nur Weinen, Instrumentenklappern und leises Wehklagen zu hören, wie in einer Fleischfabrik oder einer Privatklinik. Unzweifelhaft gingen viele weißbekittelte Typen bei ihnen ein und aus, und auch der Nachbar selbst schien so etwas wie ein Fleischer oder ein OP-Assistent aus dem Militärkrankenhaus zu sein, jedenfalls soweit ich das im Vorbeihuschen hinter dem Milchglasfenster erkennen konnte.

Zu Herbstbeginn »nahmen sie ihren alten Lebensstil wieder auf«, denn auch wenn inzwischen viele ausgezogen waren, waren genug hiergeblieben für »Bisniß und dreckige Politik«, wie es unser armer Hausmeister formulierte, bevor er im Februar in einer psychiatrischen Anstalt in den Bergen verschwand. Er hatte angeblich an einem einzigen Wochenende neunzehn frische Leichen im Liftschacht gezählt sowie eine große Menge Straußen- und Pinguinklein.

*

Obwohl ich das ständige Beben und Balzen, das leidenschaftliche gesellschaftliche und Privatleben meiner Nachbarn schon gut kannte – mit ihnen selbst geredet hatte ich noch nicht einmal auf der oberflächlichen, nachbarschaftlichen Ebene, es gab dafür auch keine Gelegenheit, Lift und Treppenhaus benutzten sie nur äußerst selten. Die seltsame Atmosphäre, die daunenwarme Luft, die ihnen hinterherwirbelte, war viel faßbarer als sie selbst. Unter anderem war ich deswegen so überrascht, als an einem Herbstabend meine Nachbarin höchstpersönlich bei mir klingelte, mit einigen bamstigen Neffen und einem Servierwagen an der Seite.

Sie leierte ihren Namen herunter und bat um Sorrylein für die Störung. Ach wo, sagte ich, wo denken Sie hin? Sie stören doch nicht. Ich war überrascht, wie ruhig ich war, als würde ich fliegen oder tauchen, meine Stimme klang offen, leger, griffig: Verfügen Sie über mich, sagte ich zum Persönchen, wie kann ich behilflich sein? Es war erst kurz nach Mitternacht, durch das gebrochene Fenster des Treppenhauses zog in einem breiten Streifen milchiger Nebel herein, auf dem Dach loderten Fackeln, und von weither klang immer wieder verhallend Nationtechno.

Die Sache sei die, sagte meine Nachbarin und wurde rot, also es ginge darum, daß sie fragen möchte, weil sie stecken gerade mitten in einer besonderen und sehr kniffligen ... Brütung, und nachts sind sämtliche Scheißmarkengeschäfte geschlossen, ob ich nicht ganz zufällig die Mikrowelle ausleihen könnte, es muß auch kein Turbo sein. Wenige Tage, und ich bekomme sie total desinfiziert zurück, selbstverständlich ausschließlich für eine ordentliche Ausleihgebühr, ich solle ruhig sagen, was es mache, beziehungsweise wieviel, aber wenn ich wolle, kaufe sie mir das Gerät auch auf der Stelle für den Neupreis ab, die Familie gehe schließlich vor. Allerdings möchte sie mich bitten, dem Ihrigen nichts davon zu sagen, dieser habe genug um die Ohren mit der Welttaubenschaft, warum ihn auch noch damit belasten, Sie verstehen mich.

Sie war ein zu Übergewicht neigendes Geschöpf, noch gut in Schuß, sie zuckte leicht mit dem Kopf, wie sie es alle taten. Sie sah mich kaum an, starrte vielmehr auf mein nacktes Knie. Unter der bröckeligen Puderschicht schien sich eher ein überquellender Schöngeist als eine ehrgeizige Führungskader-Gattin zu verbergen. Zwar hatte sie ein mit Einmachgummi zusammengehaltenes Bündel Zehntausender dabei, war aber kaum überrascht, als ich kein Geld für die Gefälligkeit annahm.

Okeydokey, aber dann solle ich wenigstens ein paar Cognackirschen nehmen, sagte sie und bot mir die Tasche ihres goldfarbenen Hauskleids dar. Aus meiner heißen Tasche, gurrte sie mit mädchenhaftem Lächeln.

Sehr freundlich, sagte ich, aber ich möchte nicht.

Um so mehr sänkjuverimatsch, sagte sie und winkte den kleinen Neffen, die mein abgetakeltes Mikrowellengerät auf den Servierwagen bugsierten und quietschend im Flurnebel davonschoben. Ich hörte noch, wie sie jemanden am Handy anrief, okey Jokey, dann war nichts mehr, außer jenem sonderbaren Duft, dem Flattern und der zugigen Stille.

Da stand ich nun im leeren Flur, benommen, alleine, als wäre ich gerade aus einem Traum erwacht. Ich schloß mich ein, legte mich hin, aber ob ich schlief, weiß ich nicht mehr. Bis zum Morgen stand ich jedenfalls zweimal auf und ging in die Küche, doch beide Male fand ich nur ein verwaistes Viereck im Regal mit den blassen Kreisen, die die Gummifüße des Geräts hinterlassen hatten.

*

Obwohl ich, was die Vorgeschichte anbelangt, im allgemeinen etwas in Verlegenheit bin, gehört es wahrscheinlich hierher, daß ich einige Wochen später von einem merkwürdigen Schmerz aus dem Nachmittagsschlaf gerissen wurde. Die alte Wunde an der Schulter schmerzte, jenes weizenkorngroße Loch, das ein Schwan vor mittlerweile fast zehn Jahren hineingebissen hatte. Es stach und pochte, als wäre es frisch, und im Badezimmerspiegel konnte ich sehen, daß es auch einen Tropfen kalten Blutes aus sich herausgeschwitzt hatte. Ich werde es im Traum gekratzt haben, dachte ich, und bis zum Abend vergaß ich die Angelegenheit vollkommen, trotzdem, das war der Moment, als ich das erste Mal dieses unbequeme Gefühl hatte, daß das noch nicht alles gewesen ist, daß es irgendwo noch unverknüpfte Fäden gibt – eine Ahnung, die seitdem zu mir gehört wie eine zweite Haut. Es ist dasselbe Gefühl, das man hat, wenn man etwas Seltsames im Computer findet, Spuren eines geheimnisvollen Manövers, das man selbst nicht durchgeführt hat. Es kann zwar keiner dringewesen sein, trotzdem: Es war jemand da.

Außerdem vernahm ich damals das erste Mal diesen durchdringenden Domestos-Geruch.

Doch abgesehen davon sah ich sie lange Zeit nur auf der Straße und auch dort meist in geschlossener Formation. Im Gegensatz zu unserem Hausmeister führte ich keine Statistik, aber ich kann mit Sicherheit behaupten: Sie wurden von Tag zu Tag mehr. Zumindest schien ihre Gruppenausdehnung größer zu werden, wenn man so will, ihre Rassenkörper-Rohmasse, und sie liebten es ausgesprochen, in Gruppen aufzutreten.

Ihre Zunahme, die Tatsache, daß auch jeder einzelne unter ihnen dicker und größer wurde, konnte ich sogar im Vorbeigehen, aus dem Augenwinkel erkennen. Diese angespannte, wenngleich periphere Art der Aufmerksamkeit griff in der Stadt immer mehr um sich, auch mir wurde sie zur Routine, denn es empfahl sich nicht, sie frontal anzuschauen oder gar zu fotografieren. Wirklich nicht, ich kannte mehrere Fotoreporter, die nur noch ein Auge hatten.

Ohne Zweifel platzten sie auch in der Freizeit schier vor Energie. Wenn sie es überdrüssig waren, sich gegenseitig bis auf den blutigen Skalp zu deckeln, zertrümmerten sie, quasi als Beweis ihres Raumanspruchs, das eine oder andere Schaufenster oder brachen einen Ostwagen auf. Der Hausmeister erzählte, er sei Zeuge gewesen, wie sie einmal einen zum Glück leeren Kinderwagen auseinanderpickten, als wäre er eine liegengelassene Mohnschnecke.

Und wenn sie den Dienst antraten, sich aufplusterten und geordnete Formationen annahmen, wechselte man besser die Straßenseite. Anfangs hatten sie, so sind zumindest meine Erfahrungen, simple Passanten höchstens ein wenig geneckt, aber auf Zigeuner, Neger, Juden hatten sie es entschieden abgesehen. Ich könnte es auch so sagen: auf die, die historisch bedingt mehr Angst vor ihnen hatten.

Hören konnte man natürlich allerlei, in manchen Gegenden sollen blutige Schlägereien an der Tagesordnung gewesen sein, in Újpest haben sie angeblich einen Geflügelladen und in Ferencváros eine Ziervogelhandlung verwüstet, und es wurden auch regelrechte Horrorgeschichten geflüstert über sogenannte »Zigeunerbraten-Klubs« und »Tote-Oma-Partys«. Zwar neigt Gerede zu Übertreibung, und Konfabulieren ist ein elementares Interesse der Medien, aber ich habe selbst gesehen, wie sie einmal am Kossuth-Denkmal eine alte Frau packten und auf die Schulter dieses rechtschaffenen Staatsmannes setzten. Da saß sie mit ihrer Windjacke, eine Gymnasiallehrerin, kreischend, bis zum Ellbogen in ihrem Wecken Brot versunken. Zum Glück war gerade Sitzungsperiode, und die Polizisten entfernten sie sehr schnell.

Die Rivalität zu den Möwen war allgemein bekannt, es kam regelmäßig zu Zusammenstößen, oft vor Publikum, und einmal war ich Zeuge, wie sie einen armen, wirren Liedsänger, der schrill und unmißverständlich die Möwen anfeuerte, kirrend umzingelten und in die Donau hineintrieben. Der Fachausdruck dafür ist: Wasserspiele, die haben hierzulande eine schöne Tradition. Die alte Frau wurde später verurteilt, der Sänger kam mit dem Ertrinken davon.

Ich glaube, das war alles, was ich von den damaligen Randalen mit eigenen Augen sah, und soviel kann jeder sehen. Die Welt ist ein häßlicher Ort, und in Osteuropa ist eine Metropole an der Jahrtausendwende eine so zusammengewürfelte graue Masse, rauh und ungeduldig, sie wird von Wahnsinnigen, Fanatikern und Engeln bewohnt, wie wir es alle sind.

*

In einer Großstadt stellt sich auch die Frage, wer warum welchen Platz in der Nahrungskette einnimmt. In einer der letzten Ausgaben der *Paloma* gaben mehrere Teenager zu, auf Partys und bei anderen geselligen Zusammenkünften schon einmal einen Menschen oder ein anderes Säugetier gegessen zu haben.

*

Als ich eben über meine Nachbarn sprach, sagte ich nicht die volle Wahrheit, das heißt, ich sagte über mich selbst nicht die volle Wahrheit, denn vergebens hatte ich versucht, es zu verheimlichen, mich dafür zu schämen, ich interessierte mich vom ersten Moment an leidenschaftlich, ja mit fast schon perverser Intensität für sie, nicht zuletzt in sprachlicher, also schriftstellerischer Hinsicht.

So intensiv das Interesse des Schriftstellers ist, so grausam und heuchlerisch ist es auch. Grausam, denn es verbraucht im brutalsten Sinne des Wortes sein Thema; wenn er es liebt, dann tut er das nur im Verhältnis seines Nutzens. So gehören Neugierde, oder nennen wir es: Ausspähen und Liebe zusammen. Und heuchlerisch ist das Interesse des Schriftstellers, weil es von geheimnisvollen Zielen geleitet, die ich vielleicht gar nicht Ziele, eher Gründe nennen sollte, Gründe im babylonischen Stundenhotel der Seele, gar nicht das Thema selbst nutzt, sondern irgendein zwielichtig und subjektiv umgemodeltes Zerrbild dessen.

An dieser Stelle sei nur soviel gesagt, daß ich mich von Anfang an von ihrer furchterregenden und lächerlichen Art angezogen fühlte, vom steingrauen Pomp und der Armseligkeit, der schier grenzenlosen Selbstsicherheit, die sie, als ihr innerstes Triebwerk, mit jeder Art von Tand, jeder Art von Abfall anzuheizen bereit waren; und ich fühlte mich angezogen vom Geheimnisvollen, jener heißen Zusammengehörigkeit, aus der sie Kraft schöpften und die sie unverschämt und unverhohlen ausstrahlten.

Jetzt erst sehe ich, wie gut eine damalige Notiz, die ich, von einer libidinösen Furcht geleitet, verfaßt habe, zum Thema paßt; wonach die Maus, die sich selbst von vornherein Angst vor der Katze macht, nicht nur für das Unabwendbare trainiert, sondern mit wachsendem Ekel und Neugier das Adrenalin erhöht und damit das eigene Fleisch süßer macht, woran sie, als eine Art seelischer Kannibale, auch noch ihre Freude hat, wovon sie dann endgültig von Ekel erfaßt wird, was natürlich noch mehr Adrenalin und noch mehr Süße nach sich zieht und so weiter. So spielen sie miteinander bis zum Wahnsinn, zur Ohnmacht, jeder seine eigene mausgroße Katze und katzengroße Maus …

Ich bin schon ein merkwürdiger Zeitgenosse, glaube ich. Als Schriftsteller interessiert mich alles, was deformiert und verdorben ist, alles, wovor es mir mit meinen »zivilen« Reflexen graut oder was ich auch nur mit Vorsicht zu genießen wage; aber es interessiert mich nicht in erster Linie, weil ich es etwa wild und leidenschaftlich verstehen wollte, o nein, man hat genug Arbeit, sich selbst zu beobachten und bis zu einem gewissen Grad zu verstehen, es geht vielmehr darum, mit diesem überschäumenden Interesse die Schlucht aufzufüllen, die naßkalte Schlucht der eigenen Angst, die sich zwischen mir und einem anderen Lebewesen auftut, sie aufzufüllen, mehr noch, einen Wall aus anbiederndem Plunder und leutseligen Loyalitäten zu errichten, und all dies nur deswegen, weil ich mich unversöhnbar fürchte, nicht zuletzt davor, daß mich gerade diese nackte Angst aggressiv machen könnte, so daß ich im Endeffekt eine leichte Beute oder ein Dummy für jeden Gegner wäre, aber das führt zu weit, es hat auch jenen zu weit geführt, über den ich hier eigentlich schreibe.

*

Mein Leben war von Erschrockenheit und Unverständnis beherrscht, Tag für Tag mehr, aber ich befand mich im Schnittpunkt von Anziehung und Abstoßung, um einer langen Erklärung mit einem schwachen Allgemeinplatz zuvorzukommen. Verständlich, daß all diese Gefühle und Widersprüche die schriftstellerischen Phantasmen nur noch süßer und den fast schon körperlichen Wunsch schmerzlicher machten, diese übertourige, unansprechbare Jahrtausendwende, und sei es nur in der Phantasie, zurückzulassen und mich an den Anfang des Jahrhunderts zurückzuflüchten in ein Kurbad in den Bergen – wer weiß, ob es jemals im Leben dazu kommen wird.

*

Direkt gelauscht habe ich nicht, das würde ich so nicht sagen. Das heißt, es war nicht direkt erforderlich, das Ohr oder ein Diktaphon an die Wand zu pressen, meine Nachbarn waren ziemlich laut, und wenn mich das eine oder andere interessantere Satzfragment oder die Wortwahl aufhorchen ließen, reichte es, das Radio oder den Fernseher leiser zu stellen, und schon konnte man alles hören, vom leisesten Gurren bis zum kleinsten Aneinanderstoßen der Kropfsteine.

Denke ich heute an diesen Herbst und den frühen Winter zurück, fällt mir überhaupt nicht nebenbei ein, daß ich die Stimmen, obwohl die Tubitzas nebenan wohnten, immer ein wenig von oben her hörte und seltsamerweise auch noch gestreut, mit Echo, als kämen sie aus einer Kuppel oder einem in den Himmel gebohrten Brunnen. Neurochirurgen und Radiotechniker wissen genau, was ich meine, wenn ich sage, meine Nachbarn sprachen reichlich »von unter Wasser«.

Was natürlich – und nicht zum ersten Mal – die Frage bezüglich des Status meiner Erlebnisse aufwerfen könnte, aber ich werfe sie trotzdem weiterhin nicht auf. Ich will keine Zeit verplempern; damals interessierte es mich nicht, und heute bin ich nicht mehr in der Lage zu entscheiden, über was oder wen mein weinerlicher, ungehaltener Nachbar eines Spätnachts folgendes sagte: »Na und, was denn?, was, verfickte Taubenscheiße, ist schon groß passiert? Drei Penner saßen auf dem Budapester Freiheitsplatz, Blick zum TV. Sie waren groß wie sie eben groß waren. Was zum abgelutschten Fummel soll daran Gefährdung gewesen sein?«

Darauf folgte jenseits der Wand ein verworrenes und meinen Notizen zufolge »nicht rekonstruierbares« Telefonat, mein Nachbar kirrte, bulikte, klopfte wild auf den Hörer, brüllte Sachen wie »der Zentralrat kann mich mal an der Kloake lecken«, dann, nach einer kleinen Pause, »in dem Fall solltest du auch nicht vergessen, mit wem du redest, Kumpelfreundchen!«. Schließlich sagte er überraschend leise und ruhig zu seinem Streitpartner: »Ist gut, Kollege Morgenistzahltag, ich hab verstanden, aber einverstanden bin ich nicht«, und knallte den Hörer auf.

Über die anderen Hausbewohner äußere ich mich nicht, aber was mich anbelangt, ich konnte lange nicht einschlafen, denn mein Nachbar entledigte sich der aufgestauten Spannung außerordentlich lange und frustfröhlich. Zuerst ließen sie mit dem zwischenzeitlich herbeigeströmten Freundeskreis einfach nur die Sau raus, brüllten unter Synthesizerbegleitung fünfzigmal ihren Marsch mit den Titel

»Die bufti Gene«, anschließend kneteten sie schuhgroße Schneemänner, schmissen sie in den Luftraum der Straße hinaus und versuchten, sie aus verschiedenen Waffen zu treffen.

Gegen halb vier in der Früh hörten sie mit der Ballerei auf, und zwar von sich aus, mehr noch, sozusagen ausgesprochen aus Kulanz, denn umsonst war vorher die Streife gekommen, die Adlerboys konnten den Polizisten eine gültige Erlaubnis für Zielschießen mit Schalldämpfer vorlegen. Aber sei's drum, sagten sie, wenn es den großohrigen Mitbewohnern gegen den Strich geht, wollen sie hier mal nicht einen auf radikal machen. Ehrenhalber ließen sie auch den diensthabenden Streifenpolizisten »Den Genen was verbieten kann man nicht« mitsingen und begaben sich zur Ruhe.

*

Vielleicht lag es am Schnee, am ersten Schnee, der sich einer verhuschten Malerbrigade gleich seit dem Morgen durch Budapest arbeitete, am nächsten Tag jedenfalls schrieb ich, inspiriert vom Telefonat meines Nachbarn, die folgende Glosse und ließ sie in einer mir nahestehenden Wochenzeitung abdrucken, derselben, auf deren Hof vor kurzem unbekannte Täter Handgranaten geworfen haben:

Drei Obdachlose saßen am Budapester Freiheitsplatz, ihr Blick hing am TV.

An der Ecke vor der amerikanischen Botschaft traten wie gewohnt Polizisten mit Maschinengewehren auf der Stelle, pusteten in den Plastikkaffeebecher vor ihrem Mund

und starrten in den Himmel, in des Herrgotts verrieselten, traurigen Bildschirm. Die Erscheinung wurde das erste Mal um 9:30 Uhr von Polizeiobermeisterin Henrietta Kis registriert, und zwar dergestalt, daß sie, diesmal in einer Angelegenheit privater Natur, einen Blick in den Bombenprüfspiegel warf. Mit Freude stellte sie fest, daß das Auge, mit dem sie vorgestern nacht gegen den Punchball im Schlafquartier gelaufen war, schön verheilte. Warum nicht Punchball, zumindest sagte sie das ihren Kollegen, sie sei im Wohnheim dagegengelaufen, als sie unterwegs zum Waschraum war, na klar, warum nicht, wenn sie nötig mußte? – die Wahrheit hätte sowieso keiner geglaubt.

Sie untersuchte mit hoch hinaufgekniffenem Lid die winzige, mittelmäßig blutige Sülze und sah mit Wohlgefallen, daß sich die Häßlichkeit verzogen hatte, und was noch da war, hätte sie sich ebensogut an einem Discosamstagnachmittag aufschminken können, obwohl nur ein geschminktes Auge immer verdächtig ist. Mit einem Wort, sie war zufrieden und hätte sich gerne länger betrachtet, aber ihre wohltuende Beobachtung verzwergte nun im wahrsten Sinne des Wortes vor dem Schauspiel, das sich ihr bot.

Ohne ihre Kameraden durch Zuruf zu informieren, drehte sich das mittelgroße, kurzbeinige Geschöpf um und steckte sich eine Zigarette an, dank der gesprungenen Lippe heute erst die vierte. Sie schüttelte das Streichholz aus und kniff sich heimlich in den Unterarm; vergebens. Sie holte ein paarmal leise tief Luft und fragte schließlich flüsternd ihre beiden wortkargen Kollegen, ob die Kameraden dort drüben nicht auch etwas Außergewöhnliches sähen? Diese ließen blaß den ausgekühlten Kaffee in den Bechern glucksen, und ihre offenen Münder verrieten alles. Doch, verflixtundzugenäht, ehrlich gesagt, sehen sie es auch, sie dachten bloß bis jetzt, daß … daß sie nicht richtig sehen, daß sie vom Schnee geblendet sind. Aber scheinbar sind sie nicht geblendet, sondern hier ist etwas oberfaul.

Sie repetierten die Maschinengewehre und gingen in den Kniestand, so wie sie es gelernt hatten.

»Es könnt' noch sein, daß es so Reklamedinger sind«, sagte der eine. »Heißluftballons, zum Beispiel, man bläst sie so großförmig auf, und dann trinken sie Nescafé oder so. Instantsuppe.«

»Das hätte man aber anmelden müssen, weil das ist eine Luftraumaktivität«, sagte der andere. Sie froren am Knie, außerdem wirkten sie vollkommen lächerlich an diesem stillen Vormittag, im Schneefall. Insbesondere da diese dort drüben ruhig vor dem sowjetischen Kriegsdenkmal auf der Bank saßen.

Es verging etwas Zeit, bis man einige Fragen des Sprachgebrauchs geklärt hatte. Was es denn sei, was sie da sähen und mit was für Worten sie es offiziell beschreiben könnten. Schließlich erhielt die Entdeckerin, Obermeisterin Henrietta Kis, den Befehl, über Funk die Zentrale anzurufen.

»Obdachlose«, meldete sie. »Drei obdachlose Bürger.«

»Na und, Goldstück«, sagte eine nervöse, schlüpfrige Stimme, »na und?«

»Die Sache ist nur so, daß sie zirka so groß sind wie die Botschaft. Oder die, wie heißt die noch gleich, die Nationalbank … Zumindest im Sitzen. … Ja, im Sitzen, glauben

Sie mir, da steht eine riesige Bank, das heißt, sie ist mitgewachsen, völlig maßstabsgerecht ...«

Henrietta Kis hätte gerne weiter erklärt, aber die Zentrale unterbrach sie, der Diensthabende wollte einen »gewissen Lajos« sprechen.

»Ihr habt schon wieder zugelassen, daß sie trinkt«, brüllte die Stimme ins Ohr des blassen Polizisten.

»Melde, wir haben sie überhaupt nicht gelassen, und diese Dingse sind wirklich hier«, sagte der Polizist. »Und wir bitten um Befehl oder Maßnahmen, aber am besten wäre ein Kommandowagen, wenn der rauskommen könnte.«

An dieser Stelle tönte sehr Häßliches aus dem Walkietalkie, und die Zentrale unterbrach die Verbindung. Dabei ist »Kommandowagen« so ein schönes, weiches winterliches Wort, wie Maronibraterei oder Ohrenschmalz. Wie Schlittenglocken.

»Die da drin sagen, wir sind besoffen«, teilte Gewisser Lajos trocken mit und stand auf. »Aber was für Maßnahmen es geben soll, das haben die Scheißer nicht gesagt. Ausweiskontrolle, zum Beispiel. Oder in wem seinen Zuständigkeitsbereich das jetzt gehört.«

Hinter den Fenstern der Botschaft standen attraktive Männer mit intelligenten Gesichtern, Blitze blitzten, handtellergroße Kameras surrten. Goldfarbene Frauen setzten braune, rote und gelbe Kinder auf die Fensterbank, bis, als geschehe es auf Kommando, alle auf einmal verschwanden und sämtliche Rolläden heruntergelassen wurden.

Später, als in den Nebenstraßen die Sirenen aufheulten, horchten die drei auf der Bank auf, sehr überrascht waren sie aber nicht. Sie zogen nur den Kanister mit dem Wein näher an sich heran, und der eine, der jüngere Mann, fing an, auf etwas zu zeigen, vielleicht auf das Parlament, vielleicht zu den Blinklichtern der Polizeiwagen. Schließlich und endlich blieben alle drei sitzen und steckten sich im Schneefall eine Zigarette an. Es schien, sie unterhielten sich, aber man konnte nicht hören, worüber, obwohl Stille über dem Freiheitsplatz lag. Große Stille und der Rauch der Sophiane-Zigaretten.

Bis zum Nachmittag waren die Augen der zivilisierten Welt auf Ungarn gerichtet, die Fernsehgesellschaften hatten die Häuserdächer belagert, und der Innenminister war mit einem Heer an Begleitern am Ort des Geschehens eingetroffen. Man meldete ihm, daß außer dem Vorkommnis selbst keine außergewöhnlichen Vorkommnisse zu vermelden seien, lediglich ein kleinerer Schaden sei entstanden, als während des Legitimierungsvorgangs ein Personaldokument der Hand der Zielperson entglitt und wegen seines proportional großen Gewichts einen bösen Blechschaden an einem Mitsubishi Pajero verursachte, zum Glück handelte es sich nicht um ein Botschaftsfahrzeug.

Es war der übereinstimmende Wunsch des ungarischen Ministerpräsidenten und des amerikanischen Präsidenten, daß Verhandlungen aufgenommen und die betroffenen Bürger friedlich, jedoch um jeden Preis vom ominösen Ort entfernt würden. Ersteren erreichte die Nachricht in Hajdúhadház während eines Helikopterstarts, letzteren in Washington, und ihre Verblüffung wurde nur noch von ihrer Umsichtigkeit und ihrer Fähigkeit, den Überblick zu wahren, übertroffen.

Als sich der Korb des Kranwagens in die Höhe hob, konnte man jede einzelne Schneeflocke fallen hören.

»Was in Dreigottes Namen haben Sie denn zu sich genommen, daß Sie so groß geworden sind?« fragte der Oberstleutnant und Psychologe, um erst einmal den richtigen Ton anzuschlagen.

»Na ja, Kekse und Maltesersemmeln.«

»Und was noch?«

»Und, na ja, den geschenkten Wein«, sagten die Angesprochenen zögerlich.

»Was soll das heißen, geschenkt? Wer hat ihn wem geschenkt und wie?« fragte der Oberstleutnant.

Das könnten sie nicht so genau sagen, trugen die Obdachlosen vor. Im Grunde haben ihn am Morgen vier kleine Bengel vorbeigebracht, Tauben, zumindest so dem Aussehen nach. Sie hatten Adleranoraks an, hübsche Bomberjacken, und weiße Schnürstiefel, aber sie haben sich nicht offensiv geprügelt, sondern gaben ihnen den Wein, unter Brüdern, absolut als Geschenk. Im Kanister zwar und fast bis unten rosarot, aber einwandfrei halbtrocken.

»Und davon sind sie dann angesprungen, was, die Gene?« Der Experte versuchte sich in Ironie. »Gewachsen sind sie. Die bufti Genc, was?«

»Sieht so aus«, sagten die Obdachlosen. Was das anbelangt, seien sie keine Experten, sie haben bloß ein wenig am Rosé genippt, so lange, bis es auf einmal passiert ist. Sie sind gewachsen. Oder das Land ist geschrumpft. Aber egal, ist eh nur das Delirium, gleich vorbei.

»Na, Ihr Wort in Gottes Gehörgang«, sagte der Oberstleutnant. »Können Sie aufstehen?«

»Die Hildi kann«, sagten sie, und eine von ihnen, eine Frau im Skianzug, hievte sich reichlich wackelig hoch. Es war ein Moment der Anspannung, im Schutze der Wolken spannte sich auf den Wangen der Scharfschützen die Haut. Sie spannte und entspannte sich. Das mittelalte, beschwipste Geschöpf hickste. Sie war etwa so groß wie das Gebäude der Nationalbank, vielleicht um ein Mnü größer. Sie machte zwei Schritte nach links, zwei nach rechts und sang folgendes Lied:

»Ja, so ein Mädel, ungarisches Mädel, geht mir nicht aus dem Schädel, geht mir nicht aus dem Sinn.«

Sie drehte sich ein paarmal vorsichtig im Kreis, winkte mit einem imaginären Taschentuch und ließ sich mit einem Kracher wieder auf die Bank plumpsen. Darüber lachten sie minutenlang, ihre betrunkenen Mäusestimmen piepsten durcheinander in den staubigen, raschelnden Baumkronen. Die Gefährten schlugen Hildi auf die Schulter, drückten ihr ungeschickte Küßchen auf die Mütze. Als Gegenleistung ließ sie den Kanister herumgehen, sie selbst trank auch, schnalzte, nahm schließlich den Kanister in den Schoß und umarmte ihn. Daß der Kanister bleibt, war Bedingung, sonst könne von Verhandlungen und von Sichruhigverhalten keine Rede sein.

Gegen drei Uhr teilte einer der Männer mit, er müsse austreten, und entweder rufe man den Dr. Czeizel her, um ihm die Gene wieder rückgängig zu machen, oder man lasse ihn hinter das Fernsehen gehen, damit er sein Geschäft erledigen könne.

»Das fehlte noch«, schnarzten die Zuständigen, die die Ereignisse über Funk verfolgten.

»Wieso nicht gleich auf den Kossuth-Platz«, murmelte jemand und schwitzte schon beim bloßen Gedanken.

Der Helikopter des Ministerpräsidenten war gerade gelandet. Letzterer nahm nach einem kurzen, konstruktiven Gespräch Abstand von seinem Plan, Gefahr hin oder her, mit Hilfe eines Kranwagens und eines Helms den großgewachsenen Bürgern die Hand zu schütteln.

Kurz vor Einbruch der Dämmerung teilte die Person namens Hilda dem stellvertretenden Staatssekretär, der die Verhandlungen führte, mit, wenn der Berci jetzt nicht sein kleines Geschäft machen könne, würde sie das sowjetische Kriegsdenkmal packen und zerbrechen. Und geb's Gott nicht, daß sie's anschließend irgend jemandem vor den Latz knallt. Oder rein zufällig über dem TV fallen läßt. Man habe die Wahl.

Sie tranken kontinuierlich, ein wenig bitter vor sich hin, der Inhalt des Kanisters nahm rasant ab, trotz der Risiken mußte gehandelt werden, bevor die Verdächtigen endgültig betrunken wurden. Bis zur Nacht hatte der Krisenstab unter Hinzuziehung amerikanischer Experten einen konkreten Plan ausgearbeitet.

»Muß der Berci sehr nötig?« rief der Oberstleutnant und Psychologe ins Megaphon.

»Sehr«, klang die dünne, windverwehte Stimme aus der Höhe.

»Himmelarschundzwirn«, sagte der Experte aufmunternd. »Na dann packen wir's jetzt und trotten hübsch artig und kollektiv an einen abgelegenen Ort«, setzte er fort und erklärte geduldig, zuerst auf Ungarisch, dann auf Englisch, was zu tun sei. Nach kurzem Zögern und Mißtrauen zeigten sich die Betroffenen schließlich bereit, unter ausreichender polizeilicher Sicherung langsam und in Ruhe, immer hübsch vor die Füße schauend, es jagt uns ja keiner, zum Népstadion, dem für sie bestimmten Aufenthaltsort, zu spazieren.

»Dort sehen wir dann weiter, Freunde.«

Der Sprecher des Innenministeriums sagte in den Frühabendnachrichten, man habe sich im Verlaufe der Aktionskonsultation unter allen optional zu Verfügung stehenden Standorten deswegen für das Objekt ›Volksstadion und angeschlossene Einrichtungen‹ entschieden, weil dort all jenes Minimum gewährleistbar sei, auf das sowohl die unter Bewachung Stehenden als auch die Ordnungshüter angewiesen seien, erklärte er, im Klartext: Beleuchtung, warmer Tee und Wasserwerfer. Er freue sich, der öffentlichen Meinung des Landes mitteilen zu können, daß alles flott und ohne außerordentliche Vorkommnisse vonstatten gegangen sei, lediglich die weibliche Delinquentin habe sich in Höhe des Ostbahnhofs plötzlich trotzig gestellt, wollte unbedingt nach Hajdúszoboszló reisen, aber nach einem neuerlichen Gespräch habe sie von diesem Plan Abstand genommen.

Sogar auf den hektischen, unterbelichteten Fernsehaufnahmen konnte man sehen, daß die Sensationen des Tages ziemlich erschrocken ob des großen Rummels waren. Stumm trotteten sie im dichten Schneefall über die abgesperrten Straßen, ihre opalfarbenen Tüten und der Kanister wurden ihnen von einem Feuerwehrauto mit Blaulicht hinterhergefahren.

Die Nacht verlief ruhig, man ruhte sich aus. Im Schlaf,

wann, das weiß keiner so genau, irgendwann gegen Morgen, schrumpelten sie zusammen, wie eine verlassene Quetschkommode. Der Riesenwuchs ging vorbei, wie er gekommen war, oder das Land war größer geworden, jedenfalls erwachten die Betroffenen nur schwer, streckten die pelzigen Zungen und verstanden nicht, was das Einsatzkommando, die bereiften, stummen Polizeiwagen sollten. Seitdem sitzen sie aneinandergeschmiegt an der Mittellinie und sind nicht größer als jeder andere auch.

*

Oben, zwischen den aufeinander angewiesenen Dächern, gravierte der morgendliche Frost oft Entenfüße an meine Fensterscheibe. Hinter den Schwimmhäuten dämmerte eine zerbrechliche und unerbittliche Welt, und manchmal befürchtete ich, sie würden nie mehr wegschmelzen, sondern das Fenster mitsamt Rahmen eintreten, und ich würde von der Zugluft, diesem winterlichen Industriestaubsauger, hinausgesogen.

Es war so ein eisiger Morgen, als es das erste Mal an mein Fenster klopfte, übrigens genau an dem Tag, als ich ein grob herausgerissenes Exemplar meines Artikels zerknüllt und mit unmißverständlichen braunen Schlieren versehen in der Öffnung meines Briefkastens fand. Zwar war es nicht alltäglich, als metaphysisches Klopfen würde ich es auch nicht bezeichnen wollen, eher als bescheiden und abwartend, ich konnte meinen Gast sogar undeutlich sehen, seinen beleibten Schatten, wie er sich reckte und sich immer wieder an die Seite griff, um die Handfeuerwaffe am Herunterfallen zu hindern. So geht's einem, wenn man die Pistole an der rutschigen Jogginghose festmacht, dachte ich später, erheblich später, als mein Zittern nachgelassen hatte und ich den Besuch zur Sicherheit aufschrieb.

Dementsprechend war ich nicht verwundert, meinen seltsamen Nachbarn Cäsar Tubitza auf dem Sims trippelnd vorzufinden. Er lächelte, soweit es mit seinem scharf geschnittenen, mißtrauischen Gesicht eben möglich war. Die wulstigen Lappen am weichen Ende des Schnabels zitterten von dem stechenden Etwas, das ihr Besitzer als Lächeln gedacht hatte. Da haben wir also die berühmte Adlernase, dachte ich, über die ich durch die Wand schon so viele wilde und stolze Sätze gehört habe. Ich sah es förmlich vor mir, wie das Familienoberhaupt seine Gefährtin jedes Mal verbesserte, das, was du hier siehst, ist kein Schnabel! Ich habe dir gesagt, daß ich eine Adlernase habe, du Grillhuhn! Die Pistole hat einen Schnabel, paß du mal schön auf, daß du ihn nicht bald mal im Mund stecken hast.

All dies war nicht bloße Eitelkeit seitens Cäsar Tubitza, sondern ein Zeichen für Selbstbewußtsein und übersprudelnde Kraft, und wenn er schrie, er werde seine Frau, das schwöre er bei Gott, zu einem Präparator bringen lassen, hielt ich das schon damals nicht für leere Hysterie.

Tubitza nickte, wünschte »Reinen Weizen!« und schwang seinen Flügel zum Gruß. Auch seine Leibwächter, die im Hintergrund Weizengummi kauenden Adlerboys, kollerten etwas.

Guten Tag, erwiderte ich und bemühte mich, den Eiswürfel in meinem Magen zu ignorieren. Wir schwiegen, die Kälte zog in Schwaden herein, kein Wunder, daß mir die Zähne klapperten. Ich sah ihn höflich und erwartungsvoll an, irgendwie mußte ich verbergen, daß ich nicht in der Lage war, etwas zu sagen. Mein Besucher musterte mich lange aus schweren Lidern heraus, kniff die Augen zusammen, trat einen Schritt zurück und dann wieder vor, nickte, kein Zweifel, Taubenhaut ist nun einmal Taubenhaut, ein wenig fettig vielleicht und voller Mitesser, aber er erkenne sie unter Tausenden, vorbildliche Konsistenz, Dehnungsquotient nahezu hundert Prozent, aber er wolle mich nicht mit trockenen Details langweilen, diese könne ich ruhig den Fachleuten überlassen, deswegen sei er sowieso nicht gekommen.

Weswegen dann, wollte ich fragen, brachte aber keinen Ton heraus, statt dessen räusperte ich mich und dachte seltsamerweise mit Erleichterung daran, daß es doch besser ist, daß mein Nachbar betrunken ist. Dabei war es weder besser, noch war es so. Tubitza war kein Alkoholiker. Wie sich später herausstellte, trank er, wenn überhaupt, mit der Seele, er betrachtete es als eine Gegenprobe zur Genügsamkeit, er erlegte es sich auf wie eine Strafe und verachtete zutiefst jede Art von Suchtkrankheit.

So wortkarg aber auch, sagte er und schüttelte den Kopf, so ein verflickt wortkarger Mensch! Zumindest diesmal, nicht wahr. Sonst löst sich einem um so mehr die Zunge. Wenn man dies oder das schreiben soll. In einem Artikel. Einem kleinen Gedicht. Wenn man etwas ausgespäht hat. Zur nächtlichen Stunde. Durch die Wand hindurch. Die am ängstlichsten gehüteten Dinge. Intimitäten eines guten Nachbarn. Geheimnisse. Warum nicht gleich den GV. Das Ficken, entschuldigen Sie das Wort. Bumsen. Vögeln. Dekken. Besteigen. Das alte Reinrausspiel. Gelt, nicht wahr? Da ist nix mehr mit wortkarg, was?

Mein Besucher schwieg, schüttelte lange den Kopf, sah über meine Schulter hinweg ins Zimmer hinein. Hübsches kleines Nest, sagte er und seufzte, affengeil wohnlich. Kleiner Hort am Ufer der Donau, hähä. Auch er sei kein naturreiner Vollbanause, was die Klassiker angeht! Ich werde schon noch sehen. Und, na, das schau sich mal einer an, was für ein panoramamäßiger Ausblick. Auf den Platz der Freiheit und so weiter. Die Themen liegen auf der Straße, was, Kumpel? Aufpumpen und niederschreiben. Der Mensch darf schließlich alles, was? Vorerst, mein lieber Primat, sagte er, vorerst, was nicht für immer und ewig ist.

Hören Sie, sagte ich endlich, zumindest bewegte sich mein Mund, sehen Sie ..., aber er fiel mir ins Wort, ja, ja, der dreckige kleine Artikel. Wenn ich schon so gnädig sei, es zur Sprache zu bringen, nun, er bedanke sich recht herzlich, daß er wegen mir unbekannterweise Schelte einstecken durfte, man habe ihm vorgehalten, ohne Erlaubnis Experimente gemacht zu haben, noch dazu draußen auf zivilem Gelände, aber wenn er schon so eine Pionierlaune habe, wozu es dann auch noch ausplaudern, von wem konkret das Serum stammte, beziehungsweise der Kanisterwein, den die Probanden bekommen hatten? Das, solle ich mir mal vorstellen, habe man zu ihm gesagt, ins Telefon, in seine Fresse hinein. Aber er sei ja selbst schuld! Denn wenn ich ihm wenigstens den Entwurf gezeigt hätte, hätte er mir die ganze Obdachlosenscheiße über den Jordan gehau'n und gestrichen, und es gäbe keine Unannehmlichkeiten und kein Sicherklärenmüssen vor den Seinen. Und noch dazu vor was für Leuten! Weil, das ist jetzt egal, daß es Schlapptauben und Sackspatzen sind, trotzdem, was ist das für eine Art? Die verdammte Scheiß-Pi-Ar noch mal! Ja, darf man denn so was, Herr Nachbar? Ein Schreibgelehrter sollte, bitte um Vergebung, wirklich ein bißchen mehr Verstand haben. Insbesondere, da es auch genanntem Schreibgelehrten nicht egal sein kann, was gewisse wichtige Rassengenossen da oben denken. Sehr wichtige Genossen. Die absolut oben stehen, zum Beispiel auf der Transplantationsliste. Hier stockte er, schlug sich spielerisch auf den Mund, am besten, das hätte ich jetzt gar nicht gehört. Er sei aber auch ein Plapperschnabel! Obwohl er ja gar nichts gesagt habe. Habe er etwas gesagt? Nein.

Bitte um Verzeihung, sagte ich, aber ich verstehe kein Wort, wirklich, kein einziges. Obwohl das vielleicht gar nicht schlimm ist, so geht es allen mal, daß man ein bißchen zuviel trinkt, eventuell ist irgendwas im Wein, nicht wahr, Herr Tubitza?! Er möge mich also entschuldigen, sagte ich und nickte, ich habe zu tun. Und versuchte, fast schon ruhig, das Fenster zu schließen.

Vergebens.

Tubitza stellte seinen vierfingrigen, schwefelgelben Schuh zwischen Fensterflügel und Rahmen und sah mich verschwörerisch an. Sein Atem roch nach vergorener Hirse. Ein lumpiger, zerbrechlicher Fuß, sagte er, leider. Selbst so ein Fenster könnte ihn zu Klump machen, wenn jemand die Absicht hätte, es zu tun. Er denke allerdings nicht, daß sich so eine Absicht konkret formulieren würde. Oder doch?

Darum geht es nicht, sagte ich.

Dann ist's ja gut, meine kleine Schweißperle, sagte er. Und daß ich, als Schriftsteller, Spaß verstehen können sollte, hinfort also mit dieser rabbinerhaften Ernsthaftigkeit, recht habe ich, nur der Dumme renne mit dem Fenster ins Haus, laß uns ein bißchen entspannen an so einem schönen Tag. Eines Tages wird Entspannen sowieso Gesetz. Übrigens, setzte er gedankenverloren fort, könnte ich durchaus herauskommen und über das Dach spazieren mit ihm. Wir könnten reden über dies und das. Arm in Arm würden wir dahinspazieren, hübsch und artig, wie es sich für Kulturwesen gehört ... Wenn ich ihn schon nicht hereinbitten wolle. Und ihm hübsch und artig bei Kaffee und Salzstangen erzählen, wie es mir denn so geht.

Gut, sagte ich, es geht mir gut, Herr Tubitza, ich friere nur ein wenig. Ich habe nur ein T-Shirt an, und das Fenster ist offen.

Interessant, er selbst friere nicht, antwortete er, aber er habe ja auch Vorkehrungen getroffen und sich warm angezogen unter seinem Freizeitanzug. Ich sollte das auch tun oder vielleicht einen Pelz anziehen, nicht wahr, mit Haut und Haaren. Was macht das schon, was? Das unschuldige Tier häuten und sich reinledern, solang die Schwarte noch warm ist, noch bevor seine liebe Mutter ihn ordentlich hätte betrauern können, nicht wahr, da hat man's eilig. Sich reinpflanzen wie'n Haufen dreckige Eingeweide, aber egal, so sind die Zeiten, ich sei ein ausgewachsenes Exemplar, könne machen, was ich wolle. Vorerst. Aber auch ich wisse nicht alles, so verdammt informiert ich aus zweiter Wand auch sei.

Bitte um Verzeihung, antwortete ich, aber wenn Sie auf

meine Glosse anspielen, diese ist, ich schäme mich, es zu sagen, fingiert und sollte, was auch immer …

Jetzt aber! fiel mir der liebe Nachbar ins Wort. Er wolle kein Wort mehr hören von wegen »fingiert«, das sage er mir jetzt gleich am Anfang unserer langen Zusammenarbeit. Fingieren tut man am Klavier. Am Pistolenhalfter. Oder an sich selbst, an der Fotze seiner Mutter, mit allem nötigen Respekt, davon wolle er nichts mehr hören. Was soll denn später erst werden, wenn ich jetzt schon so was sage? Mit so einer delikaten Rassenhaut wie der meinen könne ich doch solchen Mumpitz nicht sagen, ja, hat man da Töne! Er habe genug zu tun mit seinen Gegenspielern. Diesen aus der Art geschlagenen Menschenfreunden. Den internen Totenvögeln, die es alle auf ihn abgesehen haben, von wegen, Rassengenosse Tubitza, wenn es bei den dreckigen Obdachlosen wirkt, wieso wirkt es bei uns nicht? Soll doch Rassengenosse Tubitza schnell nach oben interpellieren, warum es denn nicht klappt! Von wegen!

Es war überwältigend, lächerlich und furchteinflößend, wie er auf und ab trippelte, krakeelte, sich aufplusterte und ohne jede Überleitung plötzlich zu kreischen anfing, so daß die hinter ihm stehenden Behüter-und-Bewacher-Mitarbeiter bei jedem Wort zusammenzuckten, ich allerdings auch.

Plötzlich hielt er inne, winkte ab und teilte dann nah an mein Ohr gebeugt mit: Das Problem ist, daß das verfickte Serum nach achtzehn bis zwanzig Stunden ausgeschieden wird, zumindest aus solchen mickrigen Experimentalorganismen wie die des Menschen, und dann: schlapp. Schlapp, schrie er, sie fallen in sich zusammen wie 'n alter Präser, und wer kann so was schon gebrauchen, er auf keinen Fall, damit man über ihn lache, und wieder nur die bittere Schande, und die Erkenntnis, bis ans Lebensende nur eine gummischuhgroße dreckige Taube zu sein, und sonst nichts, mein Herr, sonst nichts, brüllte mein Besucher mir ins Gesicht, aber keine Angst, es wird der Tag kommen, und ich werde mich wundern, und das wird anders sein als mit diesen bramdösigen Pennern, die alles verlangen hätten können, aber nur einen Genetiker wollten und ein Pissoar.

Nein und dreimal nein. Sondern stilles Wachstum und dann zupacken, Cäsar Tubitza packte meinen Arm und drückte ihn. Wir sahen einander schwer in die Augen. Ich gab als erster auf, seinem trüben, durchdringenden Blick hielt ich nicht lange stand. Das Weiße war grün, das Gelbe braun. Ich erinnere mich genau, ich wandte den Blick von ihm ab, als ich gerade daran dachte, jetzt müßte man ihm den Hals umdrehen, denn schon in wenigen Minuten wird es zu spät sein, und von da an wird es immer zu spät sein, solange ich lebe. Aber ich senkte nur den Blick, ich schloß sogar die Augen, und als ich sie wieder öffnete, war mein Besucher verschwunden.

*

Die Wochen vergingen, sie lebten ihr Leben, ich lebte meins, wobei letzteres, auch wenn es nicht so schien, ein grundlegend anderes geworden war. Außer für meine Nachbarn und meine Angst vor ihnen interessierte ich mich für nichts mehr, ich war nur noch in der Lage, auf gewisse Zeichen zu achten, beziehungsweise darauf, wie ich diese Zeichen von mir fernhalten könnte. Ich wurde abergläubisch, vorsichtig, ja mißtrauisch, ich begann, mich auf der Straße so zu verhalten, als wäre ich ein professioneller Beobachter, der seinerseits ebenfalls beobachtet wird, mit einiger trauriger Übertreibung könnte ich sagen, ich war zu einem Geheimagenten-Darsteller im Film meines Lebens geworden.

Tja, das Thema, dachte ich, das Thema rückt mir auf die Pelle und klopft an, wird lebendig und läßt mich nicht los. Aber warum schreibe ich es dann nicht, stellte ich mir endlich die Frage, wieso gebe ich dem Drang, diesem heißen Sorbet, nicht nach. Schon allein von der bloßen Möglichkeit, meine Nachbarn durch das Schreiben ins Reich der Fiktion zu schicken und sie so bis zu einem gewissen Grad beherrschen zu können, beruhigte mich einigermaßen, fast schon fing ich an zu planen.

Setz dich schön hin, sagte ich mir allmorgendlich, setz dich hin und schau dich um, kneif dich in den Arm, schau dir an, was Wirklichkeit ist, und was du dir vorstellst! Was du dir vorstellst, ist Literatur. Setz dich hin und schreib! Verdammt noch mal! Und ich versuchte auch, das eine oder andere zu notieren. Doch jedes Mal, wenn es klingelte, und besonders, wenn es klopfte, brach mir der Schweiß aus, und mein Herz rutschte mir in den Magen.

*

Mitte Februar brachten die Adlerboys ein nagelneues Mikrowellengerät vorbei. Sie klopften höflich an der Tür, oder vielleicht klingelten sie auch und zeigten sofort ihre Mitgliedsausweise vor, nicht daß ich sie noch für Einbrecher oder Zigeuner hielt. Ihr kleinköpfiger, durchtrainierter Anführer bat tausendmal um Entschuldigung. Leider, sagte er, sei Oberrassengenosse Tubitza draußen auf einer Außenmission und habe nicht persönlich kommen können, weswegen er seine Entschuldigung übermitteln lasse und ich möge dieses multifunktionale Gerät als Tausch gegen mein eigenes annehmen, welches, man wolle mich nicht kränken, eh schon komplett hinüber war.

Dieses hier sei, abgesehen davon, daß es niegelnagelneu sei, eine viel höher entwickelte Sache, da es eine viel größere Leistung habe wie das meinige, setzte der Kleinköpfige fort. Zwar stimmt der Fakt, daß gewisse Schalter und Einstellungen drauf sind, mit denen ich momentan eher weniger anfangen könne: »erste Brut«, »Turbo A-B«, »Flügelglanz 1-3«, »Bruttrocknung mit Vitaminen«, »Hautpräparator I-X« und so was, aber das sollte mich seiner Meinung nach nicht stören, davon abgesehen entspreche es totalemente dem europäischen Standard. Eine Betriebsanleitung gibt's auch dazu, wenn auch auf taiwanesisch. Also, summa summarum, sie möchten hiermit sofort dieses Teil in meiner Küche anbringen.

Geben Sie nur her, sagte ich, ist bestimmt nicht schwer. Es war sehr schwer.

Auch gut, sagten sie, bedankten sich abermals für die Geduld und wünschten weiteren Reinenweizen. Aus dem Fenster des Treppenhauses riefen sie noch zurück, fast hätten sie's vergessen: Man kann auch ganz turbo grillen damit.

Was das anbelangt, haben sie nicht gelogen. Und noch dazu paßte es genau an den Platz des Vorgängers.

*

Tubitza klopfte einige Tage später an die Tür. Nicht erschrecken, sagte er, es ist nur so, daß man an solchen Trumm Türen sehr bequem mit der Pistole anklopfen kann. 's knallt wie der Haiderdonner, aber darum geht's jetzt nicht. Sondern darum, daß er gestern vom Ausland wiedergekommen ist, und ursprünglich habe er nur seine Dankbarkeit auch persönlich bekräftigen wollen, beziehungsweise seine Entschuldigung, denn ihm sei erst kurz vor seiner Dienstfahrt, sozusagen bereits in der Luft, zur Kenntnis gebracht worden, daß diese strichowiener turtur Hure so ein Ding von mir ausgeliehen hat, ein lebensmitteltechnisches, ja amtsärztliches Gerät, und das als gelernte OP-Schwester, da bleibt einem ja die Spucke weg, ichkanndirsagen. Und noch dazu vor schweren Monaten! Aber er hoffe, ich könne verzeihen.

Außerdem sei er ursprünglich deswegen gekommen, weil er Angst habe, bei allem Respekt, daß das nagelneue Gerät, das er mir habe bringen lassen, sich in meinem Haushalt eventuell nicht bewährt hätte, oder die Farbe oder so was nicht gefalle, oder ich vielleicht, Gott geb's nicht, ein rassisches Problem mit ihnen habe, als quasi ausbeuterherrschaftliche Schurkenstaaten, daß ich nicht einmal auf einen Sprung herübergekommen sei, um mich zu bedanken. Mal muh oder mäh sagen, wie es sich gehört.

Danke, es hat sich bewährt, sagte ich und verstummte.

Auch er schwieg nun ein wenig und sagte dann, ich solle nur abwarten, das nächste Mal werde er so lange auf meinem Fußabtreter stehen und schweigen, bis ich ihn hereinlasse, mehr noch, einlade. Wenn's Tage dauert, dauert's eben Tage. Aber nun habe er keine Zeit mehr, da er eine Untersuchung durchführe, und ursprünglich sei er auch deswegen gekommen. Denn leider ist in der Nacht ein Mord geschehen, er sei völlig fertig vor lauter Trauer, denn wem konnte ihr kleiner Neffe was zuleide getan haben, daß ihm ein unbekannter Täter den Hals umgedreht hat, wem? Wem mochte eine verspielte Taube im Weg gestanden haben, Herr Schriftsteller, fragte er und drehte nervös den Kopf hin und her, versuchte, in mein Vorzimmer zu linsen, natürlich sah er nichts.

Doch einmal geht auch im schmutzigsten Dunkel die Sonne auf, warte nur, du Mensch, wart' du nur, gellte er plötzlich in das nach Urin und Hirse riechende Dunkel des Treppenhauses. Seine Stimme polterte die Stufen hinab, von Etage zu Etage, und Hunderte hurrten wie ein Echo darauf, diszipliniert, stramm. Hundert dicke, gefiederte Mikrophone.

Als es wieder still wurde, seufzte er tief und bat um Nachsicht für seine Schwäche. Punkt ist, sagte er ruhig, gedämpft, daß er sämtliche lebenden Mieter durchfragen werde, ob nicht einer einen weggeworfenen Kopf in seinem Zuhause gefunden habe. Jawohl, einen Kopf natur, denn den dazugehörigen Körper haben sie bereits im Erdgeschoß identifiziert, in der Nähe einer gewissen Wohnung. Da hat er gelegen. Jetzt sag mal einer, was ist das für eine Welt?! Vorerst!!! Der dahingeschiedene Neffe habe Schießübungen im Hof abgehalten, als ein gewisser Jemand ihn erwischte. Der Lauf seiner kleinen Pistole war noch warm. Eine Katze war's nicht, soviel ist sicher, das haben sie im Labor ausgeschlossen. Das war etwas anderes. Schlimmer. Gnadenloser. Und feiger.

Ich bedauere sehr, sagte ich, ich habe nichts dergleichen in meiner Wohnung gefunden.

Dann ist's ja gut, sagte er, er hoffe, er könne sich davon bald einmal persönlich überzeugen.

*

Ich zögerte einen halben Tag, dann ging ich unter einem Vorwand zum Hausmeister hinunter. Wir hatten keine besonders enge Beziehung, aber da er ein mitteilsamer Mensch war, die Sorte, die nur auf ein Wort wartet, um jedem, der es gar nicht wissen will, seine wer weiß wo aufgeschnappten Horrorgeschichten zu erzählen, hatte ich Grund zur Annahme, daß es ein leichtes sein würde, unsere »immer lauter werdenden Mitbewohner« im Dachgeschoß ins Gespräch zu bringen.

Das war der einzige Tag, an dem ich mich getraut hätte, mit ihm oder jemand anderem darüber zu reden. Einige Wochen früher war es noch nicht soweit, wenige Wochen später fehlte mir bereits der Mut dazu. All das sehe ich erst heute abend in solcher Klarheit, und ich bin nicht gerade begeistert von mir selbst. Aber das interessiert niemanden mehr, nicht einmal mich selbst, Fakt ist, daß ich schneller vorankommen müßte, die Zeit rennt, es ist Viertel nach zehn, außerdem kann ich nicht damit aufhören, gleichzeitig auf mehrere Sachen zu achten, auf den Fernseher und besonders darauf, was auf der Straße vor sich geht, wo zum Beispiel gerade eben eine Gruppe Betrunkener vorbeigezogen ist, sie schleppten eine riesige Red-Bull-Torte, einer hätte mich fast entdeckt, wie ich hinter dem Fenster stand.

Der brunnenartige Innenhof war, von einem waschschüsselgroßen Sandfleck abgesehen, sauber und übelriechend. Ich klingelte vergebens, niemand öffnete. Ich war enttäuscht, ich hatte fest mit unserem Hausmeister gerechnet. Ich wollte ihn auch fragen, ob es stimmte, daß eine anonyme Gesellschaft das ganze Haus, so wie es dasteht, aufkaufen will, oder ob das auch nur Gerüchte sind wie alles andere.

Ich gestehe, wie ich so dastand, mit sechs Etagen voll kirrendem, nestelndem Zwielicht über dem Kopf, hätte ich nichts dagegengehabt, wenn etwas drangewesen wäre an der Nachricht. Ich klingelte erneut zweimal kurz, lauschte auch vorsichtig, aber hinter der Tür war kein einziger Ton zu hören. Es war nicht ratsam, sich lange dort aufzuhalten, also hinterließ ich einen Zettel, wonach ich dankbar wäre, wenn er sich bei mir meldete. Aber dazu kam es nicht mehr.

*

Ende Februar, höchstens Anfangs März, traf ich Cäsar Tubitza in meinem Wohnzimmer an. Der Popcorn-Schneefall hatte gerade aufgehört, die Sonne kam heraus. Ich war zwei Tage verreist und mußte lange lüften, ging in die Küche, um etwas zu holen, und als ich wiederkam, war er da.

Stolzierte auf und ab, aß meine Salzstangen, schaute in meinen Spiegel, richtete seine Baseballmütze. Prima kleines Nest, sagte er, als er mich sah. Und soviel Bücher, seufzte er. Obwohl ich nur nicht glauben solle, er könnte nicht auch so viele Bücher schreiben wie es Scheiße gibt auf der Welt. Denn er könnte. Sogar mehr noch, wenn er nur die Zeit hätte. Wenn sie die Wohnung nur nicht so beschissen eng machen würden! Aber das lösen wir schon irgendwie. Schade ist außerdem, daß das Bad so schmal ist, einen anständigen Krankensaal gibt's auch nicht, na egal, Hauptsache, es gehört uns. Ach, übrigens, Entschuldigung, sagte er, er sei gerade vorbeigekommen, das Fenster habe offengestanden, also habe er sich gedacht, es wird seinen kleinen Nachbarn wohl nicht beleidigen, wenn er für einen Sprung vorbeikomme, wenn es nicht ungelegen sei, er wolle nämlich nicht stören bei meiner schöpferischen Arbeit.

Ich schluckte. Wenigstens konnte ich jetzt schlucken.

Oder wenn ein Weibchen da sei, setzte er fort, könne ich das auch ruhig sagen, wir sind ja unter Männern. Eine pneumatische kleine Trudel, die tagsüber vorbeikommt für ein kleines Reinrausspiel.

Es ist niemand hier, sagte ich. Bis jetzt konnte ich die Ruhe bewahren, da ich aus gewissen Indizien schloß, daß ich träumte.

Sehr richtig, sagte er. Soll auch keiner hier sein. Nicht, daß es ein Geheimnis wäre, oder eine Schande, es wäre ihm trotzdem keine ausgesprochene Freude, wenn sich herumspräche, weswegen er gekommen sei. Und das zweifach. Wenn zum Beispiel einer darüber schriebe, wie neulich über die drei Pennerdumbos, die seitdem übrigens entschlafen sind, also das wäre nicht sehr gut. Besonders, weil er dann sicher volle Kanne ausgelacht würde im Fernsehen.

Im Fernsehen?

Im Fernsehen, Bruder, sagte er. Bitte um Entschuldigung, Bruder, das ist so eine interne Anrede bei uns, ich könne ihn, wenn ich möge, ebenfalls Bruder Tubitza nennen. Aber deswegen sei er nicht gekommen, sondern um was zu fragen, beziehungsweise um um etwas zu bitten. Er sei sich sicher, ich kenne das *Millionen Vögel singen*, er möchte nämlich damit im Dirido-Programm auftreten, er hoffe, ich schalte regelmäßig ein, und er wäre dankbar, wenn ich es ihm auf Tonband singen könnte.

Das wird nicht gehen, sagte ich.

Dann wenigstens den Text, Bruder, mimimimi-mimimi, mimimimi-mimimi, Millionen Vögel singen Punkt, Punkt, Punkt, wie geht's weiter?

Ich weiß es nicht, sagte ich zu ihm. Ich weiß es wirklich nicht, keine Ahnung.

Aber ein Diktierdings werde ich ja wohl haben, bellte mein Besucher. So ein kleines Scheißding, mit dem man dies und das aufnehmen kann. Wie Leute reden. Wenn so ein alter Opa zum Beispiel alles mögliche erzählt.

Ein Diktaphon, sagte ich, ja, so was habe ich, aber ich glaube nicht, daß der Herr Tubitza deswegen gekommen ist.

Tatsächlich nicht, antwortete er, aber bitte mal um Verzeihung, von dieser lieblosen Stimme, die ich da habe, kommen ihm praktisch die Tränen, und am liebsten wüßte er gar nicht, was er tun möchte. Hier schwieg er eine Weile, gurrte auf meinem Stuhl sitzend beleidigt vor sich hin, schob seine Sonnenbrille hin und her und verlor Federn. Ein paarmal wurde er am Telefon verlangt, aber er wimmelte jedesmal schnell ab.

Seht ihr nicht, daß ich in Verhandlungen bin? sagte er und zog den Kopf wieder unterm Flügel hervor.

Aber was er nicht begreifen könne, sagte er endlich, wieso ich kein Mobail hätte. Hier, er sei kein Schriftsteller, trotzdem habe er sogar zwei, unter jedem Flügel eins. Na gut, diese Lösung wäre in meinem Fall noch etwas verfrüht wegen meiner Anatomie, aber ich bräuchte nur ein Wort zu sagen, sie haben einen Homopräparator bei sich im Netz, plus einen kompletten Psychochirurgen, der kann's Mobail direkt ins Gehirn setzen, nicht nur untern Flügel. Meine Sorte sollte das ausnutzen, solange sie noch könne, erklärte Tubitza, wenn der Mensch schon derart beschaffen sei, so einen riesigen Bumskopf zu haben, bitte um Verzeihung. Dieser Kollege operiert das Teil rein, und man sieht überhaupt nichts davon, außer die Antenne bei Gebrauch. Und die Knöpfe kann man mit der Zunge drücken. Gibt's auch mit farbigem Cover, aber wenn nicht, dann eben nicht. Denn er sehe ganz genau, sagte er und beugte sich in mein Gesicht, er sehe sehr wohl, daß ich nicht gerade heiß bin, weder auf diese Sache noch wegen seiner Anwesenheit, aber macht nichts, Brüderchen, sagte mein Besucher und zog ein Notizbuch hervor, das kommt schon noch, das kommt.

Besser Speer als nie.

Also, wie sieht's aus, fragte er und blätterte vor und zurück, könne ich denn mit Dehnung und Marmorierung etwas anfangen? Oder Gewebebestand, der aus der Tiefe kommt, beziehungsweise eine Fähigkeit? Na? Was schneller wächst als der Körper?! Wie heißt es noch mal? »Dein Fassungsvermögen ist größer als du selbst«, »Tiefe Kammern tun sich auf«, ha? Peristaltik. Klingelt's nicht? Noch nicht mal, wenn ich ichsachma »Kätzchen« sage?

Wie, ob's nicht klingelt? fragte ich. Ich hörte, wie meine

Stimme grauer und dünner wurde. Ich verstehe den Herrn Nachbarn nicht, sagte ich. In meinem Magen war ein Stechen, keine fünf Minuten waren vergangen, und schon war die Angst in mir wieder größer als die Neugierde.

Aber klar verstehst du's, Fuckimucki, abebeber, babbelte Tubitza unter meiner Nase und schaute mich höhnisch, durchdringend an. Ein Blick wie medizinisches Domestos. Im übrigen habe er eine Nachricht zu überbringen, sagte er. Und zwar, daß der Onkel Kálmánka seine Küsse ausrichten lasse. Das heißt: ausrichten ließ.

Was wollen Sie damit sagen, fragte ich. Ich wüßte nicht, daß ich irgendeinen Onkel Kálmánka kenne.

Irgendeinen nicht, antwortete Tubitza, aber *Die Toten im Balaton* habe ja wohl ich geschrieben, oder?

Nein, sagte ich, eine Novelle mit dem Titel *Die Wogen des Balaton*, die habe ich geschrieben.

So kann man's auch sagen, nickte mein Besucher leutselig, ihm sei's egal. Fakt ist, daß ich was geschrieben habe, in dem genannter Onkel Kálmánka fein sein Leben und so weiter aufdiktiert. Und ich soll mal hier nicht den maurizianischen Dodo geben, Brüderchen, sagte er, weil das nutzt einen Scheiß, sondern ich solle gleich sagen, aber schnell, was ich weiß!

Sehen Sie, mimimimi-mimimi und Vögel singen, das ist sicher, aber an mehr als das kann ich mich auch nicht erinnern, sagte ich von einem plötzlichen Einfall geleitet, woraufhin mein Besucher in eine angestrengte, nervenkranke Heiterkeit verfiel. Er krümmte sich, knöpfte seinen Rock auf und kicherte wie eine medizinische Knoblauchpresse.

Kruhaha, sagte er, kruhahaha, also das wird wirklich

zum Totlachen, wenn ich für immer und ewig so vergeßlich ihnen gegenüber sein werde. Und so ein Arsch. Sie bieten mir ihre Freundschaft an, und ich ziere mich? Halte mich für was Besseres? Mache zwei Tage lang weder Fenster noch Tür auf? Was ist denn das für eine Einstellung? Nebenbei bemerkt, ich werd's nicht glauben, aber wenn man jemanden mit einem Eiszapfen ersticht, bleiben nicht einmal soviel Spuren zurück wie ein Fliegenfurz. Ob ich darüber schon mal nachgedacht habe. Oder über den Fall unseres armen Hausmeisters. Der mit effektivem Kannibalismus eingeliefert worden ist, das weiß er von bekannten Pflegern. Weil man in seinem Tiefkühler alles mögliche gefunden hat. Mit Haut und Haaren, versteh' mal. Selbst die Ermittlerkumpel waren völlig baff, als sie rausgekommen sind zum Tatortaufnehmen. Und jetzt heißt es Psychokrankenhaus und Psychoknast.

Ich mußte mich setzen, damit er nicht sah, wie mir die Beine zitterten.

Ist ja gut, zum Glück ist unserer hier ein bißchen ein anderer Fall, sagte mein Besucher und pustete aus, ich sei quasi eine Ehre, die ihnen in den Schoß gefallen sei, obwohl das nicht im vollen Maße mein Verdienst sei, sondern das meiner Bürzeldrüse und der seinigen. Und im übrigen: »Wenn die Wildgans auffliegt, fliegt auch die Taube auf«, das kommt im Ungarischen nicht so gut raus, aber ich solle es mir mal merken! Apropos, Merkung! Ja, ich werd' gleich zur Minna! Tubitza schlug auf sein Pistolenhalfter. Ich hab's auf der Zunge, Vögel singen, lalala, in irgendeinem Strauch, nur mit anderen Worten, und der Strauch ist auch irgendein konkretes Dings, Palme oder Kohl, na egal, wir haben noch Zeit, gottseidank, die Eiszapfen schmelzen noch nicht. Obwohl, rausfallen könne man auch so.

Bestimmt, sagte ich mit einer Stimme, die schneidend sein sollte, und ich spürte, wie mir das Blut aus dem Gehirn entwich.

Also, der Onkel Kálmánka ist es, der uns interessiert, Brüderchen. Was sein Trick war, seine Methode, sein Dingsbums, zählte Tubitza auf und zog sich dabei langsam die silbernen Boxerhandschuhe aus. Mir könne er ja verraten, sagte er, daß im Grunde genommen das die Hauptschneise ihres Interesses sei, der Rest ist nur Federpuder, Sesamkörner auf Pferdemist, er wäre mir also sehr dankbar, wenn wir das jetzt nicht auf die leichte Schulter nehmen würden.

Entschuldigen Sie, sagte ich, aber ich mache überhaupt keine Witze. Ich versuchte, meine Gedanken zu ordnen. Ich mache keine Witze, aber hierbei handelt es sich um ein lächerliches und fatales Mißverständnis. *Die Wogen des Balaton* ist eine Novelle, und so etwas, um es hochtrabend auszudrücken: die »Kunst« ist kein Fusel in Plastikkanistern, Herr Tubitza, kein Taubenwuchsmittel, sondern Fiktion und sprachliche Gestalt und so weiter, ich will Sie damit nicht langweilen, Fakt ist, daß ich anno dieses Ganze von Anfang bis Ende fingiert habe. Nach Strich und Faden, das ist alles.

Schon wieder dieses »fingiert«, was er aber so überhaupt nicht abkönne. Ü-ber-haupt nicht. Er schüttelte lächelnd den Kopf. Von so etwas stehen ihm die Federn zu Berge. Als hätten wir das nicht schon hübsch miteinander beredet, daß ich so was nicht machen solle. Und just mache ich es.

Aber umsonst bin ich so ein beschissenes Herrentier! Denn die Tatsachen sind hartnäckig, da ist nur noch er hartnäkkiger. Ergo, die Tatsachen bin ich, Herrentierchen, verkündete Tubitza und sah mir in die Augen bis hinunter auf den Grund. Und daß es nicht der Onkel Kálmánka gewesen sei, der mir seinen Sachverhalt ins Diktaphon reingesprochen hat, also das nehme er mir nicht ab, schließlich ist das auch effektiv mit reingeschrieben, das persönliche Sprechen. Aber das ist gar nicht die Frage. Sondern jetzt kommt das Problem, was sie mit mir haben. Daß ich, als Laie, mich, wer weiß, warum, nicht für das Wesentliche interessiert hätte. Deswegen sei mein Schreiben unverwertbar, aus wissenschaftlicher Sicht nämlich.

Mir ging dasselbe durch den Kopf, was auch jedem anderen durch den Kopf gegangen wäre, daß es so was nicht gibt, da bleibt einem ja der Verstand weg und ähnliches. Ich machte vor Verblüffung ein ganz verkrampftes Gesicht, doch mein Besucher ließ sich nicht stören.

Also, Fuckimucki, da muß es noch ein paar Sachen drauf geben, auf dem Band. Weil das sei schon ein wenig merkwürdig, daß lauter solche Sachen aus dem Artikel ausgespart worden sind, die ihre Bewegung am nähesten betreffen. Wovon ihr Wachstum abhängen kann. Ihr Schicksal. Ihre ganze Rassenzukunft. Meine ich nicht auch? Finde ich es nicht auch merkwürdig, daß der Alte in einem fort den Schnabel aufreißt, aber ausgerechnet vom Wesentlichen nichts sagt?

Sagen Sie, Herr Tubitza, ich hob die Stimme, denn an diesem Punkt brachte mich die elementare Dummheit meines Besuchers noch mehr auf als die eisige Unmöglichkeit der Situation, sagen Sie mir ehrlich: Haben Sie die Novelle überhaupt gelesen?

Ich könne beruhigt sein, sagte mein Nachbar gemessen, er habe sie sich mehrfach auf Video angesehen, was auf der Rassen-ZK-Versammlung abgespielt und ausgewertet worden sei, er wage also zu behaupten, daß ein Mißverständnis ausgeschlossen ist. Ganz abgesehen davon, daß der gewisse Onkel Kálmánka die Experimente in der Ausdehnungslehre vor Zeugen zugegeben hat, daß er aus freiem Willen das Objekt des Delinquenten gewesen ist. Ich könne es ruhig glauben, ein komplettes, unterzeichnetes Geständnis befinde sich in ihrem Besitz.

Es paßt also alles zusammen, sagte Tubitza und fing an, auf den Tisch einzuhämmern, es paßt nur nicht zusammen, daß ich ihn mit der allergrößten Unverfrorenheit und aus purem Sport für einen Idioten halte, und was ihn ehrlich mal interessieren würde, ist, wie ich das vor der Niedergeordnetheit abrechne, die in seiner unterprivilegierten Seele tobe, weil das sind keine Kißkilienchen, sondern das setzt sich fest mit dem Dichter wie Guano. Hart wie'n Schwanz.

Ach was, das muß der Herr Tubitza mißverstanden haben, sagte ich und hätte mir am liebsten die Zunge abgebissen, denn natürlich, was denn sonst, ich hielt ihn für einen Idioten, für einen ganz unglaublichen, orbitalen Hornochsen, dessen Existenz ich langsam gezwungen war zur Kenntnis zu nehmen, und den ich deswegen haßte. Und vor dem ich, um ehrlich zu sein, Angst hatte. Ich betete noch ein paarmal herunter, daß das nicht so sei, darum ginge es nicht, und versuchte, mich zu sammeln.

Sehen Sie, ich kann nichts dafür, sagte ich, daß Herr Tubitza und seine … Brüder aus meiner Novelle so etwas herauslesen, das ist auch in Ordnung, und vielleicht ist der Irrtum auch gar nicht so fatal, es handelt sich nur um die ungeübte Phantasie, welche gleichzeitig frei und unbändig ist, nun, diese sei es, die, im übrigen zum Ruhme der Literatur, einen milden Schabernack mit ihnen treibe, aber glauben Sie mir, mein Herr, dieser »Freßkünstler«, wie ihn meine Freunde nennen, und ermangelst eines besseren auch ich, ist mit Haut und Haaren von mir erfunden, genauer: »erträumt« worden auf einer Galerie in der Jenő-Zichy-Straße.

Da ist 'ne Menge Sprudel drin, Brüderchen, was du hier redest, wie ein Springbrunnen, antwortete Tubitza, und es sieht ganz danach aus, als müßte man den freundlichen Worten andere Mittel sowie Taten folgen lassen. Davon mal ab, könne ich ihm glauben, es sei weniger der in ihm verwurzelte Rassenwille als vielmehr das wahrheitspermanente Verantwortungsbewußtsein, das ihn jetzt diese Pistole ziehen lasse, die er persönlich überhaupt nicht möge, man kriegt ständig blaue Flecken davon in der Seite, das weiße Halfter wird schnell schmutzig, das braune färbt ab, und es gibt immer nur Probleme, wenn man die Handfeuerwaffe zieht, ganz abgesehen von den Schießereien, und überhaupt, was bin ich denn hier? Ein beschissener Spürhund vielleicht? Ja oder nein? Ich erwarte eine Antwort, schrie er und schlug überraschend heftig auf den Tisch.

Ich schwieg. Mein Herz pochte in meinem Hals. Ich bemühte mich, einen höhnischen Ton anzuschlagen. Aber natürlich, sagte ich, um Zeit zu gewinnen, aber meine Stimme rutschte nur piepsend hin und her. Ich ekelte mich vor ihm und auch vor mir selbst. Natürlich nicht, Herr Tubitza. Das war alles, was ich gesagt habe, glaube ich.

Na dann ... Er seufzte tief und nahm das Notizbuch wieder zur Hand. Fangen wir von vorne an, Brüderchen! Also Kálmán Balatony, Name der Mutter Piroska Haisz, siebter Bezirk, die Straße erwähne er vorerst nicht, in der Nähe des Stadtwäldchens, vierter Stock neun, kein Fahrstuhl, eine uniformgrüne Tür neben dem Dachbodenaufgang. Er hoffe, wir reden von demselben.

Bestimmt. Sie müssen es wissen, sagte ich und wollte fortfahren, aber er fiel mir ins Wort. Dann ist's ja gut, wenn's sicher ist, und dann ist auch sicher, daß der hier wohnende Onkel Kálmánka sechs oder sieben konkrete Besuche in seinen kleinen Kalender eingetragen hat, sowohl letztes Jahr als auch dieses, »Lajoska kommt«, »Lajoska um sechs«, und so weiter. Hopp, eine Fliege, rief Tubitza aus. Er hoffe doch sehr, daß ich meinen eigenen Vornamen erkenne oder etwa nicht? Doch. Also, wo soll die denn nun sein, die Fickzion? Was zum hundsköpfigen Satan soll das sein, wenn nicht Wirklichkeit?

Wir müssen ein seltsames Bild abgegeben haben an diesem sonnigen, unwirklichen Nachmittag. Ich saß ihm gegenüber, er sah mich triumphierend an, und ich zog mich immer mehr zusammen, was ja noch angeht, aber ich argumentierte und debattierte, war devot und trotzig, und draußen gingen seine Leibwächter auf und ab, die sogenannten Adlerboys. Ich spürte wieder den Domestos-Geruch. Ich hätte Lust gehabt, loszuheulen.

Nun ja, aber, Herr Tubitza, seufzte ich, dieser Lajoska,

das bin nicht ich, sondern der Sohn dieses meines ehemaligen Helden, ein gelernter Jäger, anno Scharfschütze beim Honvéd, die Sache ist nur so, daß ich ihn so genannt habe, Lajoska, damit ich nicht nur immer mit den Namen anderer herumspiele, verstehen Sie. Daher also das Mißverständnis. Natürlich ist er das, der Scharfschütze, der seinen Vater besucht, zwar nicht sehr häufig, das werden Sie aus dem Text herausgefiltert haben, aber doch regelmäßig ... Natürlich nur in der Novelle.

Na also, Brüderchen, sagte Tubitza und blies die Luft aus, der Speichel spritzte. Na also, wir können auch sinngemäße Antworten geben, wenn sie auch gelogen sind. Denn er besucht ihn nicht. Er hat nämlich die Möglichkeit nicht. Da genannter Lajos Balatony, Name der Mutter Gizella Atádi, vor zwei Jahren spurlos und schwuppdiwupp, habedieehre verschwunden ist. Und zwar unter sehr mysteriösen Umständen. Er verließ mit einer Plastiktüte voller Rehinnereien seinen letzten Arbeitsplatz, und hopp, hier reißt der Film. Der Film eines werktätigen Lebens, kollerte Tubitza behaglich, jajajajaja. Und bis heute weiß man nicht, was oder wer geschehen ist. Heute hier, morgen da, wie der Dichter sagt. Was ich also logischerweise einsehen könne, ist, daß der, der unter dem Vornamen Lajos im Kalender des armen Onkel Kálmánka steht, kein anderer sein kann als – aber ich solle doch bitte selbst die Konsequenz ziehen.

Passen Sie mal auf, ich werde hier gar nichts ziehen, sagte ich.

Huhuhuhu, wie wütend da einer ist, sagte Tubitza. Er streckte den Hals. Huhu, aber wie! Wenn er mich jetzt verhöhnen wollte, würde er »Kuckuck« sagen, aber er wolle ja nicht. Ich solle doch endlich begreifen, daß man im Telefonheft des Onkel Kálmánka meine konkreten alten Telefonnummern gefunden habe. Práter-Straße, Pongrác Kacsóh, Jenő Zichy, soll ich fortfahren?

Interessiert mich nicht, sagte ich. Mir war speiübel, und ich konnte nur noch daran denken, Jesusmaria, ich habe seine Spielregeln angenommen, entsetzlich, aber wahr, ich habe sie angenommen, und dabei hörte ich von außen meine eigene Stimme, wie sie wieder und wieder sagte, es interessiert mich nicht, ich werde gar nichts ziehen, nein und nochmals nein, und, Herr Tubitza, ohne, ich betone es ausdrücklich, ohne auf Ihr unmögliches und idiotisches Spiel einzugehen, schlage ich Ihnen vor: Fragen Sie doch diesen angeblichen »Onkel Kálmánka«, den ich noch nie in meinem gesamten Leben, ich meine, nie im wahren Leben, gesehen habe.

Und das wirst du auch nicht, Brüderchen, antwortete Tubitza und zuckte lange, anteilnehmend mit dem Kopf, du wirst ihn auch nicht mehr sehen, denn der Herr hat Genannten aus dem Kreis der Seinen zu sich gerufen, das heißt, wenn er nicht gleich kotzen mußte angesichts des Anblicks, der sich ihm beim Rufen bot. Die Sache ist nämlich so, Fuckimucki, fügte er hinzu, daß er von seinen eigenen Zöglingen aufgefressen worden ist, in der Nacht auf gestern, was das anbelangt, ziemlich unbedacht, denn auch sie verreckten bald darauf, die kleinen Überlebenden. Wahrscheinlich hat sie das Schokoladenpapier umgebracht.

Ich sah vor mich hin, sagte nichts. Als dieser mein ehemaliger Held die Teilnahme an den Freßwettbewerben aufgeben mußte – an diese Sportart erinnern sich heute nur noch wenige –, und seine Frau, Lajoskas Mutter, ihn für einen Trainer aus der Süßwarenindustrie verließ, geriet er an den Rand der sogenannten Gesellschaft, saß immer öfter zu Hause und wuchs mit den Jahren sozusagen in seine Wohnung hinein. Dieser sowieso schon voluminöse Mann aß zum Sport Balaton-Schnitten, was eine Art mit Schokolade überzogene Neapolitanerschnitte ist, das und nichts anderes, und langsam testete er aus, wie er auch das Stanniolpapier in seinen Organismus einbauen konnte. Er fraß also diese Schokolade mitsamt Silberpapier in sich hinein, Wochentags trainierte er, Sonntags trug er Wettkämpfe gegen sich selbst aus, er konnte vierhundert bis fünfhundert Stück auf einen Ruck essen, er führte ein Tagebuch über seine Leistungen, und nebenbei fütterte er seine seltsamen Katzen; um diesen fetten, verbissenen Niedergang geht es in der Novelle, und am Ende sagt der Held, er würde so lange trainieren, bis seine Haut sich dehnte, aber sobald er merkte, daß sie reißt, würde er das Gitter aufsperren und die drei Blutkatzen zu sich lassen.

Tubitza sprach erst nach einem kurzen, mitfühlenden Schweigen weiter. Ich könne mir, sagte er, den Anblick vorstellen, wie diese drei Bestien dalagen, die Gisi, die mal einen Goldenen Kranz gewonnen hat, und die anderen beiden Mutationen, einfache Bauernkatzen, aber meterhoch, und daneben dieser Kubikmeter Silberpapier. Man könnte sagen, sie haben den Onkel Kálmánka von diesem rutschigen Wickel praktisch heruntergefressen, und dann haben sie angefangen, am Metall zu zupfen, und daran sind sie dann krepiert.

Was ich dazu sage, soviel Tragödie in einer einzigen Nacht, fragte Tubitza, aber ich glaube, diesmal erwartete er keine Antwort. Jawohl, sagte er, sie fraßen und fraßen an ihm, vielleicht dachten sie an ihre kindliche Vergangenheit, vielleicht vergossen sie auch die eine oder andere Träne, und als sie dann zu den Gedärmen kamen – unter uns gesagt: So ein Mensch hat eine ganz unglaubliche Menge Gedärme –, als sie diesen matten, feuchten Glanz sahen, fingen sie an, ihn aufzumachen, ob vielleicht Lebercreme drin ist, oder irgendeine Scheiße, aber es gab nichts, nur den großen, herausgestülpten Tod, den gab's.

»Großer, herausgestülpter Tod«, das habe ich geschrieben, dachte ich. Also hat er es doch gelesen.

Diese metallische Scheiße ist nämlich total giftig, Brüderchen, erklärte Tubitza, und leider sei auch seine eigene Gattin, die Blödistin, fast krank davon geworden, denn sie waren gerade in der Oper, als nachts der Anruf kam, weswegen sie gezwungenermaßen mit der Renzi zusammen mit dem Taxi hinfahren mußten, und was macht die? Fängt an, am Silberpapier zu picken! Während einer Spurensicherung! Tubitza mußte sie vor irgendwelchen angestellten Rauchfüßlern zurechtweisen, von wegen, was ist mit dir los? Bist 'ne Elster, daß du Schmuck ißt? Einmal nehm ich dich wo mit, und du machst mich zum Hannes?! Zum Kleppi?! So eine blöde Fotze, aber ich kennte sie ja, ich wisse genau, wovon er rede. Ich solle froh sein, kein Weibchen im Haus zu haben.

Na egal, sagte Tubitza, strich sich die Federn glatt und fragte, wo er stehengeblieben sei.

Draußen wurde der Himmel plötzlich dunkel und ebenso plötzlich wieder hell. Für einen Moment war's, als würde ich unter Wasser auftauchen, ich dachte, ich erwache, ich spürte sogar etwas Speichel- und Daunendeckengeruch, aber nein, es war nur eine Wolke, die vor der mageren Wintersonne vorbeizog. Wir saßen da, Tubitza lief auf dem Tisch näher an mich heran und klopfte mir auf die Schulter, ist ja gut, er wolle mir das Herz nicht schwermachen, der Schock, meinen guten Bekannten verloren zu haben, sitze tief genug, das war sowieso kein Anblick für einen Künstler, Brüderchen, erzählte er mit schmerzlicher Visage weiter, die Tür des Käfigs offen, alles durcheinandergeschmissen, die ganze Scheiße, Bauchbinden und Radiergummis, Blut und Pferdearsch, aber Anhaltspunkte oder Spuren: kein Stück. Außer natürlich den Notierereien, von wegen »Lajoska um sechs«.

Fakten sind Fakten, obwohl es auch dafür keine Spuren gibt, aber es ist logisch, daß, nicht wahr, jemand die Katzen rausgelassen haben muß, sie auf den Alten losgelassen, um so vielleicht eine Wohnung zu erben, sagte Tubitza, ja mehr noch, viel mehr noch, um dies oder das verschwinden zu lassen. Aufzeichnungen, Trainingstagebücher, was wisse denn er. Also dafür, das möchte er betonen, gibt es vorerst keinerlei Spuren. Deswegen frage er mich auch nicht, wo ich mich vorgestern nacht aufgehalten habe, von dann bis dann oder so was. Denn, daß ich nicht hier zu Hause war, ist nur soviel Beweis wie 'n Stück Entenflott. Jeder bumst herum, wo er kann, fertig.

Ich kaute mir auf der Unterlippe, aber er ließ mich nicht zu Worte kommen.

Das habe er auch drinnen im Rassenoberrat, wo man

ziemlich sehr nervös war, also er habe das auch dort erzählt, daß von seiner Seite her das ein offenes Buch ist, und er stehe gerade für sein Autorchen, denn wir wissen alles über einander, gute Nachbarn und so. Vorausgesetzt das Vorausgesetzte, fügte er hinzu und zwinkerte mir väterlich zu.

Was meinen Sie mit das Vorausgesetzte, fragte ich.

Genau das, sagte er, was passiert ist, ist passiert, man hatte die Kadaver schon fortgeschafft, um sie von einem ausländischen Präparator ausstopfen zu lassen, hübsch werden sie aussehen und frisch, außerdem habe man drinnen die Entscheidung gefällt, Onkel Kálmánka als den Pionier der Gigantopalmologie, als ihren eigenen Toten zu betrachten und ihm eine schöne Luftzeremonie zu bereiten mit Breechesballett und Ehrensalven. Der Antrag für eine Gedenktafel ist auch schon gestellt. Übrigens werde auch ich mein Extrabegräbnis bekommen, er werde schon dafür sorgen, ich könne ganz beruhigt sein. Obwohl, das sei ja noch ein Weilchen hin, nicht wahr?

Blöd wie er sei, werde er nun vollkommen ehrlich mit mir sein, setzte Tubitza fort und beugte sich nah an mein Ohr. Das Problem sei nämlich so passiert, daß sie durch Zufall diese Sendung im staatlichen Humantevau gesehen haben, auf Human 2. Die Novelle, wenn ich unbedingt wolle. Sie haben eine Sondereinheit, das könne er mir ruhig erzählen, die vierundzwanzig Stunden am Tag fernsieht und aufzeichnet, aufschreibt und referiert, was es so gibt. Wo es eine krasse Stimme gibt, wo die Schmuddelrede zu sehr um sich gegriffen hat, und wen man, sagen wir mal, ein kleines bißchen unterstupsen muß, oder was sonst noch interessant ist, nämlich aus dem Blickwinkel der Erwachenden Tauben. Dafür gibt es die Monitorgruppe. Na. Und die haben also diese Sendung gesehen und sind aufmerksam geworden, und die Nachforschungen haben angefangen und die Sache ist zu ihm gekommen, weil solche Strategie-Themen gehören alle zu ihm, alles, was Körperzuschnitt und Wachstum ist, das sage er jetzt nicht, um zu prahlen, aber das ist alles bei ihm. Bei wem könnte es sonst schon sein, sagte Tubitza und winkte ab.

Na, und dann sind sie auch raus, hin zum Alten, aber aus dem war leider nichts Brauchbares mehr herauszukriegen, redete nur Blödsinn in einem fort, daß man Liebe braucht und daß man tschechoslowakische Gummiziegel kauen soll. Und das achtundneunzig, leckmichamarsch! Und dann dachte man sich, vielleicht weiß dieser Dingsbums, dieser Autor was. So, nun habe er mir frank und frei gesagt, wie ich ins Bild reingekommen sei, nämlich untersuchungstechnisch.

Wie: so? murmelte ich, aber nur, um auch mal was zu sagen.

Na so, wegen meiner Schreibtätigkeit, weil dieses Taubenhautthema konnten sie, nicht wahr, vor meiner Ankontaktierung nicht wissen. Andererseits ist die große Scheißwahrheit so, daß er mich von seinem Ressort her schon früher dem Onkel Kálmánka hätte gegenüberstellen sollen, das wär 'ne Freude gewesen, aber das war wegen meiner Verschlossenheit ins Wasser gefallen, nicht wahr, und dann gab es diesen kleinen Unfall, daß sich die Tür des Käfigs geöffnet hat. Punkt ist: Er hat sein Geheimnis mit ins Grab genommen. Beziehungsweise in den Bauch seiner bekloppten Katzen.

Ist ja auch egal jetzt, seufzte Tubitza, er sei auch ein bißchen schuld mit seinem verdammten butterweichen Herzen hier, also sage er es geradeheraus, so wie es ist: Ich solle ihm helfen! Nicht als ob ich so superviel Wahl hätte, denn er würde an meiner Stelle die Brüder von der Sicherheit nicht bis zu einer Haussuchung gehen lassen. Ich hätte doch bis jetzt prima kooperiert und könne auch in Zukunft nicht wollen, daß man mich mit einem meterlangen Eiszapfen in den Arsch sticht. Ich solle also helfen, schließlich sei doch ich derjenige gewesen, dem der Alte sein Wirken aufdiktiert hat. Er sei sich sicher, daß in Anbetracht des Anzubetrachtenden ein hübscher Bericht entstehen wird. So nämlich, daß ich hiermit achtundvierzig Stunden habe, um alles so schön und genau wie die Sterne gehen am Himmel festzuhalten, nicht herumgekünstelt, sondern was der Alte so benutzt hat, was für Übungen, was für eine Zusammensetzung zum Roborieren und so weiter. Wenn aus dem Kopf, ist das in Ordnung, aber wenn ich, hm, Aufzeichnungen in gewissen Taschen habe, ist das für ihn auch okay. Und schön geradeheraus, anständig, alles, was hierhergehört. Punkt für Punkt aufgeführt. Sollte ich kein Papier haben, bringen sie welches. Oder was ich sonst noch so brauche. Er komme persönlich, um den Bericht abzuholen.

Und ich solle ruhig noch einen freundschaftsmäßigen Rat von ihm annehmen, sagte Tubitza blinzelnd und legte seinen linken Flügel auf meine Schulter, er an meiner Stelle würde dieses Fiktionsthema nicht so forcieren, denn wenn wir den Blödsinn annehmen, daß ich, sagen wir, diesen ganzen Onkel Kálmánka erfunden habe, dann wisse ich noch viel mehr, nicht wahr, als der Onkel Kálmánka selbst. Oi-

oioioioi, aber wie! Noch dazu lebte ich momentan auch noch, und zwar sei er, Cäsar Tubitza auch nicht gerade Rosenwasser, aber die Organisation habe Verhöroffiziere in Uganda, ich verstehe schon, was er meine, und die graben den Hund nicht mit Samthandschuhen aus.

Hier versteifte Tubitza und steckte den Kopf unter den Flügel, tiefer und länger als er es zum Telefonieren zu tun pflegte. Kusch, rief er, ich denke nach, aber keine fünf Sekunden später richtete er sich schon wider auf, sprang förmlich auf meinem Stuhl auf, hielt sich den Revolver wie ein Mikrophon vor den Schnabel und fing wild zu murmeln an: mimimi und so weiter, mimimi und so weiter, Miiiiiillionen Vögel singen, soweit ist's okeydokey, ratschte er, aber jetzt solle ich ihm helfen, ja, das ist es, ich solls schnell aufschreiben, sonst erschießt er mich, im Lallabusch, das ist es, Bruder!

Hab ichs schon aufgeschrieben? Warum hab ichs nicht aufgeschrieben?! Egal, leckmihalt, dann solle ich wenigstens schnell das Fenster für ihn aufmachen, hoffentlich vergißt er es nicht bis nach Hause, na los doch, das ist es, ich habs, keine Falken und kein Aar, nur die bunte Turtelschar, tiriliert im grüüünblättrigen Fliederbusch!

*

Wieder wurde es dunkel draußen, wieder hoffte ich aufzuwachen, sobald es das nächste Mal hell würde, vergebens. Das Dunkel blieb, scharf, gnadenlos wurde es Nacht. Der After-shave-, Feder- und Trotilgeruch meines Nachbarn stand noch lange im Zimmer. Daß ich keine Zeile schreiben würde, wußte ich natürlich sofort, sobald sich Tubitza brüllend durch das Fenster entfernt hatte. Ich war wütend, lief auf und ab, Tränen, Schweiß perlten an mir herunter. Ich führte Selbstgespräche.

Ich schmiedete Argumente, von wegen, jetzt halt mal, lieber Freund, da passieren noch ganz andere merkwürdige Dinge in meinen Geschichten, phantastische, oder wie soll ich sie nennen, die, nicht wahr, nicht im geringsten die Wirklichkeit sind. Ich glaube zwar nicht, daß es Ihre lächerliche Bewegung interessiert, aber wenn wir schon mal dabei sind: Es kommt schon mal vor, daß die Sieben Zwerge, um genau zu sein: sechs von ihnen, zu einem Prinzen umoperiert werden, um frisch aus dem OP und riesengroß wiederaufzutauchen und Schneewittchen mitzunehmen. Was ist das dann? Und ein anderer, man könnte sagen, der siebente Zwerg, läßt sich in einer persönlichen und schriftstellerischen Krise zu einer Geige umoperieren. Ist auch das nichts als die Wirklichkeit, Herr Tubitza? Oder daß ein Zementingenieur namens Gyékényesi sich in einen Fisch verwandelt und durch den Abfluß der Badewanne verschwindet? Wirklichkeit? Und ich könnte sie noch weiter aufzählen, all die Verwandelten und Verschwundenen.

Na also! Diese Sachen haben, um Gottes willen, zwar einen Grund, stützen sich aber auf nichts in der Wirklichkeit wie daß diese drei Unglücklichen für vierundzwanzig Stunden zu Riesen werden und daß die Katzen des Onkel Kálmánka abnormale Maße erreichen, ich bitte Sie, mein werter Herr, was bilden Sie sich ein, und so weiter und so weiter – ja, ich saß im Dunkeln, gestikulierte und redete immer mutiger vor mich hin, als würde ich es tatsächlich meinem wahnsinnigen Nachbarn vortragen, und wurde dabei ganz rot vor Scham. Der setzt seinen Fuß hier nicht mehr rein, sagte ich immer wieder und legte meine Bücher zurecht, um sie ihm, wenn er kommt, vor die Füße zu schmeißen: Hier, die können Sie mitnehmen, wenn's auch kein Video ist, lesen Sie das mit Ihren neunmalklugen Brüdern, womit der weitere Kontakt beendet wäre ...

So verging mein Abend, bis ich mich endlich in den Schlaf gegrübelt hatte. Zwischendurch muß ich auch geschrien haben, denn ich erinnere mich, daß jemand aus der Nachbarschaft an die Wand gehämmert hat, nicht feindselig, aber energisch.

*

Tubitza hielt die achtundvierzigstündige Frist auf die Minute ein. An einem bedeckten Frühlingsmorgen klopfte er an mein Fenster. Ich öffnete und ließ ihn herein. Es wäre feige gewesen, ihn nicht hereinzulassen, ich hätte zugegeben, Angst vor ihm zu haben, und ich wollte mich für einen Demokraten halten und dachte, solchen Leuten gegenüber darf man sich keinerlei Duckmäusertum erlauben.

Reinenweizen, sagte er, und daß man sich hinfort so zu grüßen habe.

Guten Tag, sagte ich.

Er möge meine entschlossene kleine Visage, sagte er, während er sich auf meine Bücher setzte. Er möge sie, auch wenn ich so schwanenblaß sei wie gerade jetzt. Bestimmt arbeite ich übermäßig viel. Schlage mir die Nächte um die Ohren. Er hoffe, sagte er, ich wisse, weswegen er gekommen sei.

Sehen Sie, sagte ich, ihm fast ins Wort fallend, es ist besser, wenn ich gleich am Anfang klarstelle, daß ich keine einzige beschissene Zeile geschrieben habe und es auch nicht werde. Sofern er und seine geschätzten Gesinnungsgenossen daran interessiert seien, sollen sie meine Bücher lesen, es gibt sie zu kaufen, sie sind öffentlich, einige könnte ich dem Herrn Tubitza sogar ausleihen, er sitze gerade auf ihnen, aber geschrieben habe ich keine Zeile.

Das interessiere ihn nicht, sagte er und zuckte ernst mit dem Kopf. Mein Gekritzel. Sondern er ist gekommen, um mir zu gratulieren. Weil das Laborergebnis von Übersee ist jetzt da. Aus Argentinien direkt. Und das ist phantastisch, sagte er, Schwein gehabt ist ein Hundskaas dagegen, was ich hier für ein Scheißglück habe. Also nur Kopf hoch!

Ich schwieg, trommelte mit den Fingern auf den Tisch, schaute vor mich hin.

Hat man Ihnen schon von offizieller Wissenschaftlerseite gesagt, fragte Tubitza leise und versuchte, sich näher heranzubeugen, hat man Ihnen schon gesagt, daß Sie eine ultraspezielle, eine sogenannte Taubenhaut haben, wie sie nur einmal in einer Million vorkommt? Absolute Taubenhaut, Bruder.

Nein, das sagte man mir noch nicht, sagte ich, und leider begann der Schweiß meinen Rücken hinunterzufließen. Er fließt nicht, suggerierte ich mir, er fließt nicht, aber er floß. Vielleicht wären Sie so freundlich, auf den Punkt zu kommen, sagte ich.

Aber da sei er doch schon längst, auf dem Punkt, antwortete mein Besucher geduldig, denn, sollte es soeben nicht klar geworden sein, meine Haut sei der Punkt. Genauer gesagt, meine Taubenhaut. Absolut! Und ich solle ja nicht glauben, so eine Taubenhaut könnte jeder verschissene Säugeaffe haben.

Ich verstehe nicht, sagte ich.

Das macht nichts, sagte er. Um zu verstehen, sei er ja da, das reiche völlig aus, ich solle nur meine Haut hübsch wachsen lassen, gleichmäßig, und keine Pickel bekommen, in den vorgeschriebenen Portionen die Hefe essen, der Rest sei nicht mehr meine Sache. Schenkel und Sterz sowie die Rückenfläche, eventuell die Armhaut, wenn sie nicht sehr herunterhängt, das sind die wichtigsten. Und die am Bauch. Ich solle immer mal an ihr zupfen und mich möglichst nicht mit dreckigen Fingern kratzen.

Entschuldigen Sie, sagte ich, ich glaube, der Moment ist gekommen, in dem ich Sie ein für allemal bitten muß, sich zur Hölle zu scheren.

Ein Schriftsteller! Und redet so! Pfui, sagte mein Besucher und schüttelte den Kopf. Also das ist wirklich erstaunlich, wie wenig Freundlich-, Läutseelig- und Gemütlichkeit in den Menschen ist, noch nicht einmal in denen, die ansonsten nahe Arbeits- und Kampfsgenossen sind, die nun bis zum Tod aufeinander angewiesen sind, und das ist ja wohl das Minimum, der Tod, denn er habe mich, sollte ich es nicht bemerkt haben, sowohl neulich als auch jetzt mit seinem Vertrauen ausgezeichnet, ja mehr noch, mit dem höchsten Vertrauen einer ganzen Rasse.

Ich habe nicht darum gebeten, sagte ich.

Aber ich habe es nun einmal bekommen, und zwar ein ganz besonderes Vertrauen, aus dem folgend ich, leider oder nicht leider, zuviel weiß, kabinettale Geheimnisse, welche bis zu den Bodenwurzeln vordringen, und das ist keine Stilblüte, sondern ein Problem, was so oder so nach einer Lösung verlangt. Besonders mit solchen frenetischen Laborergebnissen! Ich müsse also verstehen, daß er nicht zulassen könne, daß dieses unvernähte Ende vereitert, und gleichzeitig täusche ich mich, aber sehr, wenn ich denke, daß er meinetwegen mit den Nerven auf Grundeis gehe. Denn er habe deswegen permanent nicht geschlafen und habe Probleme gewälzt und sei nur noch auf- und abgegangen vor lauter Nachdenken, aber er sei kein popeliger Gruppenführerbengel, den ich mir aufs Brot schmieren könne und hamm, noch nicht mal dann, wenn ich so eine Taubenhaut habe. Was körperlich einen großen Schutz bedeutet, geben wir es offen zu.

Ein Glück, seufzte Tubitza und holte ein gelbes Nylondossier aus seinem Diplomatenkoffer, ein Glück, daß es eine Lösung gibt, eine palomistischere und weitreichendere. Demnach werde er mich, und das ist mit dem Rassenoberrat abgesprochen, nach einigen ergänzenden Untersuchungen für eine xenotransplantative Stelle der Kategorie 1A vorschlagen. Gehalt, Aufwandsentschädigung, Cremegeld sowie anfangs und gegebenenfalls Fluglehrpersonal.

Nach alldem, sagte er, ist es nur noch eine Formalität, Brüderchen, daß du unserer Körperschaft beitrittst, wir legen den Blut- und den Rasseneid ab, und den Nichtverlassensschwur. Wir veranstalten eine Feier.

Weiters werde er, wenn ich ihm die Ehre erweisen wolle, mein Tutor sein, er werde meine Beziehung nach Oben darstellen. Was soviel bedeute, daß wir zu zweit eine illegale Zelle bilden werden, plus die Renzi. Eine Zelle, eine Seele. So sieht es aus, Bruder, sagte Tubitza und sah mich an, und daß er mir zu dieser Gelegenheit gratulieren möchte. Er als erster. Denn darauf sollten wir Wert legen! Auf die Form.

Er blies sich auf wie eine Gummimatratze und streckte mir den Flügel hin. Soweit ich mich erinnere, steckte ich die Hand in die Tasche. Danach teilte er mit, daß der Rassenoberrat auf seine Empfehlung hin weiterstsichtige Pläne mit mir habe. Und es ist sowieso besser, wenn man sich nicht mit einem fremden Mieter, noch dazu einem Zivilen um die Wohnung streiten muß, sondern sie einfach hübsch übergeben wird, wie es sich gehört. Denn ich könne mir gar nicht vorstellen, was es für Menschen in unserer Wohnumgebung gebe! Na ja, dafür sind's ja schließlich Menschen, nicht wahr!

Um was für eine Wohnung sollten wir uns streiten, fragte ich verblüfft, und was für Menschen, aber er schüttelte nur verzeihend den Kopf.

Ich solle keine Angst haben, Punkt ist, ich werde alles erfahren zur rechten Zeit, sagte er väterlich und tätschelte mein Knie mit seiner Reitgerte. Wenn er mir jetzt alles unverblümt erzählen würde, mit der Tür ins Haus, würde ich mich sofort langlegen und mir vielleicht meinen kleinen Bumsschädel brechen. Und was das anbelangt, hätte ich noch Zeit. Meine Aufgabe sei es, die Küche und das Bad leer zu räumen, und natürlich auch das Zimmer. Wir brauchen Bettpfannen, Töpfe, heißes Wasser und Laken. Alles andere werden sie mitbringen, Kalanderkessel, maßstabsgerechte Barbiersessel, Wasserbett. Den Mikrowellen-OP-Automaten habe er mir ja schon neulich rübergeschickt. Ich habe mich ja auch fein bedankt.

Mir klapperten die Zähne, die Hände zitterten. Ich fühlte,

ich würde gleich zu schreien anfangen, und natürlich werde ich vor lauter Angst brüllen, was mich aggressiv macht, eine Ratte, in die Ecke gedrängt, was meine Stimme zu einem dünnen Gequieke werden läßt, was ich hasse. Dennoch gelang es mir, relativ ruhig zum Fenster zu gehen, es zu öffnen und mit dem Kopf anzudeuten: Raus, entfernen Sie sich. Ein uralter Notenständer aus Metall geriet mir in die Hände, ich griff nach ihm, man hätte es auch als bedrohlich auffassen können.

Langsam, sehr langsam, wie an einer klapprigen Ehrenkompanie spazierte Tubitza an mir vorbei und hüpfte auf das Fensterbrett. Er nickte, lächelte mich stolz an. Draußen wurde es hoffnungslos immer dunkler. Die Adlerboys standen gleichgültig unter dem rußbraunen Himmel, kauten an ihren Weizengummis. Mir kamen die Partisanenfilme meiner Kindheit in den Sinn. Der heldenhafte Geroi, der sich das Hemd über der Brust zerreißt. Die lächerliche und unverzichtbare Heldenhaftigkeit. Fast wäre ich in Tränen ausgebrochen. Wir standen unbewegt da, unter seinem Flügel klingelte das Handy.

Laßt mich jetzt, gellte er dem unsichtbaren Anrufer zu, weil ich rede jetzt mit einem mutigen Menschen. Die Leitung brach ab.

Ein echter, mutiger Mann, sagte er und sah mich an. Der bekommt, was er will. Es ist ein Vergnügen, einem solchen zu verzeihen, sagte er, und die Haut an seiner Nasenwurzel erbebte. Und einem ansonsten guten Nachbarn erst recht, obwohl, theoretisch, wenn er wollte, könnte er mich auch erschießen, wie im Witz. Oder was ich todesartmäßig eben wolle. Tiefkühler, Autoreifen. Eventuell eine hübsche kleine Patetisation mit der Fleischzwinge. Ist nicht richtig publik, aber sie haben eine Quote, ich verstehe ihn schon richtig, da ist mein Verschwinden jederzeit lachend mit drin, keine Sorge. Wäre ich ihm nicht so sympathisch, hätte er, Laborergebnisse hin oder her, schon längst diesen Adlerboys Bescheid gegeben, daß die mich mitnehmen zu einem kleinen Ausflug. Das muß schon eine echte Taubenhaut sein, die so was aushält. Oder er hätte zum Beispiel das Enthäuten schon längst alleine durchführen können. Ambulant. Ohne Assistenz und Anästhesiologen. Ohne Gastprofessor. Und dann: Fahrstuhlbrummen und fertig, finita la anita.

Aber er, nicht wahr, habe keinem was gesagt. Tubitza sah mich an. Ich habe doch gehört, daß er nichts gesagt hat, oder? Denn, was soll er machen, ich gefalle ihm nun einmal. Meine disziplinierte kleine Natur. Er habe im übrigen überhaupt nicht angenommen, ich könnte irgendeine Dummheit begehen. Und wenn, Gott geb's nicht, doch, grüß Gott, wenn du ihn siehst. Der Schnabel der Adlerboys ist geladen, sagte er und zwinkerte. Um so mehr, da ein Jemand, der ihm gegenüber eine Dummheit begeht, sich sozusagen einer ganzen erwachenden Rassenpopulation, Zehntausenden von stolzen und ad astra wachsenden Exemplaren gegenüberfinden würde. Jawohl, mit einer Bewegung, welche nach langen Vorbereitungen, Blut und Demut beim nächsten Fest des Reinen Weizens …

Aber hoioioi, was plappert er mir hier schon wieder vor? Aber ja, rief er aus. Geheimnisse. »Die Bühne der Geschichte betritt« und so was! Und ich höre ihm gleichgültig zu. Das ist Wahnsinn, leider, und ich solle nur aufpassen, denn man werde mich fragen, wieso ich, trotz unseres erfreulichen In-einem-Boot-Sitzens zulasse, daß mein Wohltäter und Freund plappert, ich solle also drauf aufpassen, und wenn er was sage, solle ich ihm ruhig in die Parade fahren!

Fahr mir in die Parade, Bruder, sagte Tubitza, und daß von heute an er der Ältere sei.

*

Nach meinem Besuch beim Hausmeister fiel mir auf, daß immer weniger Menschen im Haus wohnten. Erst zogen die Boutiquen und Büros fort, später die alleinstehenden Zivilisten, schließlich die Familien. Ein geschlossener Lkw nach dem anderen fuhr rückwärts unter den Torbogen aus dem letzten Jahrhundert. Im Fahrstuhl, wenn er denn fuhr, drückten meine Mitbewohner Käfige, Aquarien, in Decken gewickelte Fernseher an sich, senkten die Augen und lächelten verstört. Alle miteinander Wohnungseigentümer.

Meine Lage war da leichter, ich hatte die Mansarde von vornherein nur übergangsweise gemietet. Noch dazu hatte ich über einen Auszug schon bevor die Gerüchte aufkamen, und lange, bevor die Tubitzas anfingen, sich zu aktivieren, nachgedacht, und dieser Plan wurde auch durch die Lähmung, die mich im Zuge der Ereignisse überkam, nicht verändert, höchstens das Tempo des Suchens und des Sich-Kümmerns verlangsamte sich. Ich hatte nicht viel Geld, aber unterstützt mit allen möglichen Krediten konnte ich auf eine bescheidene, abgenutzte Eigentumswohnung hoffen.

Daß meine Lage unerträglich war und daß ich außer auf

mich selbst auf niemanden sonst zählen konnte, wurde mir so endgültig wie langsam klar, gleichzeitig wollte ich auch nicht den Eindruck erwecken, ich wäre feige oder gar kopflos geflohen, daß sie mich aus meiner Mietwohnung praktisch verjagt hätten, obwohl genau das der Fall war. Durch einen glücklichen Zufall gelang es mir, praktisch von einem Tag auf den anderen, eine Wohnung zu einem sehr günstigen Preis zu ergattern, siebter Bezirk, in der Nähe des Stadtwäldchens, vierter Stock. Zwar hatte sie keinen Fahrstuhl, respektive, sie hat immer noch keinen, denn ich wohne auch jetzt noch hier, zumindest bis morgen früh um acht.

Ich wußte nur soviel, daß die Wohnung einem alleinstehenden alten Opa gehört hatte, nach seinem Tod hatten entfernte Verwandte sie einem Maklerbüro überlassen, das sich rätselhafterweise auf eine meiner Annoncen meldete, die ich über ein halbes Jahr zuvor aufgegeben hatte. Just an dem Tag, als ich meinen »Bericht« hätte schreiben sollen, ich also in einer sehr schlechten Verfassung war. Ich ertappte mich mehrfach dabei, daß ich halblaut vor mich hinsprach, und mich, Schande hin oder her, mit meinem Nachbarn über Fiktion und Wirklichkeit stritt, mich auf den Besuch am nächsten Tag vorbereitete und mich heftigst davor gruselte. Die Stimme des Maklers war nicht aufdringlich, eher verschlafen und gleichgültig, vielleicht gelang es ihm deswegen, mich zu überzeugen, ich möge mir die genannte Immobilie wenigstens ansehen, das koste mich schließlich nichts. So was sei heutzutage ohnehin kein Telefonthema.

Wir machten einen Termin. Der Mann stand vor der Tür zum Dachboden und lächelte linkisch. Er wisse, wer ich sei, er kenne praktisch meine Schriften. Die Angestellten hatten nur einmal durchgefegt und die Unmengen an Geraffel und ärmlichen Möbelstücken weggeschafft. Die Wohnung war in einem grauenhaften Zustand. Dem Boden entströmte ein hoffnungsloser Uringestank, den Geruch des Putzmittels und den Pfeifengestank des Mannes noch überflügelnd. An der Stelle des mitsamt der Dübel herausgerissenen Raumteilers gähnten faustgroße Löcher in der Wand und den Dielen. Bis heute könnte ich die Stelle eines jeden einzelnen zeigen, aber damals stand ich nur da, und nichts fiel mir auf. Zerstreut hörte ich dem Mann mit den gelben Schuhen und der grauen Haut zu, der mir zuredete, das, was ich hier sähe, sei nur der Schein, und diesem solle ich nicht glauben. In sechs, sieben Tagen werden sie hier desinfiziert, die einfacheren Malerarbeiten ausgeführt und die Dielen abgeschliffen haben, und wenn es mir passe, könne ich bereits vor Unterzeichnung der Papiere hier einziehen. Der Rest habe Zeit.

Ich sagte weder ja noch nein, aber tief in meinem Inneren war ich erleichtert, und daß ich am nächsten Tag Tubitza die Tür, respektive das Fenster wies, war zumindest nicht unabhängig von dieser neuen Situation. Es flößte mir Mut, ja fast Haltung ein, daß es mich, sollte was auch immer geschehen, nur einen Telefonanruf kosten würde, und ich hätte innerhalb weniger Tage etwas, wo ich hingehen könnte.

*

Nachdem mein Besucher gegangen war und das Zittern meiner Beine nachgelassen hatte, ging ich hinunter und rief von der Straße aus das Maklerbüro an. Die mitfühlende

Stimme des gelbgrauen Mannes tat mir ausgesprochen gut, obwohl ich ihm, soweit ich mich erinnern kann, nichts über meinen Zustand und ganz besonders nichts über die Gründe dafür gesagt hatte. Dennoch, er versicherte mich von sich aus seines weitgehenden Mitgefühls. Wir einigten uns innerhalb von Minuten über das Geld, die Bedingungen und den Zeitpunkt des Umzuges. Mit einem kompletten Vertrag könne er mir noch nicht dienen, aber wenn ich ihm die Hälfte der Summe übergäbe, würde er mir sofort den Schlüssel aushändigen. Ich könne beruhigt sein, es gibt eine Quittung und einen Zeugen, sagte der Mann, und daß wenigstens wir Menschen zusammenhalten sollten.

Nach diesem Gespräch hatte ich keine Lust, nach Hause zu gehen, und spazierte, wie das nun mal so ist, in die Richtung meiner neuen Bleibe. In Flecken, wie Kahlhaut, war der Frühling zu sehen, aber ich weiß bis heute nicht, ob ich aus Zerstreutheit oder um den Spaziergang auszudehnen am Heldenplatz vorbeiging, obwohl so ein Umweg in letzter Zeit nicht ganz ungefährlich war. Gottseidank war außer einigen geschmacklosen Guanozeichnungen nichts Besonderes zu sehen. Wie es aussieht, dachte ich, haben die großmäuligen Rassengenossen doch etwas Respekt vor den Soldaten der Ehrenwache und den Skatern.

Vom Platz lief ich einen Block auf dem breiten Boulevard, anschließend zwei Ecken weit in einer Seitenstraße, und schon stand ich vor dem Jahrhundertwendegebäude, im Parterre blakte die Auslage des Gemüseladens der Witwe Knurr. Leider war das Tor abgeschlossen, also stand ich nur eine Weile auf dem gegenüberliegenden Gehsteig. Gott allein weiß, was man bei solchen Gelegenheiten sehen will.

Vielleicht die eigenen Aussichten, die Zukunft, den Raum, den man ausfüllen und der einen umgeben wird. Ich könnte jetzt sagen, ich hätte bereits »Böses geahnt«, oder daß ich an diesem Abend bereits diese heutige Nacht gespürt hätte, aber das wäre nicht wahr. Ich spürte vielmehr eine Art Befreiung, als ich zu meinem einzigen, dunklen Fenster hinaufsah. Über dem Stadtwäldchen hing leer der Märzmond, und dieses dicke Mietshaus war wie ein beleidigter alter Mann mit Mundsperre.

*

Tubitza und sein Klan hatten sich nicht mehr gemeldet, und das war, muß ich zugeben, eine große Erleichterung. Im Dachgeschoß, im Flur herrschte Totenstille, und wäre ich nicht mit dem Packen beschäftigt gewesen, hätte ich sie sogar als unheilverkündend empfinden können. Ich hatte vier Tage dafür, mehr als reichlich Zeit also, denn ich hatte die Wohnung möbliert gemietet, und abgesehen von den Büchern besaß ich kaum Gegenstände, und das wenige, das da war, arrangierte sich, wie ein verwittertes, routiniertes Hilfspersonal, schnell zu abreisefertigen Bündeln, koffer- und sporttaschenartigen Gebilden.

Zwar stand ich manchmal ganze halbe Stunden da, unbewegt horchend, aber meine Laune wurde immer besser, und am Ende der Woche versuchte mich erneut der Gedanke, ob denn das, was ich in den vergangenen Monaten erlebt hatte, nicht nur ein Traum oder zumindest ein traumartiges dichterisches Nervenfieber, ein Phantasiesturm gewesen sei.

Meine Freunde, deren Hilfe eher in ihrer Freundlichkeit

als im Volumen oder in der Eiligkeit der Arbeit begründet lag, konnte man nicht davon abbringen, wenigstens einen mit Packen verbundenen Abschiedsumtrunk zu veranstalten. Am letzten Abend kaufte ich Wein und Wodka, und wir saßen ein bißchen auf den Kisten und Kartons herum. Ich trank reichlich und querbeet und erzählte ihnen, weit ausholend, dies und das über meine Nachbarn im Dachgeschoß.

Sie hörten mir mit der Idee gebührenden Aufmerksamkeit zu. Unwillkürlich dämpfte ich meine Stimme, meine Schweißausbrüche werteten sie als dem Vortrag oder dem schriftstellerischen Spiel zugehörig, sie genossen das Ganze ziemlich. Wann schreibst du das, fragten sie. Das ist gut, schreib das sofort, sagten sie und lachten, schauderten, klopften mir auf die Schulter. Einer ging zur Wand, horchte eine Weile und setzte sich mit einem seltsamen Lächeln wieder hin.

Das Problem, wollte ich sagen, das Problem, meine Lieben, ist, daß das jetzt kein Witz ist, aber ich wußte genau, was sie geantwortet hätten; natürlich nicht, kein Witz, hätten sie im Chor gesagt, na klar! Sondern einerseits Literatur, und andererseits ist das die kristallklare Wahrheit, beziehungsweise die Wirklichkeit, wir sehen es ja selbst auf der Straße, im Fernsehen, sie werden immer mehr, grassieren und parolieren, hätten meine Freunde gesagt, und wenn das einzige, worauf wir vertrauen können, die Demokratie, versagt, ja mehr noch, die Brutstätte all dieser Auswüchse ist, dann bleibt einem gegen die Angst nichts anderes mehr als das Lachen, das Lächerlichmachen, die Ironie als Waffe der Ohnmacht und so weiter und so weiter.

Ich hätte mich stark machen können, aber ich hatte keine Lust, die Sache weiter zu verkomplizieren, die Trunkenheit machte mich großzügig, ich schlug mich lieber auf ihre Seite, nahm am raschen Ausmalen meiner Idee teil, und fast bekam ich davon eine bessere Laune. Glaube uns, sagte der eine, daraus kann man eine Swiftsche Satire schreiben. Das ist alles, was ich im Groben reproduzieren kann. Ich habe zum Beispiel keine Ahnung, ob ich meine Freunde hinausbegleitet habe. An dieser Stelle folgt ein Filmriß. Am Morgen erwachte ich auf den Kisten liegend, zugedeckt mit meinem zum Wegwerfen verurteilten alten Schafspelz.

*

Das nächste, woran ich mich deutlich erinnere, ist, daß ich verkatert durch die Wohnung geisterte und mich furchtbar fühlte. Als hätte man mich zersägt und durch den Fleischwolf getrieben. In der Küche und im Bad die Spuren hastigen Saubermachens – ich mußte in der Nacht erbrochen haben –, der Alkoholgeruch leuchtete mit grellem, weißem Schein. Ich taumelte hin und her zwischen meinen Sachen und radierte die Abdrücke von der Wand, die mein Ohr und meine eine Million Mal dagegen gedrückte Wange dort hinterlassen hatten, anschließend wartete ich dösend auf die Umzugsfirma.

In letzter Sekunde, praktisch als Ersatzhandlung, fiel mir ein, einen Blick ins Tiefkühlfach des Kühlschranks zu werfen, bevor ich ihn zurückließ, obwohl ich es, soweit ich mich erinnern konnte, überhaupt nicht benutzt hatte. Ich sehe mich selber, wie ich mit einem Schraubenzieher den Reif aus dem Türspalt kratzte, die Tür öffnete und einen abgeschnittenen, knochenhart gefrorenen Taubenkopf fand. Er war in eine linierte Schulheftseite gewickelt, auf der in der eckigen Schrift unseres Hausmeisters geschrieben stand: *So ergeht es jedem Palomisten!!!* Das Papier roch nach Schießpulver und Domestos.

An so etwas erinnere ich mich, und daß ich mich brüllend und dicke Tränen heulend wieder erbrach und mich erst zusammenriß, als die Wechselsprechanlage klingelte. Ich schloß den Kühlschrank, das reifbedeckte Paket versteckte ich in der letzten schwarzen Plastiktüte, die ich – nachdem wir alle Sachen hinuntergetragen und ich die Wohnung hinter mir abgeschlossen hatte – in eine Mülltonne im Hof warf. Ich beeilte mich, der Lkw wartete, ich ging, ohne mich noch einmal umzuschauen, nicht zur plombierten Tür des Hausmeisters und nicht auf den fahlen Sandfleck auf dem Stein des Hofs, ich traute mich einfach nicht.

Und dennoch, als ich den Deckel über dem grünen Plastikbehälter schloß, dachte ich lächerlicherweise, ich könnte einen Schlußstrich unter diese ganze unglaubliche und unappetitliche Geschichte ziehen.

II.

Date: Fri, 28 May 1999 09:01:23

Ich kann wieder schreiben, seit wenigen Wochen erst und nur mit vier Fingern, aber immerhin. Kaum war ich zu mir gekommen, brachten sie mir diesen Laptop, natürlich nicht ganz selbstlos. In einem Etui aus Hundeleder. Eine Weile lag er nur unter dem Bett, neben der Ente, jetzt ist es doch gut, daß er da ist, ich zerre ihn zu mir hoch und schreibe. Wenn ich schon mal Schriftsteller bin!

Ich bin der einzige, der weiß, daß man ihn auch ans Internet anschließen kann, zumindest mehr oder weniger. Ich bin selbst erst vor kurzem dahintergekommen. Im Etui lagen eine Menge Kabel, und hinter der Bettlehne, neben der Steckdose, fand ich eine uralte Telefondose, probierte aus, ob man nicht vielleicht eine Leitung vergessen hatte, und verband sie mit dem Laptop. Ich hatte Glück, ich weiß auch nicht, wie, aber es funktioniert. Ich kann E-Mails verschicken, das ist das Wichtigste.

Im übrigen ist nichts wichtig, außer daß dieses Nässen aufhört. Und, daß es endlich nicht mehr weh tut. Fein bist du aus mir ausgezogen, Herrentierchen! Hast mich hier sitzen lassen in der Scheiße, und die ist so groß, so was könnte man nicht mal erfinden.

Draußen ist Sommer, was?

Es mußten Tage vergehen, bis ich endlich kapiert habe, wo ich hier überhaupt bin, daß dieses Haus dasselbe Haus ist. Man kann vom Fenster aus genauso das Parlament sehen. Zumindest die Spitze, die Kuppel wird von der Flugterrasse verdeckt. Vom Voaljé, wie die hier sagen. Es ist ganz sicher dasselbe Haus, auch wenn es innen bis auf den Grund umgestaltet worden ist. Zu einem Hauptquartier. Der Raum, in dem ich liege, ist ein unbekannter, gefliester Raum unter dem Dach, mit Blick nach Westen. Er hat die Form eines Sarges, nur daß er weiß ist. Wenn ich nicht gerade ohnmächtig bin, kann ich die Sonne untergehen sehen.

Zwischendurch fehlen mir ganze Wochen. Das letzte, woran ich mich erinnere, ist, daß ich betrunken einschlafe unter deinem furchtbaren, nach Maus riechenden Schafspelz. Im Traum, oder was, höre ich Brodeln und das Klappern von Instrumenten sowie mein eigenes unsicheres Gejammer. Sie bringen mich ins Badezimmer, waschen mich mit Alkohol ab. Die Mikrowelle brummt und piept. Über mir unterhalten sich mehrere Personen, erzählen was von »ultraspeziell« und »Fahrstuhlschacht«. Eine der Stimmen gehört meinem Nachbarn, dem Oberlumpen. Äußerst gut gelaunt. Er kirrt: Bis zum Morgen sind wir fertig. Fertig, Jesus, womit? Sorry, es kommt jemand …

(Mehr als ein halbes Jahr ist vergangen, doch die Schwäche und die Übelkeit, die ich damals beim Lesen dieser Zeilen verspürt habe, erfassen mich heute genauso wie an jenem Tag, an dem mit einem leisen Knacken der erste Brief ankam. Es war Anfang Sommer, ein klarer, zur Straße blikkender Vormittag. Das Fenster stand offen, vom Stadtwäldchen her zog Blumen-, Blätter- und Zooduft herein. Ich war am 8. März umgezogen, wohnte also seit fast drei Monaten hier, hatte mich gerade eingewöhnt, und hatte, soweit das einem Wandervogel wie mir überhaupt möglich ist, diese Wohnung liebgewonnen. Ich betrachtete sie beinahe schon als mein Eigentum. Was die zwischenzeitlich aufgetauchten rechtlichen und administrativen Probleme anbelangt, winkte mein Makler nur ab.

Langsam fing ich auch wieder zu arbeiten an, wenngleich dies hauptsächlich aus Lesen und dem Anfertigen von Notizen bestand. Um es hochtrabend auszudrücken: Ich führte balneologische und libidogeschichtliche Studien durch und wagte den einen oder anderen unverbindlichen kleinen Schreibversuch. Es hatte den guten Geschmack von Arbeit, ohne daß dieser von der Panik einer Abgabeverpflichtung, der Bitterkeit des Fertigschreibens getrübt worden wäre. Zudem war das Ziel noch weit genug entfernt und dementsprechend im Ungewissen, um nicht, wie es meine Grundnatur ist, in Hektik zu verfallen und zu ackern, also zu rasen zu beginnen. Ich konnte nach Lust und Laune vor meine Füße schauen, auf die lebendigen und fleischigen Details, die mir Freude und zeitweise Befriedigung verschafften.

Währenddessen faulte all das, was ich heute abend, in den vergangenen paar Stunden, zusammengefügt und ergänzt habe, also die Aufzeichnungen über die Tubitzas sowie die Glosse über die riesenwüchsigen Obdachlosen, im Computer vor sich hin, als hätte ich sie wirklich mit Scheiße beschmiert abgespeichert. Wenn ich sie manchmal öffnete, schlug mir »der Atem einer anderen Welt« entgegen und der der Furcht, meiner eigenen. Als hätte ich jenes abgetaute, längst verlassene Tiefkühlfach in mir geöffnet, ein Tiefkühlfach voller saurer Stille und mumifizierter Sätze. Aber soviel konnte ich, Angst hin oder her, schon sehen, daß der Fall selbst, mein konkreter Fall, langsam zu einem Material trocknete, zu einer Imagination. Ich hatte neuen Mut gefaßt und fing an, es »den verhinderten Romananfang« zu nennen. Ich hoffte, vor der Phantasie würde man (ich) weniger Respekt haben.

Der Brief war anderthalb Stunden, bevor ich ihn las, abgeschickt worden. Bevor ich mit der Arbeit anfange, schaue ich meistens nach meinen E-Mails. An diesem Tag setzte ich mich um halb elf vor die Maschine. Es war der 28. Mai, ein Freitag, der Tag des Heiligen Emil. Statt eines Absenders stand eine verworrene Zahlenreihe über dem Datum, ein langes Abrakadabra, und darin, verstreut zwar, aber unmißverständlich, die Buchstaben meines Namens. Eine Unterschrift gab es nicht, gibt es bis heute nicht. Er hätte »Duweißtschonwer« schreiben können, aber er tat es nicht.

Da saß ich nun vor dieser E-Mail, die ich mir selbst geschickt, jedoch nicht geschrieben hatte. Guter Witz, murmelte ich, guter Witz, aber innerhalb von Sekunden brach mir der Schweiß aus, und das Herz rutschte mir in den Magen. Wie ein Sensor, eine bösartige Anzeige, fing die Schwanenwunde an meiner Schulter zu schmerzen an. In meinem Gehirn jagten die Gedanken einander, wirbelten wie ein Ventilator um meine Furcht herum. Krampfhaft versuchte ich mir zu sagen, ach was, jemand macht nur Blödsinn, hat den Code geknackt, ist in meinen Rechner eingedrungen, hat das Tubitza-Dossier gelesen und beschlossen, mir einen Streich zu spielen. Oder, dachte ich, es gibt eine noch einfachere und lebensnahere Lösung: Einem meiner Freunde hat es gefallen, was ich in der Nacht vor meinem Umzug betrunken erzählt habe, er hat genug bekommen von meiner Untätigkeit, meinem sogenannten schriftstellerischen Schweigen, und will mich nun so dazu bringen, mich zu äußern, will so ein Manuskript aus mir herausprovozieren, ja, das muß es sein, deklinierte ich mir vor, was sollte es sonst sein?

Ich Idiot! Der idiotische Narzissus.

Denn bei alldem wußte ich genau, daß ich mich selbst täuschte, und ich wußte auch, daß es vergebens sein würde. Was ich neulich oder wann auch immer ausgeplaudert haben könnte oder was wer auch immer in meinem Computer hätte finden können, war höchstens ein Bruchteil der Geschichte, die ich in meinem Kopf und vor allem in meinen Drüsen trug, und der, der dieses und die noch folgenden E-Mails schrieb, wußte alles über mich. Aus erster Hand. Er hatte mich sozusagen im Blut.

Es kamen also diese Drahtpost-Briefe in unterschiedlicher Anzahl und Häufigkeit, manchmal mehrere am Tag, manchmal wochenlang gar nichts, sie kamen bis heute abend, aber wir wollen nicht so weit vorgreifen, so knapp wie die Zeit ist. In den nächsten sieben bis acht Stunden werde ich kaum mehr schaffen, als aufzuräumen und die E-Mails des Gewissen Jemands in dieses Dokument zu kopieren. Markieren, kopieren, einfügen. Sollte es mir gelingen, den einen oder anderen hastigen Kommentar einzufügen, wird dieser nicht einmal meine eigene Unklarheit restlos vertreiben können, geschweige denn die des Lesers. Klar ist, daß bald der Morgen anbrechen wird und daß ich an diesen Morgen keinerlei Hoffnung knüpfen kann.

Ich lernte mit der neuen Situation zu leben wie mit einer unangenehmen Krankheit. Von außen betrachtet, sollte es einen Betrachter gegeben haben, wird kaum etwas zu sehen gewesen sein, ich verhielt mich wie immer, »vergrub mich in der Arbeit«. Daß ich mich außer um das Vorhandensein und den Inhalt der Briefe um nichts anderes kümmerte, war nicht zu sehen. Ich wartete auf sie, tagelang, auf sie und auf die neugierige Übelkeit, die mich erfaßte, wenn sie ankamen. Ich kann ruhig zugeben, daß ich abhängig geworden bin von der Furcht, die mich verläßlich beschäftigte und in Form hielt. Mit meinen Jahrhundertwendestudien verfuhr ich wie mit mancher mittelmäßig interessanten Wartezimmerlektüre, die man sofort beiseite legt, sobald sich die Tür des Behandlungszimmers öffnet.

Ich saß also vor dem Computer und wartete. Mal war meine Angst, mal meine Neugierde größer, aber das spielte keine große Rolle. Mein Rückzug brachte mit sich, daß ich auch die Briefe meiner Bekannten nicht beantwortete, die allmählich rarer werdenden E-Mails warteten manchmal wochenlang im Posteingang, aber sie warteten ruhig, gleichgültig. Wenn hingegen eine Nachricht von *dort* kam, spielte die Maschine praktisch verrückt und stürzte innerhalb von Augenblicken ab. Und wenn ich etwa, sie wütend neu startend, mit der Arbeit fortfahren wollte und die Nachricht des Jemanden nicht sofort las, stürzte wieder alles ab. Man könnte sagen, er trampelte wütend, bis ich mich mit ihm beschäftigte.

Soviel sei noch angemerkt: Es gelang mir nie, auch nur einen Buchstaben aus diesen Briefen auszudrucken oder auf Diskette zu kopieren, hartnäckig widerstanden sie allen diesbezüglichen Versuchen. Wie es aussieht, ist das das Maximum: sie hin und her zu kopieren, aber aus der Maschine heraus, sozusagen hinter dem Bildschirm hervor, lassen sie sich nicht zerren.

Ob sie es wohl erlauben werden, daß ich sie weiterschicke?

Unter dem Vorwand, ich verstünde nichts davon – denn ich verstehe wirklich nichts davon –, habe ich meine Versuche vermutlich zu früh, ja sogar etwas erleichtert aufgegeben. Verständlicher-, wenn auch sinnloserweise dachte ich, solange sie *dort drin* sind, seien sei weniger real. Mehr noch, wenn ich wollte, gab es sie gar nicht, wenn ich wollte, gab es die Welt gar nicht, über die sie auf ihre eigene brutale Art berichteten. Obwohl der Gewisse Jemand es nicht versäumte, mich von Zeit zu Zeit an die Spielregeln zu erinnern, und ich lernte sie auch von mir aus schnell.

Ich nenne ihn den Gewissen Jemanden, manchmal meinen Helden, aber all dies nur ermangelst einer besseren Lösung und mit einem flauen Geschmack im Mund.

Im Sommer kam es noch vor, daß ich seine Briefe öffnete und sie wie eine ansteckende oder zumindest gefährliche Sache »hinter Glas« studierte, aber im Spätherbst hörte ich auf damit, ich hoffe, es wird klar werden, wieso. Nun aber, da ich zum ersten und vielleicht letzten Mal das Ganze von A bis Z durchlesen müßte, fürchte ich, nicht mehr genug Zeit zu haben. Mitternacht ist lange vorbei, draußen lassen die zu Gala- und Nutzzwecken abgehaltenen Schießereien allmählich nach, der süße Sekt auf den Gehsteigen ist gefroren. Kalkig, spröde blinkt die Stadt, die meisten Feierlichkeiten haben sich unter die Dächer zurückgezogen, nur die Streifen und die Rettung ziehen noch ihre Kreise, säubern die Straßen von den Betrunkenen und den Vorschülern.)

Date: Fri, 28 May 1999 11:20:15

Die diensthabenden Kropfmädel waren hier, zwei trampelige Purzler. Sie kommen alle sechs Stunden, um die Wundränder einzucremen. Zwar tut es immer irgendwie weh, aber nach so einer Behandlung ist es doch etwas erträglicher. Außerdem bekomme ich täglich ein Zäpfchen gegen das Fieber. Die verdammten Hurgos schütten sich regelrecht aus vor Lachen, während sie es hineinstopfen: Hohoooo, das ist vielleicht ein Bürzel! Und zappeln herum und benehmen sich überhaupt während der ganzen Behandlung äußerst ungehörig. Selbst nachdem sie schon längst gegangen sind, hört man vom Flur noch ihr gludderndes Lachen.

Meine Finger sind ziemlich lahm, zugegeben, krumm und steif, ich bin die Tastatur nicht mehr gewohnt. Aber dir geht's gut in deiner schönen neuen Wohnung, was, Dickerchen?

Wenn ich richtig rechne, liegt die Operation mehr als elf

Wochen zurück. Am ehesten erinnere ich mich an den Gestank. Wie in einem Detoxikator. Sie waren mindestens zu neunt.

Was wollen Sie, fragte ich.

Haha, sagte der Oberbandit, kruhaha, als hätten wir das nicht längst abgestimmt. Was sie wollen ist, daß sie meine Haut verpflanzen werden, man kann es nicht länger aufschieben, Märzhaut ist am ruhigsten. Weiterhin haben wir besprochen, daß nur einer von einer Million so eine taubenkompatible Haut hat. Ultraspezielle, drüsenfreie Formhaut!

Was geht Sie das an, schrie ich, und woher er das wisse.

Woher?! Daher, daß er mich untersucht habe, während ich schlief.

Wie sind Sie reingekommen?

Gar nicht. Er war schon drin. Und dann war er draußen. Wie 'n Schwanz, um es mal so unverblümt und menschlich auszudrücken. Aber er könnte auch sagen, keinen Schwanz interessiert's, was ich hier frage. Ein Subjektexemplar, das noch dazu, bitte um Vergebung, bestenfalls ein Rassenmischmasch Typ B ist. Ein reines Wunder, daß man mir noch nicht den Kopf abgeschnitten hat. Dann würde ich nicht mehr soviel fragen. Im übrigen, wenn es mich schon so interessiere, er sei durchs Fenster durchgekommen, habe die Ehre, ich habe vielleicht geschnarcht, fast hätte es ihn weggeblasen, nur mit Mühe und Not habe er die Gewebeprobe entnehmen können. Die schickte er dann nach Argentinien. Im dortigen Rassenlabor war man völlig aus dem Häuschen wegen der Marmorierung und dem Ausdehnungsbeiwert, sie überschlugen sich förmlich per

Faxgratulation, so einen Parameter hätten sie ja noch nie gesehen.

Tatsächlich, einmal schmerzte uns unsere zehn Jahre alte Schulterwunde, näßte ein paar Tröpfchen. Erinnerst du dich, Herrentierchen? Du dachtest, wir hätten sie aufgekratzt. Interessant, wie mir gewisse gemeinsame Sachen einfallen, wie diese Schwanenwunde zum Beispiel. Oder ein Wohnungsbesichtigungsspaziergang auf dem Heldenplatz, eine E-Mail-Adresse, ein unsympathisch aufschneiderischer, betrunkener Abend, aber das ist jetzt egal.

Sie hatten mich ans Bett gefesselt. Vom furchtbaren Domestos-Gestank brannten mir die Augen. »Ich protestiere«, und »Wagen Sie es nicht«, schrie ich noch, bevor ich das Bewußtsein verlor. Es war eine sehr lange, mehrstündige Operation. Ich kann nur auf dem Bauch liegen, die Haut auf dem Bauch sei erschlafft, haben sie gesagt, die könne vorerst bleiben, zur Reserve.

Leider werde ich gleich einen Krampf bekommen. Dabei schlage ich für gewöhnlich mit der Hand an den Bettrand, und das Geräusch lockt sie an. Ich schick das lieber ab.

Date: Fri, 28 May 1999 12:10:46

Ich hab vielleicht die Arschkarte gezogen, verdammte Scheiße, hier liege ich, gehäutet, verbunden, der »Ich-Erzähler«, ich kann dir sagen! Ist das nicht schön? Die hier glauben, daß ich, dein Held oder was zum Kuckuck, mit dem du herumspielst und machst, was du willst, daß ich identisch bin mit dir, daß ich »du« bin. Kapierst du das? Für die bist du jetzt hier. Bist ich. Und, wenn ich es recht bedenke, ist es nicht auch so?

Gräme dich nicht, Herrentierchen, was mich anbelangt, ich habe keine Wahl, ob es nun stimmt oder nicht, von jetzt an werde ich du sein in diesem zu allem fähigen Bestiarium. Wenn ich nicht vorher krepiere. Dieser Tubitza ist komplett wahnsinnig, zum ohnmächtig werden, zum Anfall kriegen wahnsinnig, nicht mal den Eiern seiner Mutter vertraut er, gleichzeitig glaubt er jeden Schwachsinn, alles, womit deine kranke Phantasie mich und die meinesgleichen, die anderen Elenden, ausgestattet hat. Deine »Helden«, leckmich.

Als ich zu mir kam, köpfte Tubitza gerade eine Flasche Sekt. Der süße Schaum rann überallhin, in die Wunde, aufs Bett. Er verspritzte ihn wie ein Rennfahrer. Er baute sich förmlich vor mir auf, räusperte sich und hielt eine kleine Rede. Anschließend ließ er mich fünfhundertmal »Geheimhaltung« schreiben. Mit Kugelschreiber. Er stand an meinem Bett und zählte mit. Wenn ich mich verschrieb, schlug er mir auf den Kopf.

Am nächsten Tag allerdings lobte er mich, man habe es kollektiv gelesen und für in Ordnung befunden. Da brachte er diesen Laptop mit. Ein Dienstlaptop, sagte er, damit ich mich zwischen zwei Wundschmerzanfällen mit etwas beschäftigen könne. Ein paar Verse fürs Osterwasserspritzen schreiben, zum Beispiel. Ausgerechnet, dachte ich. Osterwasser, während mein Rücken, während all meine Glieder auseinanderzufallen drohen.

Aber, wie die Sache aussieht, werde ich wohl ein paar

Sachen schreiben müssen, die denen hier gefallen, sonst bekomme ich keine Schmerzmittel.

Schweine, brülle ich manchmal. Was habt ihr mit mir gemacht?

Aber dieser Wahnsinnige grinst nur, ruhig Blut, Brüderchen, alles zu seiner Zeit.

Dafür, daß ich angeblich ihr VIP-Patient Nummer eins und ihr »angenommener Rassenbruder« bin, hegt Tubitza auch mir gegenüber ein krankhaftes Mißtrauen. Sein Frühstück heißt Verschwörung, sein Abendessen Konspiration. Er sagt, jede seiner Zellen sei eine Wanze, jeder seiner Gedanken ein Hinterfragen. Manchmal jucke es ihn in der Seele, als hätte er Termiten gegessen, er müsse sich festbinden lassen, so nervös sei er. Ich weiß, wenn ich nach dem Verbinden halb ohnmächtig darniederliege, macht er sich auch an meinem Laptop zu schaffen, drückt auf den Knöpfen herum, liest alles quer, und ich darf hinterher den Federpuder abwischen. Er versteht gerade soviel von Computern, daß keine einzige meiner ehrlichen Zeilen vor ihm in Sicherheit ist.

Dabei wäre es eine Sünde, wenn nichts hiervon erhalten bliebe. Mehr noch: ein Fehler. Ich glaube, das hier sind auch aus dem Blickwinkel unserer schönen und enervierten Rasse betrachtet ziemlich interessante Entwicklungen. Sobald ich einen Brief an dich abgeschickt habe, lösche ich ihn aus der Maschine. Deine Aufgabe ist es, sie fein aufzuheben, wir können sie noch gebrauchen. Verstehst du …?! Sie kommen, ich höre den Servierwagen scheppern. Fiebermessen, Ente. Oder wie man hier sagt: Humanchen.

Date: Fri, 28 May 1999 20:25:39

Es muß Ende März gewesen sein, als ich das erste Mal zu mir kam, denn an den ersten Besuch von Frau Tubitza kann ich mich erinnern, und der war unbedingt vor Ostern. Wie sie an mir roch und anfing, Hohoho und Kruhaha zu machen. Sie hat sich quasi kaputtgelacht, obwohl sie natürlich behauptete, sie würde weinen. Ist ja gut, sagte sie, als sie sich wieder gesammelt hatte, ich solle keine Angst haben, sie werde sich schon um mich kümmern, weil das treibt einem ja glatt die Schamesröte ins Gesicht, was für einen Mausgeruch ich hier verbreite. So ein schönes großes Männchen! Ansonsten, sagte sie und zupfte an meinem Verband, wie es aussieht, habe ich ganz feini mit dem Heilen angefangen, und was sei ich denn für ein gschamiger Dödel, da ist doch nichts dabei, wenn die Bürzeldrüse vorsteht, sie wird schon noch reinwachsen. Wächst rein und ist drin. Nicht? Der Bürzel.

Deswegen könne ich doch ruhig was dichten! Sie verstehe gar nicht, wo die ein, zwei Dichtungen an die Frau Tubitza blieben. Was einem so zusteht. Sie hätten auch schon mal einen Hochzeitsdichter als Spender gehabt, früher oder später hätte man den auch noch dazu gebracht, wäre der Blödmann nicht im eigenen Domestos ersoffen. Aber sie wolle kein Halleluja aus dem Zwang heraus, sondern total privat, aus der eigenen intimen Weiblichkeit heraus möchte sie, daß ich ihr einige Osterwasserverse dichte, sie gibt mir auch Eier dafür.

Das ist natürlich kein Befehl, sondern eine ausgesprochene Bitte, sozusagen Direktive, und auch die Mehrzahl ist keine Übertreibung, sie und besonders ihr Männchen sind ziemlich hinterm Thema her, und, wie ich sehen könne, wenn sie sich auf irgendwas drauf kapriziert haben, dann wird auch was daraus. Weil der Tubitza ist auch total fuchtig, aber in einem Maße, daß er sich gestern auf dem Balkon der Oper geoffenbart hat, von wegen, entweder er erschießt mich oder er operiert mir eine andere Inspiration rein, daß es nur so kracht.

Natürlich hat er sich nicht namentlich geäußert, sondern nur allgemein, weil meistens hat er Verstand genug zu wissen, was er bei einer Pressekonferenz sagen kann und was nicht. Was allgemein mit den Hetzdenkern und den Fremdherzigen geschehen wird, wenn die palomistische Wissenschaft erst mal angefangen hat, Seelen zu operieren. In der *Paloma* ist auch ein Artikel mit Foto erschienen, seit ihm das Blatt gehört, hat er gute Presse. »Wir stehen, wo wir wollen«, ist der Titel.

Solche Sachen säuselte die Frau Tubitza in mein Ohr, wie ein gefiedertes Radio, während ich wund, mit hochgeschraubtem Arsch dalag und abwechselnd ohnmächtig wurde und wieder zu mir kam. Klar habe ich geflucht, und wie!

Sie verstehe gar nicht, warum ich so unfreundlich und so ein Mäkel sei, quengelte sie etwas beleidigt. Weil, das sei schon in Ordnung, daß ich, der Nacktaffe, der ich bin, annodenne wegen der Abhäutung angesäuert gewesen bin. In so einem Fall wäre jeder knietschig, anfangs. Aber wenn erst die Verbände abgenommen sind, werde ich mich überzeugen können, daß alles paletti ist, die Wechselhaut ist an ihrem Platz, prima Tieftaubenhaut, nicht irgendein Scheiß, das könne ich ihr glauben, und wenn ich, sagen wir mal, überlebe, wird mir hundert Pro nie kalt werden, und ich solle mir mal vorstellen, wie supi das aussehen wird, wenn meine Keulchen und der ganze Popodex befiedert sind. Und früher oder später werde ich auch auf Ästen sitzen können, ganz zu schweigen von allem anderen.

Übrigens, wenn ich für den Osterwässerchensong, was weiß ich, irgendeine Hilfe bräuchte oder einen Klavierspieler, gurrte sie noch aus der Tür, solle ich nur Bescheid sagen, sie haben Leute, beziehungsweise, sie lassen welche bringen, so was ist Verbrauchsmaterial, die könne ich ohrfeigen, erschießen, mi Kassa su Kassa et cetera, aber das ist nicht ihr Ressörchen. Daher wußte ich, daß Ostern ist.

(Am ersten Tag kam keine weitere Nachricht, umsonst hockte ich bis spät in der Nacht vor dem Bildschirm. Als würde man vor einem Brunnen sitzen, so ist das. Wie auch immer, er ist mein Held, sagte ich mir immer wieder, um dieses Grauen wenigstens zur Fiktion zu lügen, aber davon wurde ich auch nicht ruhiger. Wer er auch sei, er trägt mein Gesicht, meinen Namen, und sie haben ihn in ihren Klauen, da ist er, der Arme, dachte ich, ausgeliefert, in ständiger Lebensgefahr, und es tat mir gut, aus dem puren Wahnsinn ins Mitgefühl zu flüchten sowie in mein Lieblingszwielicht: das Schuldbewußtsein.

Er ist an meiner Stelle dort, sagte ich zu mir und versuchte, ihn liebzugewinnen. Das kann doch nicht sein, daß ich ihn nicht liebe, denn wenn man einmal einen Helden geschaffen hat, dann ist der einem näher als die lebenden

Mitmenschen. Und natürlich nutzt man ihn auch mehr aus, fügte ich hinzu, denn, daran gibt es nichts zu beschönigen, durch diesen Jemanden, ja durch sein Unglück, konnte ich endlich, und zwar sozusagen ohne Risiko, Einblick in die Welt »jenseits der Mauer« gewinnen, in diesen palomistischen Blutzirkus, denn nur die elementare Angst, die unmittelbare Todesangst, hatte meine perverse Neugier bislang zügeln können.

Voilà, eines anderen Haut zu Markte tragen oder: schriftstellerische Arbeitsteilung, dachte ich zynisch und ein wenig beschämt. Der Held als Sonde, sagte ich zu mir, ein kluger, gewitzter Roboter, obwohl ich in der Tiefe meiner Seele, aus dem Mark heraus sehr wohl wußte, daß dieser wehklagende Jemand in diesem angeblichen Hauptquartier kein Held ist und kein Roboter. Wenn schon, dann bin es vielmehr ich, auf der anderen Seite des verdammten Computerbildschirms.

Habe ich es gewußt? Ich weiß es wohl eher jetzt.

Der Jemand schickte unverdrossen, mit bitterer Entschlossenheit seine Briefe. Einmal versuchte ich sogar, den Computer nicht einzuschalten, vergebens. Sobald eine Nachricht von ihm ankam, kümmerte sich die Maschine nicht mehr um mich oder um irgendwelche Knöpfe, sondern aktivierte sich selbst. Schepperte und knarzte wie die Tür des Tiefkühlfachs, um mich anschließend anzulächeln, weiß, betriebsbereit, ein lahmer Mund.

Er teilte mir auch mit, daß ich, sollte ich die Lust verspüren zu antworten, damit sein Leben, »unser Leben«, in Gefahr brächte, ich solle also lieber gar nicht erst herumexperimentieren. Und als ich mich vor drei Wochen dennoch zu so einem »Attentat« entschloß – ich hatte gute Gründe dafür –, kam mein Brief innerhalb von Augenblicken zurück, prallte ab wie ein Ball an der Wand, und der Jemand lachte mich regelrecht aus. Er lachte mich mit einer E-Mail aus. Ich experimentierte nicht weiter. Ich gewöhnte mich sozusagen an ihn.

Ich gewöhnte mich an ihn, wie auch daran, das Fenster für immer kürzere Zeit zu öffnen und abends nur durch die Scheibe zuzuschauen, weil ich einfach nicht nicht hinschauen konnte, wie sie ihre Freizeitfeuerwerke abbrannten und ihre Laser-Krallenkreuze in den Himmel ritzten. Ich gewöhnte mich an mein Magenzittern und an den Durchfall, der mich jedesmal überkam, wenn ich sie sich versammeln oder marschieren sah, ich berief mich auf meine »Arbeit« und setzte kaum mehr einen Fuß vor die Tür. Und wenn doch, näherte ich mich mit gesenktem Kopf eilig meinem Ziel, um mich sofort wieder auf die gleiche Weise zurück in die Wohnung zu sputen. Ich habe mich an alles gewöhnt, aber jetzt zählt auch das nicht mehr. Es ist halb eins, ich möchte zum Ende kommen und unterbreche die Geschichte doch immer wieder. Den Ich-Erzähler, hm.)

Date: Sun, 30 May, 1999 06:56:23

Es mag Ende März gewesen sein, den Laptop hatte man mir schon gebracht, aber es ging mir noch ziemlich mies, als ich eines Tages Frau Tubitza nicht erkannte. Ganz ehrlich: Selbst heute kann ich sie nicht immer voneinander unterscheiden, manchmal das Männchen nicht vom Weibchen.

Und warum sollte ich sie auch erkennen? Noch dazu war ich gerade damit beschäftigt, zu wehklagen, so hoffnungslos zwickte und stach es in diesem Federkuppel-und-Blutbrei, den ich meinen Körper nenne. Meinen Tempel. Wie die Kropfmädel liebenswürdig bemerkten: Ich war voll am Abnippeln.

Renzilein kam plötzlich, sirrend hereingeflogen, Sonnenbrille, Tennisschläger, ich blickte hoch und fragte instinktiv, wer sind Sie denn. Vielleicht schrie ich sogar, ich weiß es nicht. Und sie war sehr beleidigt.

Pfui, sagte sie, pfuiilein, und verpaßte mir eins mit einer halbleeren Domestos-Flasche. Was sind das für Reden, Fuckimucki, was soll das heißen, wer sind Sie denn, rief sie. Sag sofort Ölzweig zu mir!

Jetzt erkannte ich sie natürlich sofort und sagte auch gleich »Ölzweig«, das Domestos kann nämlich ziemlich brennen. Sowohl die Flasche als auch ihr Inhalt. Ich habe genug Zeit gehabt, das festzustellen, das kannst du mir glauben.

Na also, gurrte sie, na also, Putzelchen. Aber sie war wahnsinnig gekränkt. Seitdem erwähnt sie immer wieder, sie sei wohl Jacke wie Hose für mich.

Date: Thu, 3 Jun 1999 10:10:13

Gerade war Visite. Tubitza strahlt jedesmal übers ganze Gesicht, kolossal, sagt er, daß ich noch immer lebe.

Manchmal kommen sie zu siebent oder zu acht, junge Männchen mit offenem Mund, und Tubitza hält ihnen einen Vortrag über rassenkontinuierliche Transplantation, dabei zerrt er ständig an seinem Riemen und zeigt irgendwohin nach oben. »Federbrüder, Rassenmitarbeiter, dieses umgehäutete Exemplar, das ihr hier liegen seht, ist momentan noch ein Mensch. Abgesehen davon ist er ein leuchtender, wenngleich mittelbarer Beweis für die viceversierte lebenspalomistische Hauttransplantation, welche genetisch das Tor für unsere Ariertaubenheit öffnet und uns über die gesprengten Ketten der Sklaverei und der Erniedrigung hinweg zur sehnlichst erwarteten Gleichstellung der Rassen führen wird«, so ein Zeug schreit er und läßt zu, daß sie mich mit ihren Schnäbeln picken und in meiner Kloake herumwühlen, ohne Übertreibung.

Wenn er aber allein kommt, bemüht er sich um ein Gespräch. Versichert mich seiner ausgesprochenen Freundschaft. Er gibt allerdings zu – als hätte ich ihn gefragt! –, er befürchte, daß das nicht auf Gegenseitigkeit beruhe. Die Freundschaft und die Sympathie. Gibt sich weinerlich, affektiert, ich solle ihn sofort zurückversichern! Und zwar laut, denn für ihn sei der Gesichtsausdruck so eines Dings, so eines Menschen immer suspekt, und, ich solle nicht sauer sein, aber er könne einfach nicht glauben, daß ich nicht glaube, daß es für einen wie ihn keinen Platz auf der Welt gebe, dabei gibt es einen, die werden schon noch sehen, diese ganzen Humanoplutokraten und Dodos. Man wird es sehen und lieben, sonst Fahrstuhlschacht.

Ein anderes Mal kommt er mir damit, daß ich, wenn ich ihn zurückduze, keinen Pikser bekäme. Außerdem möchte er, daß ich »der Reine Weizen sei mit dir, Oberrassengenosse Tubitza« zu ihm sage. Ich sag's ihm. Er lacht. Und jetzt sag, schön leise: »Rassenführerpräsident«! »Cäsar Tubitza, Rassenführer und Präsident der Lebenspalomistischen Bewegung«: Ich sage auch das. Gut, gut, er nickt, ich solle mich nur gut führen, sonst reißt er mir das Gekröse heraus, wenn ich irgendeinen Blödsinn veranstalte, daß ich sein Augenlicht und die Spitze seiner Karriere sei, hin oder her.

Mit wem ich die Haut getauscht habe, könne er mir nicht verraten, sagte er neulich, aber es handele sich um eine ziemlich einflußreiche Persönlichkeit, und wenn deren Organismus den meinigen nicht abstoße, werden wir das nicht bereuen, er nicht und ich auch nicht, denn gemeinsam ist nunmehr unser Schlag, ob wir wollen oder nicht. Übrigens hätte er sich meine Haut auch selbst auflegen können, und dann hätten ihn die Rassengenossen aber mal arschlecken können bis hinunter auf den Grund. Aber er wolle keine fremden Federn, das vertrüge sich nicht mit seinem Individualstolz, er vertraue lieber auf sich selbst, auf seine eigene, von innen herausgeschwitzte Entwicklung.

Jawohl, Rassenbrüderchen, langsames Wachstum und dann das Zupacken, die Taube ist das Herrenvolk über den Wolken, ethisch homogene Kollergemeinschaft, kein Urwaldneger oder Pajeßbrasilier. In der Taube soll von innen wachsen das eigene Selbstbewußtsein, es soll sie aufrichten, und sie soll mit der Aufgabe wachsen, welche himmelstürmend zu nennen keine Übertreibung ist.

Egal, das brauche ich nicht zu wissen, auch bei ihnen gäbe es vorerst mehrere Strömungen, verschiedene Fraktionen und Cliquenwirtschaft, und er sei Demokrat genug, um mindestens genausosehr an den Menschen nach taubischem Maß zu glauben, an den neuen und kommenden palomistischen Hilfsmenschen, als wie umgekehrt. Sag schon, Rassengenosse, soll doch das Kroppzeug auch leben, solange es sich benimmt.

Völlig unabhängig davon sei, pflegt Tubitza zu erklären, daß er exklusive weiterhin solche Transaktionen durchführen werde, durchmänädschen, wie es das jedes Maßes verlustig gegangene humanoplutokratische Aasgeierkapital formuliere. Im übrigen könne ich mir gar nicht vorstellen, wie viele unglückliche Meinesgleichen sich als Spender meldeten; Zigeuner, Rumänen, Undsoweiters, die Erwachenden haben extra ein geheimes Selektionsbüro für sie, vergebens, nur der Weißungar hat einen Markt. Und auch der nur vorübergehend.

Seitdem der Laptop hier ist, fragt er immer, ob ich was Schönes geschrieben hätte.

Ich kann mich nicht einmal rühren, geschweige denn schreiben, sage ich darauf. Denn zwar weiß ich nicht genau, was ich alles für Glieder habe, aber daß jedes einzelne schmerzt, ist sicher.

Na und? Soll ich eben darüber schreiben! So ein Scheißschmerz wird mich ja wohl inspirieren können! Das Leiden. In dessen Feuer die niederen, auf das Triebleben spekulierenden Gedanken erlöschen. Der multikulturale

Dreck. Er hätte gedacht, so einem Schönspüler würde es grad guttun, wenn er die Zähne zusammenbeißen muß. Daß er was Männliches hat. Was *Herr*liches.

Tut es aber nicht, sage ich. Tut nicht gut.

Ich soll mal nicht hier herumpientzen, sagt er drauf. Ich soll mal daran denken, daß ein anderer schon längst nicht mehr am Leben wäre. Und ich soll nicht husten und sowieso nur sachte mit der Reibung.

Nach der Visite schlafe ich wieder ein. Schlafen ist gut.

Date: Thu, 3 Jun 1999 11:46:28

Man hört sie schon von weitem kirren, also versuche ich, die aktuellen Briefe hinauszubefördern, bevor noch einer reinkommt. Ein Knopfdruck, und weg sind sie, anschließend lösche ich sie aus der Maschine. Du wirst sie ja wohl schön einsammeln, was solltest du sonst tun, nicht wahr? Ich hoffe, es kommt dir nicht in den Sinn zu antworten, es sei denn, du willst unser beider Leben gefährden. Gerade du solltest mich nicht auffliegen lassen wollen. Haben wir uns verstanden?

Schön einsammeln! Hast in deiner Maschine einen Ordner, extra für diesen Zweck. Manchmal machst du ihn auf, schaust ihn dir an. Und du hast ihn nicht benannt, nicht daß er jemandem ins Auge fällt. Daß du keine Zeile herauslöschst, versteht sich ja wohl von selbst. Nicht eine einzige Zeile, hörst du!? Daß du mir alles aufhebst bis zum Schluß, solange es nötig ist, und mach dir wegen denen gefälligst nicht in die Hosen.

Ich weiß, daß du die Briefe bekommst, Herrentierchen. Denke nicht, du wirst mich los!

(Woher will er das wissen? Für wen hält er sich, mich zu belehren? Und was, wenn ich sie nicht bekäme? Was wäre gewesen? Wenn ich zum Beispiel sofort das Telefon hätte abschalten lassen oder den Computer zertrümmert. Wenn ich ins Krankenhaus gekommen wäre. Wenn ich gestorben wäre.

Wenn er alles weiß, wieso schreibt er so ein Zeug? Und wenn nicht, wozu schickt er Nachrichten ins Nirwana?

Manchmal tobte ich regelrecht, zerbrach mir den Kopf über praktische und ordinäre Lösungen. Einmal hätte ich fast die Polizei angerufen. Aber was hätte ich sagen können? Und was hätten die gesagt?! Daß ich mir keine Briefe mit Palomisten schreiben soll?

Wenn ich mich recht erinnere, war das zu der Zeit, als man die ersten Kolibripitbulls im Stadtwäldchen einfing, sie hatten kleine grüne Körper, ihr Biß war apfelgroß. Sie griffen stumm, in Formation an, erst am Ende der Aktion ließen sie ein paar seidige Beller los, bevor sie den Zahnschutz wieder anlegten. Den Boulevardblättern zufolge gab es mehrere Todesfälle, es wurden auch einige Verfahren wegen Ordnungswidrigkeit angestrengt. Das fällt mir nur deswegen ein: Wenn die Rettung wegen Bißvorfällen nicht einmal mehr ausrückte, was hätte ich von der Polizei erwarten können?)

Date: Sat, 5 Jun 1999 01:12:08

Tubitza hat erzählt, ich hätte, als ich das erste Mal zu mir kam, gefragt, wo ich sei. Wo schon, Brüderchen, dort, wo du auch bislang warst, im Hauptquartier, gickelte Tubitza. Das Haus des Erwachens. Hier oben sind die Flugterrasse und die Residenz, beziehungsweise die VIP-Wohnungen und die Schlagbüros. Darunter die Krankenzimmer, die Laboratorien und die ganzen OPs, die Liftzwingen. Und was man so braucht, Brutanlagen, Klubräume, Schießstand, Aula. Luftschutzkeller, Fitneß. Hanfsamentrockenanlagen. 'n Vertikum, leckmich, sagte er. Ich würde mich schön allmählich damit bekannt machen, natürlich nur, wo ich erlaubterweise Zugang habe. Übrigens sei es kein Wunder, daß ich es nicht erkenne, weil es sind frenetische Änderungen passiert, solange ich im Koma war.

Im Koma?

Wo denn sonst? Drei Wochen reinstes Koma, sagte Tubitza. Hätte es Frau Tubitza nicht gegeben, man hätte mich schon längst in den Fahrstuhlschacht geworfen. Ohne Opfer keine Wissenschaft, Brüderchen, seufzte er, ich solle mich also bei seiner besseren Hälfte bedanken für mein Vorläufigsein. Aber nicht gleich übertreiben mit der Dankbarkeit, wir verstehen uns. Ist kein sehr kluges Geschöpf, mehr so instinktiv, schmeißt als allererstes den Verstand über Bord, und dann hat man den Salat. Die hat sich Sachen angewöhnt wie den BH und die Tina.

Obwohl, wie er mich neuerdings so betrachte, glaube er nicht, daß ich in einer besonders balzigen Laune wäre. Oder doch?

Nein, sagte ich. Ich lag auf dem Bauch, bis zu den Augen gefesselt.

Natürlich nicht, ganz im Vertrauen gesprochen steht er hier bei keinem der Mutanten, sagte er freundlich, aber ich solle nicht ungeduldig sein, der April sei ein guter Monat für so was, und wenn ich Glück habe, geht es bald los mit dem Sprießen.

Außerdem teilte er mir mit, daß, unabhängig davon, sicher ist sicher, die Videoschwestern alle zwei Tage das Sperma abzapfen werden. Wenn ich schon mal am Leben bin, warum sollte man nicht abzapfen, was sich eh bildet? Wenn er mich mal mitnimmt, hinunter ins Genstudio, werde ich schon sehen, was für witzige Sachen man aus so was basteln kann, wird mir todsicher gefallen. Das war die Zeit, als ich noch ungefähr alle halbe Stunde ohnmächtig wurde. Jetzt ist es etwas besser. Sommernacht.

Bekomme Honigtau über Infusion.

Date: Mon, 7 Jun 1999 08:50:13

Was auffällt: Das Weibchen bemüht sich immer dann zu kommen, wenn Tubitza nicht in der Nähe ist.

Als allererstes möchte sie, quiekste sie, daß ich sie endlich wirklich Ölzweig nenne und nicht nur unter Androhung. Sie habe den Kanal so was von voll von der Frau Rassenobergenossin und der Renzilein. Soviel und noch mehr verdiene sie ja wohl, wenn sie mir schon das Leben gerettet habe. Das erwähnt sie jedesmal mehrfach und daß es nicht der Rede wert sei.

Einen regelrechten Streit habe sie veranstaltet im OP, hat sich richtiggehend ins Zeug geworfen für mich mit ihrem großen Purparlé, hat den ganzen aufgeblasenen Heckmännchen gesagt, daß es ja wohl voll ausreicht, den Lift auf mich zu schicken, wenn ich schon anfange zu stinken. Hab ich recht, oder hab ich recht? Und wieso sollte man den Kopf vorher abschneiden? Wo steht das geschrieben? Schließlich und endlich bin ich auch jemandes Patenkind, wenn auch nur von einem Menschen. Übrigens könne sie ja jetzt zugeben, daß sie die ganze Schose nur veranstaltet habe, weil ihr meine erschrockenen Äuglein so gefallen haben.

Also, in diesem Sinne: Ölzweig.

Sie reibt mich immer mit irgendwas ein. Trockenshampoo ist eine fixe Idee von ihr, davon juckt's angeblich nicht. Wenn ihr schon Tubitza unter Androhung der Sterbehilfe verboten habe, daß sie mich mit ihrem Schnabel kratzt. Und schon gar nicht mit den Fingernägeln, streng verboten, weil die künstliche Scheiße bei der Sprießung schädlich sein kann! Ist ja gut, sie will mir ja nicht schaden, iwolein! Wenn sie mich mit Läuseshampoo einreibe, sei das genauso gut. Dabei unterhalten wir uns. Sie sagt, sie unterhalte sich gerne mit mir, anders als mit Tubitza, der glaubt, das Obergehirn der Welt zu sein, und nur brubbelt und brubbelt, dabei habe sie den Kopf schon längst unterm Flügel, tief in ihrem Nachthemd, das Video ist längst ausgeschaltet, aber der Idiot hört nicht auf, sich einen Ast abzulabern.

Ob ich noch sauer sei wegen des Grills, auch das hat sie mehrfach gefragt.

Und ich sagte: Nein.

'türlich nicht, kicherte Renzilein, eigentlich wäre ja sie diejenige, die in dem Zusammenhang sauer sein könnte, unter uns gesagt, da gab's einige verdächtige Spuren, sie hat sie von den Labormädels untersuchen lassen: konkrete Hähnchengulaschspuren. Also das geht ja nun nicht, nicht wahr. Darin zu brüten. Aber Schwamm drüber, man hat es desinfiziert und gut. Leider ist, daß Tubitza sie dafür total überdimensional zur Sau gemacht hat.

Was sie sich denn denke. Wieso sie so einen hoffnungsvollen Rassengenossen in spe wie mich hochscheuchen mußte?! Im Hauskleid?! Und kam an mit dem üblichen Zeug, von wegen, ich laß eine Suppe aus deinem Ösophagus kochen, und den Rest laß ich vom Präparator ausstopfen, warte nur. Pfui und brech! Jetzt sag einer mal, wie kann eine Rassentaube so 'ne Attacke kriegen, gurgelte Renzilein, daß er sogar seine eigene angetraute Gattin ausstopfen lassen würde! Reichen ihm die ganzen anderen nicht? Er kann stopfen, soviel er will. Benimmt sich so ein Kulturwesen?

Na egal, sie wolle nicht ins Detail gehen, was ihre bessere Hälfte nicht alles Häßliches über sie gesagt habe, und zum Schluß feuerte er das Gerät in den Arschin, auf die Straße raus. Deswegen mußte man ein neues bestellen, aus Taiwan. Ihr Gatte liebe es sehr, Sachen zu schmeißen.

Das weiß ich, sagte ich.

Daraufhin schaute mich Frau Tubitza an und gurrte dankbar, plusterte ihre warmen Halsfedern auf. Ach was, ich wisse nicht die Hälfte, sagte sie und stopfte mir einen Löffel voll Pinienkerne in den Hals.

Ich höre es flattern, Tubitza kommt mit seinem Gefolge, er pfeift vor sich hin, gottseidank, er hat gute Laune.

Date: Wed, 9 Jun 1999 21:12:37

Heute hat mich Tubitza Henrietta Kis vorgestellt, die wie ein Stehridikül neben ihm in der Tür schwankte, ungefähr in Menschengröße. Ja, die Polizistin, demzufolge ist sie auch hier in diesem Irrenhaus. Als Mädchen für alles, Kosmetikerin-Bodyguardin, persönliche Sekretärin, Rassenamme.

Guggemal, Fuckimucki, wen ich dir bringe, trieb sie Tubitza vor sich her. Die Henrietta Kis höchstpersönlich, grad eben zurück von der Pusztifizierung. Erfreue dich, Hennilein!

Sehr erfreut, sagte die Person.

Ich schwieg, der Mund stand mir offen, der Speichel rann heraus.

Ich bin keine Polizistin mehr, sagte Henrietta Kis. Und das Auge hat sich auch total erholt wegen dem Punchball, ich bin nicht mehr sauer.

Ein Glück, sagte ich.

Mittlerweile bin ich hier angestellt, sagte sie und sah Tubitza an. Oder?

Und wie, sagte Tubitza. Zumindest solange Anstand vorherrscht. Makellos! Und Treue. Hingabe. Wer nicht arbeitet, stirbt. Gehorsame Lebensharmonie.

Natürlich und jawohl, sie hoffe sehr, daß sie neben der Kosmetik auch das erlernen könne, sagte Henrietta Kis und verbeugte sich tief.

Noch einmal, schnarzte Tubitza.

Die ehemalige Polizistin verbeugte sich erneut, noch tiefer, und blieb so. Tubitza schickte sie zu meinem Bett, ich solle sie am Schenkel fassen oder am Wasauchimmer, und sie kneifen. Ich zögerte, aber er war heute sehr hartnäckig, ich mußte es tun.

Na, ist das ein Fleisch oder was, fragte er.

Scheint so was zu sein, sagte ich.

Und was ist jetzt, fragte Tubitza, während er immer wieder auf meinen Verband schlug. Nix Überraschung, respektive Oho? Kinnladerunter? Was sagst du denn dazu, Herrentierchen?

Nichts, sagte ich, schon allein aus Trotz.

Ist die jetzt vielleicht auch nur erfunden? fragte er. Das pralle Fleisch, leckmichamarsch, die Eierstöcke? Das hast auch nur du erfunden, was? Alles! Hast vielleicht noch das Domestos erfunden, was? Siehst du, Hennilein, wandte er sich an die Frau, so ein hinterfotziger, verlogener Hund ist das. Antipitbull. Mühen uns mit ihm ab, frißt aus unserem Schnabel, bekommt 'n Laptop, 'ne fette Stellung, und dann nichtst er hier herum. Gibt nicht zu. Verneigt sich nicht vor den Tatsachen so wie du! Siehst du?! Macht hier einen auf überheblich. Dieser Menschenkakadu! Da brüllte er schon und schlug mit einer Packung Zellstoffwindeln auf mein Bein ein.

Das tut ihm weh, sagte Henrietta Kis und deutete mit dem Kinn in meine Richtung.

Tut's nicht, sagte Tubitza. Der Nerv ist resekkiert.

Zum Glück blieben sie nicht lange. Totaler Irrer. Sollte ich jemals wieder gehen können, bring' ich ihn um.

Date: Wed, 9 Jun 1999 23:22:47

Eine Stunde später kam Tubitza ohne die Adlerboys wieder, brachte eine Tüte Cognac mit, goß ihn in eine Nierenschale, bot sie mir an und schlürfte auch selber davon.

Er bitte um Nachsicht, sagte er, aber vorhin hatte ihn sein Verhältnismäßigkeitsgefühl im Stich gelassen, obwohl, bis zu einem gewissen Grad absichtlich, besser, man zeigt vor diesen Personalexemplaren nicht, was wir beide füreinander sind. Partner und Rassenfreunde nämlich. Besonders vor Weibchen nicht. Die quatschen's nur herum. Obwohl, dieser Likörpinguin ist vielleicht nicht so. Die Henni.

Bestimmt nicht, sagte ich.

Und eigentlich ist sie für ihre Sorte ganz schmuck, finde ich nicht auch, fragte er und hob den Kopf aus der Nierenschale. Weil er interessiert sich für meine Meinung.

Bestimmt, sagte ich.

Was: bestimmt?

Daß sie schmuck ist, antwortete ich.

Na, ich soll mal nicht soviel herumbestimmen, sagte er, er möchte nämlich nicht, daß es zu irgendeinem spontanen Reinraus kommt, das hier ist nämlich nicht der Hühnerhof, besonders nicht im Zusammenhang mit der Henrietta Kis. Hiermit möchte er mitteilen, daß die Henne besetzt sei, wenn ich verstehe. Reserviert für Versuchszwecke, einschließlich des Undsoweiters.

Ich verstehe vollkommen, sagte ich.

Übertreib mal nicht, so klug bist du nicht, daß du das verstehst, boxte mich Tubitza in die Seite. Die nämlich, leckmich, ist ein noch besondereres Exemplar als wie du. Die wurde doch direkt mit Skalachiosis von der Polizei abgemustert, was soviel heißt, daß so eine Person die sie umgebenden Gegenstände und Undsoweiters mal als beträchtlich größer, mal als kleiner wahrnimmt, als sie »in Wirklichkeit« sind, mehr noch, sie selbst ändert auch ihre Ausmaße, dehnt sich aus und schrumpft. Maßstabskrankheit. Begreifst du das? Was das heißt, wenn man so was im Reagenzglas vermehren kann?

Das ist das Wunder von a priori, daß die Kreatur manchmal ein gestreiftes Bienchen und manchmal ein behaartes Bergmammut ist, und infolge großer seelischer Erschütterungen kommt es auch mal vor, daß sich der Maßstab unterwegs ändert, das soll ich mir mal mit meinem Gehirn vorstellen, daß sie, sagen wir mal, kichernd vom Leberwurstbrot auffliegen und am Kronleuchter ankommen mit sechs Tonnen schweren, schwarzen, gespreizten Beinen. Keine Frage, da muß man auf der Hut sein, aber was für Möglichkeiten stecken in so einem Zustand!

Und wie, sagte ich.

Weil, eine Krankheit wollen wir ja wohl nicht nennen, was lediglich praktisch ist!!! Denn sage mir, schrie Tubitza, was ist das, Maßstab, und was soll das heißen, was ist wie viel? Hä? Und wer zum Herrgottnochmal will einem garantieren, daß es immer so sein wird, wie es immer war? Und wenn ein unbestrittenes Format heutzutage, sich kaum streckend, bis zur Mitte des Unterschenkels reicht, wer sagt's denn, daß es auch morgen noch so sein wird oder gar für immer und ewig? Wer kann das hundertprozentig beantworten?

Nun, er, Cäsar Tubitza, nicht, sei nicht sauer, Brüderchen, aber: nein. Und da habe er noch gar nicht vorausgesetzt, *wessen* seine Unterschenkelhälfte in ichsachma Zweitausendiks das Maß sein wird, dabei frage er sich das privatim relativ häufig, und gebe auch Antwort, und die, das kannst du wissen, ist picobello tadellos.

Verantwortung nenne man so was, mit der er Tag für Tag konfrontiert werde, und die er übernehme, und ich werde schon sehen, was das für eine Weltenlast auf seiner Schulter sei, das ganze Dings der Partei, deswegen brauche er mich, als Hülfe, wenn ich einst im Schweiße meines Angesichts das Krallenkreuz und die erhaben hohe Last ertrage, unter der sie alle zur Tugend heranwachsen werden und so weiter, das werde ich übrigens alles schriftstellerisch herausarbeiten und all so was. Das heißt, ich werde es herausarbeiten dürfen, wenn ich brav bin. Er saß auf meinem Bett, sah mich an, trank die Hälfte meines Cognacs, naschte von meinen Medikamenten.

Drecksvieh, elendes, mieses, ich werde dich umbringen, sagte ich, den Hals werde ich dir umdrehen, aber er nickte nur geduldig, er habe lieber gar nichts gehört. Kein Scheißwort nicht. Gagagagarrrrrnichts. Gott weiß, vielleicht wegen des Fahrstuhls nicht. Hör mal, wie der Fahrstuhl brummt. Der palomistische Fleischlift. Hör mal aufmerksam zu, sagte er und zog ab. Und ich solle ja nicht im Cognac ersaufen.

Date: Thu, 10 Jun 1999 19:34:40

Die Videoschwestern waren hier, um das Sperma zu entnehmen. Sie werden immer von einigen Adlerboys begleitet, für den Fall, daß sich eine Atrozität ergibt. Heute waren die zwei Purzlerhurgos besonders gemein und ungeduldig, haben das Video mit dem Krankenporno eingeschoben, haben kaum gegackert, ich soll hinnemachen, sagten sie, sie hätten nicht soviel Zeit. Aber sie könnten auch die Pneumatik anschnallen, bei VIP-Kranken sei das erlaubt. Egal, Hauptsache es wird nicht wie beim letzten Mal, als sie gezwungen waren, das Schwubidu selbst herauszukitzeln, was schließlich kein schwesterlicher Arbeitsbereich ist. Ich hätte ja wohl auch so schon genug Probleme, oder etwa nicht?

Anfangs waren die Adlerboys noch interessiert, inzwischen kennen sie den Film auswendig, *Die Mehrung der Rasse*, von Cäsar Tubitza, erotischer Lehrfilm, sie widmen sich lieber der Federpflege und machen den Purzlern den Hof, die sie entweder wieder von sich runterkicken oder auch nicht. Dann gehen sie mit dem Sperma. Aber daß einer mir mal über die Stirn streichen würde …

Date: Fr, 11 Jun 1999 11:20:57

Renzilein war hier, Cognackirschenschwips inklusive. Sie könne nichts dafür, sagte sie, aber seit heute früh sei sie in einer genauso extasyschen Stimmung wie damals im März, als sie den Abteilungsleiter von der Finanzkontrolle in wärmere Gefilde geschickt hat. Dabei hatten die Jungs ihn extra für sie in einer Kiste mitgebracht, damit er ihr ihre privatim Steuerdingsbums ausfüllt, bloß als der kleine Doktordulitl sagte, na, dann lassen Sie uns mal die Erklärungsgarnitur hervorholen, da wäre Frau Tubitza fast geplatzt über dieses Wort, was der Titel von dem Paket ist, und der gehandschellte Typ hat sich voll aufgeregt, jetzt sag mal einer, ausgerechnet darüber, woraufhin sie ihn sich verpissen geschickt hat, die OP-Truhe wieder über ihm schließen lassen und baba, das war's. Von wegen Erklärungsgarnitur! Ich will nie wieder fliegen, wenn ich ihm dafür nicht den Fahrstuhl an den Hals schicke, gurrte Frau Tubitza und zerrte an ihrem BH. Wortwörtlich.

Keine Angst, ich weiß, so was magst du. Das ist Material, was? Rein damit in die Novelle, was? 'n bißchen strekken und ab damit, was? Du hast es erfunden, was? Und ich soll krepieren, was? Das kommt schon noch, sei ganz ruhig. Da kommt jemand.

Date: Fri, 11 Jun 1999 11:32:46

Niemand. Nur irgendeine blöde Parade auf dem Flur. Die Krallenstiefel können einen irren Lärm machen. Sie sind gelb, haben vier Zehen, und ihre kleine Sohle ist mit Nägeln beschlagen. Ich werde auch solche bekommen, hat Tubitza gesagt.

Date: Fri, 11 Jun 1999 20:16:17

Anfangs dachte ich, die Wundschmerzen hätten meinen Verstand getrübt, aber das konnte man nicht mehr mißverstehen. Frau Tubitza hat mich regelrecht angebaggert. Wahnsinn. Sie ist dreißig Zentimeter groß. In Moonboots fünfzig. Und wackelt mit dem Hintern. In ihrem goldenen Hosenkostüm. Sie trägt übrigens ausschließlich Gold, sie sagt, alles andere scheuere sie wund.

's wetzt mir 's Täschel auf, schmatzte sie mir auch heute mitten ins Gesicht und knackte eine Cognackirsche. Die Schale mag sie nicht so, sagte sie. Da fahren nur die Menschen drauf ab. Als sie sie einmal kostete, nannte sie ihr Gatte vor aller Welt dumm. Aber es schmeckt wirklich nicht. Das Schlürfi ja, das schmeckt. Ich werde schon noch sehen, wenn ich erst meinen richtigen Schnabel habe.

Sie rieb mich mit einer Mentholsalbe ein, dabei versuchte sie ständig, mich zu kitzeln. Na, warum lache ich denn nicht, fragte sie. Nu lach ma 'n büschen, jeder, den sie bis jetzt opidopit haben, hat ziemlich viel gelacht. Praktisch bis zum letzten Tag. Wenn ich wolle, bringe sie mir eine Lachmaschine vorbei, die programmiere ich mir, und dann heißt's nur noch Kruhaha bis zum Einpullern.

Ich sah sie traurig, ja schmerzlich an. Aber das brachte sie nur noch mehr in Fahrt. Als sie fragte, ob wir meiner Meinung nach nicht auch einen gemeinsamen Blitzschlag verspürten, sagte ich, ich von meiner Seite nicht.

Wenn nicht, dann eben nicht, ihr sei's egal. Ich solle mich bloß mit der Wiederherstellung beeilen, weil sie habe kreative Pläne mit mir, ziemlich steile Pläne, keine Frage, nachdem auch sie ein bißchen nicht ganz frei sei von natürlichem Ehrgeiz, und vielleicht werde ich bald erfahren, was das heißt ... Eine Taubenfrau, die im Interesse der Art die Grenzen der Biologie überschreitet. Das heißt eine ganze Menge! Und ich verzöge hier den Mund.

Ich verziehe ihn, weil mir alles weh tut, sagte ich.

Egal, sagte sie, selbst so verzogen sehe ich noch total süßi aus, und ich solle das nicht mißverstehen, wenn sie als ernstzunehmende Frau Oberrassengenosse hier so kitzlig ist, aber die Bewegung und die Turulbaby-Schulung sind nun mal nicht alles, aber wirklich nichtinicht, weil so was geht vorbeibei, aber die Fleischerregung und das gen Italien, das bleibt, was man verbieten nicht kann.

Zwar kann es sein, daß sie jetzt zu weit gegangen sei, ihr Blut sei über das Ziel hinausgeschossen, ich solle ihr also verzeihen, es sei wohl besser, wenn sie jetzt gehe, bulikte sie in mein Ohr und flog verschämt durchs Fenster. Frau Tubitza verkehrt fast nie durch die Tür, vielleicht, weil der Flur ziemlich voll mit Kameras ist.

Ist doof so, auf dem Bauch liegend.

Date: Sat, 12 Jun 1999 09:22:57

Zwei Wochen lang habe ich nur Pinienkerne gegessen, seit heute gibt's normales Essen. Einen Viertelzentner abgenommen. Die Haut, die sie mir abgezogen haben, waren allein schon drei Kilo, angeblich. Ein Quadratmeter. Sie haben sie in eine Kühltasche getan, eine geblümte. Geht's dir gut?

(Am liebsten hätte ich in die Maschine hineingeschrien, leck mich, nein, es geht mir nicht gut, aber dann zog ich es vor nicht zu schreien, nicht aufzufallen. In meiner unmittelbaren Nachbarschaft ist zwar nur die Treppe zum Dachboden, beziehungsweise eine verschlossene Waschküche, trotzdem brüllt man besser nicht herum. Also zischte ich mehr so vor mich hin, nicht gut, nicht gut, nicht gut.

Um die Wahrheit zu sagen, nach ein oder zwei Wochen hatte ich, wenn auch verschämt und zögerlich, angefangen, mich mit diesem meinem Helden zu unterhalten. Na, was ist, schnarzte ich beinahe vergnügt, wenn die Maschine zu knarren begann, um anzuzeigen, daß eine neue Drahtpost ankam. Na, was ist, Fuckimucki? Und eigentlich war ich stolz, daß ich mir nicht mehr in die Hosen machte vor Angst.

Kein Wunder, daß mir nach Reden zumute war, schließlich saß ich unendliche Zeiten, halbe Nachmittage, stumm da, den mannigfaltigen und unidentifizierbaren Geräuschen lauschend. Diese Wohnung ist nämlich, gehöre sie nun, wem sie wolle, ziemlich eigenartig, mitten im sommerlichen Mittag, in der Windstille, entsteht plötzlich feine Zugluft. Das Pferdehaar im altersschwachen Putz fängt zu brummen an, die Dielen murmeln und heulen zornig auf, wenn man drauftritt. Eine zappelnde, unruhige Wohnung.

Gemessen an dem Inferno, das es hier früher gab, sei das jetzt das reinste Sanatorium, sagte die kaum dreißig Kilo wiegende Frau des Pianisten unter mir, als wir uns das erste und letzte Mal trafen, und schloß die Tür vor meiner Nase.

Manchmal senkte ich das Ohr auf meine Schulterwunde

und horchte: Wer ist da, ist da drinnen jemand? Außerdem begann ich, alle möglichen Phantomschmerzen zu haben. Hautschmerzen, Rückenschmerzen, Haarschmerzen. Ja, mein Haar schmerzte, wie in der Kindheit. Am meisten beschäftigte mich natürlich, wieviel die da, im Hauptquartier, von mir wußten. Wieviel wußte zum Beispiel Gewisser Jemand, beziehungsweise, woran erinnerte er sich genau? Vielleicht nur an diese E-Mail-Adresse? Nur an den Heldenplatz oder auch daran, wo genau sich diese verfluchte Wohnung befindet? Obwohl es langsam egal war, was sie wußten und was nicht, ich fühlte mich, erneut und endgültig, auf einer hell ausgeleuchteten Bühne. Genauso wie damals, in jener gemieteten Wohnung.

Mir ist aufgefallen, daß ich überall, in jedem Augenblick, sogar im eigenen Klo, quasi auftrete. Mal spiele ich den ungezwungenen Besitzer, mal den erschrockenen Eindringling, auf jeden Fall ist es ein Auftritt. Und auch, wenn ich es selbst nicht spüre, meine nackte Haut spürt permanent, daß sie mich sehen, hören. Was ich auch immer tue, ich kreise auf ihrem Bildschirm, im fedrigen, weißen Licht, für immer.

Und das steht in keinem Widerspruch zur praktischen Erkenntnis, daß, solange mein Held lebt, ich sie per se nicht interessiere, denn, wenn sie mich da haben, dann kann ich nicht hier sein, und den Indizien nach zu urteilen, existierte ich für die Palomisten, zu ihrer immer größeren Zufriedenheit, ausschließlich dort drin.)

Date: Wed, 16 Jun 1999 23:20:45

Es ist Nacht, ich könnte länger schreiben, wenn ich könnte. Na ja, nicht wirklich. Seitdem sie mich zum Herumlaufen zwingen, habe ich wieder ziemliches Fieber, und mein Denken ist zersplittert. Manchmal habe ich das Gefühl, daß ich die Hälfte der Ereignisse nur halluziniere. Aber welche Hälfte, Herrentierchen? Heute habe ich mich das erste Mal aus dem gefliesten Sarg entfernt. Zwölf Adlerboys kamen an, die Frau Rassenobergenossin lasse mich sofort bitten.

Sie geleiteten mich durch alle möglichen belebten Flure, manchmal baten sie mich, nicht nach rechts oder links zu schauen, aber sie kümmerten sich nicht sonderlich darum, ob ich mich auch daran hielt. Wäre das Verbot wichtig gewesen, hätten sie mir sicher etwas über den Kopf gestülpt, ich sah mehrere Begleitete unter schwarzen Nylontüten herumstehen, kleine, größere, hauptsächlich Vierbeiner. Aber bei mir versuchten es die Adlerboys gar nicht. Ich muß zugeben, ich hätte es auch übelgenommen. Schließlich hat alles seine Grenzen.

Eins muß man ihnen lassen, abgesehen vom Guano und dem heftigen Federschmutz, verstehen die Viecher zu leben. Man führte mich durch verschiedene Säle und Rubinkamine schließlich in das Boudoir eines riesigen Schlagappartements. Frau Tubitza lag auf ihre Flügel gestützt im ehelichen Wasserbett, auf ihren Krallen kippelte irgendein durchsichtiges Zeug, »Gelschaufeln«, wie sie es nannte.

Oje, kreischte sie, als sie mich sah, oje, da ist ja ein Mann! Na, da strulle sie sich doch gleich in die Büx, daß ich schon hier sei, daß ich aufs erste Kollern hin gleich auf einen Sprung vorbeikomme bei so einem einfachen kleinen Geschöpf, sie wisse gar nicht, was sie sagen solle, so geehrt fühle sie sich, bitte, machen wir es uns bequem, und weg mit der Gehhilfe, wenn sie bitten dürfte, ich solle den Scheiß irgendwo ablegen.

Ich rührte mich nicht, stand bedeppert da, hielt mich fest, versuchte, mich zu sammeln, zu Atem zu kommen.

Habe sie nicht »bequem« gesagt, fuhr sie hoch, also sie verstehe das nicht, ich hab das Scheißding wohl gefressen, bin ich mit der Gehhilfe verlobt oder was?

Nein, sagte ich.

Dann setzen wir uns gleichgleichgleich, plapperte sie. Was für ein Männechen ist denn so was, bitte um Verzeihung. Na, ist ja schon gut! Die Sache ist so, daß sie eigentlich ein klitzekleines bißchen nervös ist heute. Aber, sag mal einer ehrlich, würde es mich nicht ankotzen, wenn die künstlichen Fingernägel so schwer aushärten würden? Na klar würde es das.

Ich kann nicht sitzen, sagte ich, und das ist keine Ausrede.

Na dann, sorrylein, sagte Frau Tubitza. Dann solle ich mich eben hinknien, oder was ich wolle. Sie zwitscherte wie eine kleine chirurgische Schere. Sorrylein, was bin ich doch für ein Balkanhuhn, na klar, der Popsmops tut weh, na klar! Obwohl sie, Ehrenwort, schon bei der OP versucht habe, lobbyzuarbeiten, man solle doch lieber bei der Kopfhaut anfangen, eine Haut ist schließlich wie die andere, und dann hätte ich jetzt schon ein echtes Taubengfrieserl, und sitzen könnte ich auch. Aber Tubitza, dieser

Hurgogeiger, habe sie davongescheucht, sie solle nicht im Weg herumstehen, der Gastprofessor wisse es besser, der Rassengenosse Reinwardtoena habe mehrere hundert solcher Operationen gemacht. Na, sie glaube nicht, daß er es besser wisse, schüttelte Frau Tubitza den Kopf, was kann so eine pferdezähnige Kuckuckstaube schon besserwissen, aber egal, das ist Sache der Männeken, ob Arsch oder Kopf, da sei sie keine Feministin.

Bezüglich der Cognackirschen allerdings wohl, krisch sie plötzlich heraus, wenn man ihr die nicht gibt, ihre Ration, mehr noch, soviel sie grad will, die vierte Schachtel oder die zehnte. Die Arschkukucks! Weil angeblich Rassenoberbruder Tubitza gesagt hat, mehr dürfe man nicht? Und wie man dürfe, da sei sie voll das Muttertier, weil sie die nämlich liebt. Heute wird sie sich just einen ancognackirschen, da stehen sie auf dem Hififi, ich solle ruhig nehmen, ich könne mir, wenn ich wolle, meinen Jogging vollstopfen, mir gönne sie sie absoluti. Wenigstens bekomme ich ein bißchen gute Laune und bin nicht mehr so eine Trübsalblase.

Hoffentlich, sagte ich.

Na, wenn hoffentlich, was wetten, daß ich nicht so schokoladig bäuern könne wie sie.

Ich hielt mich am Rahmen fest, verlagerte das Gewicht von einem Knie aufs andere, grinste vor Verlegenheit.

So, so, das sei sie gewöhnt, sagte sie, ich könne sie ruhig aussilachen, schließlich sei sie leider nicht mehr als eine vernachlässigte Fimmelmaggy, andernfalls hätte sie ja wohl eine anständige Künstliche-Fingernägel-Modellierlehrerin organisieren können. Es könne ja wohl nicht wahr sein, daß sie, nur weil ihre anatomische Besonderheit leider und vorerst eine andere sei, soviel leiden müsse, daß sie nicht einmal aufrecht stehen könne, wenn sie sich ein wenig modisch geben wolle, ganz zu schweigen, daß Tubitza sie ausstopfen lasse, wenn sie auf dem Paloma-Ball nicht eröffnungstanzen kann, soviel ist fix, also auch sie, und nicht nur die hängeärschige Henni.

Weil, das glaube ich gar nicht, wie blutrünstig so ein Taubenmännchen sein kann, zum Beispiel hat er ratzfatz den Schwächeren skalpiert. Und wer würde es wagen, nicht schwächer zu sein? Keine Frage, in jedem steckt ein wenig Blutrunst, und sie werden auch so noch zirka die sanftmütigsten sein in der Geschichte, wenn man's mit dem Menschen vergleicht, wenn sie einst ihre Köpfe heben werden, wie es im Nationallied heißt. Soviel müsse man übrigens zugeben, wäre der Tubitza nicht so außerordentlich, was das Skalpen angeht, würden sie immer noch im Gully und der Suppenküche vor sich hin krepeln. Diese ganze Hauttransplantation und das Forschungsdingsbums, die -tätigkeit, fing mit der natürlichen Skalpierfähigkeit an, dann kam die Klinik *Erste Schwalbe*, beziehungsweise seitdem habe ihre bessere Hälfte immer noch eine schöne Aufwärtskurve. Ob ich denn übrigens wisse, daß sie jetzt gerade Stroh sei?

Nein, das wüßte ich nicht, sagte ich.

Jawohl, weil der Tubitza ist auf einer Delegation in Österreich, flüsterte sie, wovon mir, muß ich zugeben, gleich ein wenig leichter wurde. Daß er nicht plötzlich hereinplatzen konnte und mich hier vor ihrem ehelichen Wasserbette sehen. Ich spüre ohnehin seine Pistole im Nacken, ob er da ist oder nicht, aber es ist besser, wenn nicht.

Die Wahrheit ist, fuhr Frau Tubitza fort, daß ihr Männe gerade jetzt einen ziemlichen Lauf hat auf der Sonnenseite. Besonders, zwinkerte sie, seitdem er meine Haut in der Kühltasche zur Rassenkabinettagung mitgenommen habe und sie auf den Tisch gelegt, von wegen: War mir ein Festessen. Sofort waren ihm der Onkel Kálmánka und die Obdachlosen verziehen.

Also, ganz unwiderstehlich hat Ihre Popohaut den Genossen Oberrassenvizepräsidenten gefallen, bulikte Frau Tubitza, die haben sich regelrecht drum geprügelt, weil da weiß man auch, was die Turmuhr geschlagen hat, für ein handtellergroßes Stück würden sie den Dachboden des Parlaments über sich anzünden, ich würde schon sehen, was da in Sachen Malkern und Umtreten vor sich gehe, schlimmer wie die Fasanenstiere sind die. Aber sollen sie sich doch gegenseitig auffressen, Punkt ist, Tubitza hat gesagt, wenn sie ihn in die Dreimanndelegation aufnehmen, wird das von Vorteil für uns alle sein.

Natürlich hauptsächlich für ihn, den Tubitza, fiepte die Gattin, der fliegt herum, kollert sich einen ab, während seine Gattin sich hier mit irgendwelchen dahergelaufenen Polizistinnenhennis herumschlagen muß. Weil diese Henni ein Interesse der Rassenzukunft sei, habe ihr Männchen nachdrücklich gesagt, als er die Tussi das erste Mal hier reingebracht hat. Also kusch, Renzi, und gib Pfötchen. Ist ja gut, sie hätte es ihr ja gegeben, wenn's halt sein muß, aber die ist wie so ein Puderkakadu, kümmt rein, total beschwipst, schwankt, und dann, auf einmal, saugt die ihre Visage rein und zieht sich auf die Hälfte zusammen, daß du denkst, dich trifft der Schlag. Na gut. Aber fünf Minuten später, puff, bläst sie sich auf und rennt hinaus, weil sie kotzen muß, na so was! Und der andere Femininpartner soll hier bis zum Nachmittag mit dieser rutschigen Scheiße herumhängen, in Grillhuhnpose wie eine Geisha. Jetzt schau mal her, was ist das, wenn das künstliche Fingernägel sind, dann bin ich die Generalsekretärin in der UNO. Sind das künstliche Fingernägel oder was?

Ich weiß nicht, sagte ich.

Na also, gurrte Frau Tubitza, na also und sorrylein, daß sie hier lauter trockene Staatsgeheimnisse rauszwitscherte, UNO und Delegation, dabei interessiere sie sich viel mehr für das Seelenglück der Pariataube, bis hin zum Undsoweiter, und sie möchte mich fragen, ob ich ihr nicht Luft zufächeln wolle, weil ihr ist selbst in diesem einen T-Shirt zu warm, und wenn jetzt hier kein Mann nicht anwesend wäre, würde sie es ausziehen bis auf den BH und weiter, und warum ich mich denn nicht locker hinlege, ich könne mich ruhig aufs Bäuchlein legen, ich solle mich von den Jungs nicht stören lassen, die Augen sind ausgestochen, sie fliegen mit Ultraschall wie die Fledermäuse oder das Tarnkappendings.

Die Jungs husteten manchmal und standen stumm, streckten ihre durchtrainierten Hälse. Auch ich schwieg, meine Knie schmerzten, ich wußte nicht, was ich machen sollte.

Ein wenig gehe ihr das aber jetzt doch auf den Popo, sagte sie, daß sie mir hier den Turbo einlege, und ich zucke nicht mal mit dem Schwanz, und lieber soll ich mich sofort äußern, wenn ihr Eternity Parfum geruchsmäßig nicht gefällt, wenn also physische Aversion besteht. Jetzt sofort soll ich's sagen, nicht post mortem, wie man so schön sagt. Obwohl ich ihrer Meinung nach nur schüchtern bin. Bin ich schüchtern?

Ich bin krank, sagte ich und schloß meine Mundöffnung. Ohne Zähne spricht man nicht so gern.

Ist ja gut, sagte sie, nur keine Panik, sie wird mir schon nicht in den Mund fliegen. Ich solle lieber sagen, ob ich Taiwanesisch könne. Denn, wenn ja, dann könnte ich mich zum Beispiel mit ihrem ehelichen Wasserbett unterhalten. Na? Man hat nämlich Tubitza noch letztes Jahr im Rassenkabinett mit einer öffentlichen Anschaffung beauftragt, er sollte solche Auflösungsdingse, solche Wasserwerfer besorgen, damit man welche hat, wenn die Stunde schlägt, aber der hat mit seinem großen Gehirn irgendwas vermixt, und als die Geheime Lieferung ankam, konnte man nichts mehr machen, da hatte man vier Turbowasserbetten zur Schande der Bewegung.

Klar, daß man sie schnell unter den Rassenvizepräsidenten verprivatisieren mußte, so bekam auch der Tubitza eins, das hier, mit Thermostat undsoweiter, ändert mit Sprachsteuerung seine Parameter. Muß man ihm sagen. Wieviel Grad. Was für eine Farbe, welcher Härtegrad, wohin mit dem Massagezentrum, der Erotik-Ecke, und dann macht es alles von allein, nur leider versteht der Trottel ausschließlich taiwanesisch, deswegen hat der Tubitza theoretisch auch was auf die Mütze gekriegt, und man mußte ein paar taiwanesische Dohlen bringen lassen, die haben dann schön übersetzt, tagundnacht, wenn es einen bettenmäßigen Wunsch gab.

Leider sind solche Dohlenartigen Verbrauchsmaterial, nach und nach wurden sie alle erschossen oder in heißen Paarungsnächten mit Aschenbechern totgeschmissen. Ernsthaft, wenn ich Taiwanesisch könnte, wäre ich noch mehr der King, könnte von VIP-Nest zu VIP-Nest ziehen und den Betten dolmetschen. Was sie anbelangt, würde sie furchtbar gerne mit irgendwelchen Betten ein Schwätzchen halten, aber sie könne nicht einmal mit ihrem eigenen reden, leider.

Ob ich übrigens nicht auch finde, daß diese Situation etwas Schlüpfriges habe, kollerte Frau Tubitza mit gespreizten Beinen. Daß sie hier so liege, praktisch hingebreitet vor mich auf dem Bett, in pikanter Pose, weil die Henni gesagt hat, daß sie für die Trocknung so posituieren müsse. Ist doch schlüpfrig, oder nicht? Und sie befürchte ja fast, nicht, daß ich grenzüberschreitende Gedanken habe. Obwohl, wenn sie mich so anschaue, sind wir im Grunde noch nicht soweit, leider, sagte Frau Tubitza und spuckte etwas Goldpapier aus, und sie befürchte auch in Anbetracht der Zukunft, daß ich vielleicht vor gewissen anatomischen Unterschieden zurückschrecken würde.

Und sie sei deprimiert davon, obwohl sie direkt nichts dagegen unternehmen könne, schließlich sei das eine heikle Sache, und sie könne mich nicht durch den Tubitza zu einer intimen Sache kapazitieren lassen, was die Ehemänner allgemein nicht so mögen, aber wenn ich mir die Ohren zuhalte, soviel könne sie mir sagen, wenn sie ein Junges von mir bekommen würde, würde sie nicht Vergewaltigung schreien. Um die Wahrheit zu sagen, habe sie diese Alternative schon einmal witzehalber ins Gespräch gebracht, wie denn der Tubitza zu so einem wissenschaftlichen Experiment stünde, aber da hat dieser gemeine Heckschovinist sie ziemlich sehr geohrfeigt und sie ins Solarium eingesperrt, gewürgt und alles, aber am nächsten Tag sagte er dann, ist gar nicht mal so ’ne schlechte Idee, rein wissenschaftlich. Na also! Auch sie sei nur dadurch geleitet worden, antwortete Frau Tubitza, durch die Rassenwissenschaft, und sie gaben sich ein Busserl.

Wenn sich also so eine Situation, nur mal angenommen, durch das ungebremste Einverständnis von uns beiden einstellen würde, dann würde das ihr Gatte ohne weiteres schlucken, im Interesse der Zukunft und der Rasse, und solange ich mich nützlich benehmen würde, würde er mich nicht mal großartig erschießen lassen, wenn es also das ist, was meiner männlichen Natur im Wege stehe, kein Grund zu paniken.

Aber ich panikte, na klar. Ich sagte, entschuldigen Sie, aber im Moment ist mir lieber schlecht.

Woraufhin sie das Gesicht verzog, mich mit Schokopapier bewarf und zu schreien anfing, sie würde mich durchschauen, ich wolle mich doch nur hinter meinem Brechreiz verstecken, damit ich in Ruhe ihren Familienherd ausspannen könne, ich solle also zusehen, daß ich davonkomme, bevor sie mich rausfeuere wie der Tubitza die Mikro. Und ließ mich in mein Bett zurückbringen.

Stundenlang lag ich unbewegt hier und wartete, daß in den nächsten Minuten ein Sonderkommando anrückt, um mich wegen Rassenschande zu erschießen, aber es kam keiner. Ich fürchtete mich und grübelte den ganzen Nachmittag. Lächerlich, was bildet sich so ein Weibchen ein?

Schließlich ist sie eine Taube, egal, wie dick und modisch sie ist. Und, sagen wir, gepflegt auch. Relativ sauber und eigentlich auch ganz nett. Andererseits trinkt sie heftig.

Hat sie sich in mich verliebt? Was ist das denn schon wieder für ein Blödsinn? Wer bin ich denn? Wie seh' ich denn überhaupt aus? Verliebt! In mich! In einen bäuchlings liegenden, matschigen Federklumpen. Schmeichelhaft hin oder her, ich glaube es einfach nicht. Wahrscheinlich ist das alles nur eine Falle. Türlich. Sie wollen mich auf die Probe stellen. Meine makellose arischrassige Treue. Die Schweinehunde.

Natürlich ist das eine Falle. Auch wenn die Paarungslust echt zu sein scheint. Denn soviel ist Tatsache, daß die Luft über ihrem Kropf vibriert, ihr ganzer Bauch glüht, ihre kleine rosa Schnabelwurzel ... Ich dachte verzweifelt nach, zählte die Argumente pro und kontra auf und wurde immer wütender auf Frau Tubitza. Sie macht sich einen Spaß, und ich kämpfe hier um das nackte Überleben. Noch dazu, doof wie sie ist, wird sie es in einem rachedürstenden Moment Tubitza erzählen, und der Rassenmacho wird am Ende noch mich zur Verantwortung ziehen, was ich denn mit seiner Frau gemacht hätte. Was ich rassengeschändet hätte. Und was ist dann? Nichts? Oder werde ich zugeben, daß mir seine werte Gattin im Interesse einer schöneren Zukunft einen konkreten Paarungswunsch unterbreitet habe? Oder sollte ich vielleicht lügen, daß es nie um so etwas gegangen sei? »Ein Mißverständnis der Situation, liebster Bruder«?

Für die Ehrlichkeit spricht, daß sie heute nachmittag

das Zimmermädchen mit dem geringelten Hals vorbeigeschickt hat mit einem Tulpenkopf.

Date: Thu, 17 Jun 1999 11:21:17

Ohne Frage, hier ist mächtig was los. Es wimmelt nur so von allen möglichen Klienten, Sachbearbeitern, Angestellten. Kleinere, größere, aber einen menschförmigen habe ich noch nicht gesehen. Mir scheint, die werden geheimgehalten. Zwar reißt Tubitza ständig den Schnabel auf von wegen »richtige Experimente«, aber von dem, was unten in den Genstudios vor sich geht, erzählt er auch mir ziemlich wenig.

Während ich das schreibe, ist das Marschieren aus der Kampfturnhalle heraufzuhören und das Quäken der Turulherz-Jungtauben aus dem Prunksaal. Gestern war die Abschlußprüfung des Arierlehrgangs. Dabei küßt jeder jammjamm die heimatbodengetränkte Blutfahne und knallt in die Luft. Unmöglich, sich auszuruhen.

Hier oben, in der Nähe der Flugterrasse, ist ohnehin ein pausenloses Sirren in der Luft. Delegationen kommen und gehen. Das Tubaorchester und die Ehrenformation gehen gar nicht mehr runter, essen hier ihren Kornburger, machen Federpflege, dösen. Immer häufiger ertappe ich mich dabei, daß ich das *Mimimi* summe, schließlich höre ich es Tag und Nacht, kein Wunder, daß es mir im Ohr bleibt.

Gestern kam mir im Flur eine Truppe besonders merkwürdiger Exemplare entgegen, sie hatten keine einzige Feder, hier und da blitzte ihre weiße Kahlhaut hervor, im großen und ganzen sahen sie wie Pinguine aus. Sie trugen Springerstiefel, Ausgehgamaschen, die meisten hatten lange, weiße Schnürsenkel. Sie schritten zackig einher, die Elastexuniform und der übliche schwarze Flügelsack standen ihnen gut.

Das muß der Neid ihnen lassen, sie haben die ehemals verdreckten und dunklen Flure schön renoviert. Ich habe das Gefühl, sie haben die Wände nur deswegen nicht mit Marmor verkleidet, damit man die Gedenktafeln besser sehen kann. Wer auch nur an der kleinsten Schlägerei teilnimmt, bekommt nämlich sofort eine Gedenktafel, besonders, wenn er dabei draufgeht. Vom ehemaligen Mietshaus habe ich so gut wie nichts erkannt, sie haben mir allerdings auch keine Gelegenheit gelassen, mich großartig umzusehen. Allein die Kinderwagenecke, jene Fensternische mit der Reiherfeder, wo sich unser ehemaliger Stromableser vor Schreck hinauswarf, kommt mir bekannt vor.

Ich bin schrecklich müde geworden. *Xenotransp 1/A* steht unter unseren Namen auf meine Tür geschrieben und der Beruf: Dichter. Und: Betreten nur mit Rassenobergenössischer Erlaubnis.

Du denkst immer noch, da macht einer Blödsinn, was? Daß dir deine Freunde übelnehmen, daß du verschwunden bist, nicht wahr? Aber nein. Niemand.

(Es hat mich wirklich keiner vermißt, jetzt kann ich es ja zugeben. In den ersten Monaten ist mir kaum aufgefallen, daß man seltener nach mir fragte und auch ich kaum einen finden konnte; und seit Ende Mai, seitdem mein Held aufgetaucht war, war ich es, der die sich bietenden Gelegenheiten ausschlug, welche, das muß man dazusagen, einen immer stärkeren politischen Charakter annahmen: Versammlungen, musikalische Proteste, Unterschriftenaktionen, tumultuöse und enervierte antipalomistische Orientierungsversuche. Bei diesen hätte ich, wenn ich es darauf angelegt hätte, durchaus aktiv werden können. Aber ich legte es nicht darauf an, und ich hatte eigentlich auch gar nichts zu sagen. Beziehungsweise, ich wußte nicht: wie.

Eins war von Anfang an klar: daß ich das, was mir widerfahren war, was ich selbst auch immer davon hielt, höchstens als eine persönliche Phantasterei hätte öffentlich machen können. Die E-Mails meines Helden irgend jemandem zu zeigen, hielt ich anfangs für unvorstellbar und ab Herbst sogar für gefährlich und beschämend.

Es hat keinen Sinn, es schönzureden, die Ereignisse hatten mich mit sich gerissen, und ich mußte einsehen, daß ich nicht genug Kraft hatte, sie zu steuern. Ich sah ein, daß, sobald etwas, das ich hätte tun können, Konturen gewann, ich sofort erschrak, ich mußte lange und angestrengt nachdenken, und wenn ich dann ein, zwei Tage später endlich soweit war, es zu tun, war es schon längst unzeitgemäß, nicht verifizierbar, es war also besser, gar nicht erst damit anzufangen, was es auch immer war. Mit einem Wort, ich sah ein, daß ich endgültig zu spät dran war, und nun bleibt mir nichts mehr übrig, als mit der ganzen Geschichte herauszukommen, mit dieser hier, welche ich mir, so ehrlich muß ich sein, nicht ganz so vorgestellt habe.)

Date: Thu, 17 Jun 1999 16:29:47

Von jetzt an werde ich tagsüber nicht mehr festgeschnallt und darf auf der Seite liegen, wenn ich kann. Besser als auf dem Bauch ist es auf jeden Fall. Meine Schenkel, mein Hintern sind voller Federn. Und mein Rücken ist immer noch bandagiert. Seit Wochen schleppe ich einen kalkweißen Rucksack mit mir herum, aus dem drei Schläuche ragen, irgendwas Gelbes, Baumharzartiges tropft aus ihnen heraus, manchmal schieben sie die OP-Maschine herein oder einfach die Pneumatik und saugen es ab. Einmal pro Woche gibt's einen neuen Verband. Der stechende Speigeruch der Federn und des Domestos.

Heute früh habe ich Frau Tubitza einen kurzen Brief geschrieben. Es hilft nichts: Wenn ich überleben will, muß ich mich gut mit ihr stellen. Ich dankte für die Tulpe und bat um »Nachsicht« für mein eventuelles Benehmen und hoffte ehrlich, dieses würde »unter uns bleiben«. Soll das Aas ruhig glauben, daß wir ein Geheimnis teilen, oder meinetwegen glaubt sie, was sie will, Hauptsache, sie hält den Schnabel, denn wenn sie mich verrät, wird Suppenpulver aus mir.

Es reicht schon, wenn sie sagt, ich hätte sie beglotzt. Oder versucht, sie anzugrapschen. Oder, was noch schlimmer wäre, wenn sie Tubitza das für mich empfundene Wasweißichwas »beichtet«, blöd, wie die ist. Das wäre mein Ende, das Leiden und die Schande von Monaten wären völlig vergebens gewesen. Ich habe sehr vorsichtig formuliert, ich hoffe, sie versteht es trotzdem. Ein paar Zeilen nur, mit großen Druckbuchstaben geschrieben, weil sie voriges Mal sagte, was anderes lese sie nicht gerne. Blöde Fotze. Von wegen Junge von mir wollen!

Ich werde den Brief Henrietta Kis mitgeben, sie kommt heute, um mir die Nägel zu schneiden. Seltsam, aber seit der Operation wachsen sie dreimal so schnell wie draußen. Schnelle, braune Krallen.

Date: Sat, 19 Jun 1999 09:40:12

Henrietta Kis klopfte gestern abend an, bat sehr laut um Verzeihung, und ob sie vielleicht ihre konische Fesselschere hier vergessen hätte.

Sehen Sie sich um, sagte ich, worauf sie an mich herantrat und mit blassem Gesicht einen Brief unter meinen Pyjamaverband stopfte. Er war mit dem Computer geschrieben, ein großer, die Handschrift nachahmender Schrifttyp, relativ wenig Fehler. Renzilein schrieb, sie sei, mehrfache Fahnenmutter hin, Kropfmädel her, in Tränen ausgebrochen über meine Zeilen, und es sei, wie ich wolle, sie schmeiße alles für mich hin, das Wasserbett und das Oberrassengenossenfrausein, und fordere mich hiermit auf, auf den Ruf der Liebe zu hören und gemeinsam durchzubrennen, egal, wohin, nach Gyula oder auf die Bahamas, wenn nicht heute, dann eben morgen, sie warte auf mich bis ins Grab, und ich sei derjenige, mit dem sie ihr Leben in heißen Paarungen verbringen wolle, und ich solle keine Angst haben, wenn ich brav sei, würde sie mich nie verraten, nur über ihren Körper. Unterschrift: Frau Cäsar Tubitza.

Das größte Problem war, wohin ich das viermal gefaltete Blatt verschwinden lassen sollte. Es kann mich den Kopf kosten, wenn ich nicht bei Verstand bin.

Date: Sat, 19 Jun 1999 21:34:41

Als Henrietta Kis, noch vor den Briefen letzte Woche, das erste Mal kam, um mir die Nägel zu schneiden, teilte sie mir apathisch mit, leider sprieße, wo sie hinlange, immer ein wenig Blut, ein wenig gezischt würde aber auf jeden Fall, da sie an andere Bewegungen gewöhnt und nicht besonders geschickt sei.

Das sei sie wirklich nicht, sagte ich eine Viertelstunde später, aber trotzdem: danke. Die Maniküre schmerzte, es floß tatsächlich auch etwas Blut, aber das war nach alldem, was ich hinter mir hatte, natürlich nicht der Rede wert. Zwischendurch versuchte ich, mich mit ihr zu unterhalten, wir Menschen, sagte ich zu ihr, sollten doch zusammenhalten, zum Beispiel würde mich interessieren, seit wann sie hier sei, etc.

Sie schwieg lange, dann antwortete sie, sie sei hier angestellt.

Trotzdem, fuhr ich fort, ist das nicht merkwürdig, daß sie's bei denen sei?

Sie sei dort, wo die Zukunft sei, sagte sie, bei denen, welche einst den Kopf der Rasse aus ihrer blutdurchlöcherten Stirnfront erheben werden. Wenn nur noch turtur- und arierrassige Personen von makelloser Treue ihren Platz am Samenkelch des Reinen Weizens einnehmen dürfen. Sie verströmte einen starken Geruch nach Radiergummi und Azeton, sie streckte den Hals, und ihr trüber, beiger Blick flog im Zimmer herum.

Suchen Sie etwas, fragte ich.

Hier sind keine Kameras, sagte sie nervös.

Sie haben also Angst, daß man uns abhört, sagte ich.

Sie winkte mit den Augen, ich solle schweigen.

Ich glaube nicht, daß in diesem Zimmer so etwas ist, fuhr ich fort, aber falls doch, sagen wir, im Interesse unseres guten Benehmens, macht das auch nichts. Was soll daran schlimm sein, Hennilein, wenn zwei dankbare Angestellte über ihren Gönner sprechen?

Daran sei gar nichts schlimm, antwortete sie, aber sie zierte sich weiter. Als wüßte ich nicht, wie sie hierhergekommen sei. Gerade ich wüßte sehr genau, daß es wegen ihrer Symptome war, das sei kein Geheimnis. Da sie nach der Sache mit diesen verdammten Obdachlosen einer dem Alkoholkonsum vergleichbaren Anomalität anheimgefallen war. Dazu habe sie, soviel könne sie verraten, seitdem sie ein kleines Mädchen war, eine einschlägig bekannte Neigung gehabt. Die Sache sei die, daß sie sowohl in ihrer Freizeit als auch im Dienst regelrechte Anfälle habe, als deren Folge ihre Körpermasse sowohl im Spiegel als auch außerhalb binnen weniger Sekunden eine Änderung erfahre. So zu verstehen, daß sie mal wachse und mal das Gegenteil.

Leider habe sie dieses ihr Verhalten nicht für sich behalten können, ihre Kameradinnen in der Unterkunft haben mit großer Bestimmtheit behauptet, sie habe sich einmal mit der Bitte an sie gewandt, sie sollten doch etwas tun, irgendwas, denn sie passe nicht mehr in die Badewanne hinein, um sich zu säubern. Ein anderes Mal habe sie vor Zeugen geäußert, sie habe Angst vor dem Abfluß, in den sie, klein wie sie sei, auf einmal hineinrutschen und darin verschwinden könnte. Nimm doch das Walkie-talkie mit, Henni, wenn du ins Bad gehst, sagte man zu ihr, dann kann dir nichts passieren. Zu richtig was Schlimmem sei es dann auch nicht gekommen, aber außergewöhnliche Ereignisse habe es um so mehr gegeben.

Denn als sie einmal, nach einer Party, wo, das muß sie ehrlich zugeben, auch getrunken wurde, in der Wanne saß, setzte unerwartet ihre Anomalie ein, alles Weinen, alles Rufen war vergebens, in Null Komma nichts war sie im Abfluß verschwunden. Zum Glück sei sie nicht in Panik verfallen, sie löste einen regulären Alarm aus, als dessen Folge sie Streifenkollegen in der Nähe der Lágymányoser Brücke aufgriffen. Die Betreffenden haben nach langem Nachhaken schließlich zu Protokoll gegeben, sie habe in einer Plastiksporttasche gelegen und stumm das Walkie-talkie an sich gedrückt, das ihr bis zur Taille reichte. Dem Himmel sei Dank, habe sie gerade angefangen, ihre normale Körpergröße zurückzugewinnen, woraufhin sie sich schlotternd, mit Mäuschenstimme, zum Dienst meldete. Leider zog die Sache eine ärztliche Untersuchung, gefolgt von einer Ausmusterung und dem Entfernen aus der Polizistinnenunterkunft nach sich. Alles andere sei eine Lüge.

Date: Mon, 21 Jun 1999 08:11:57

Ich träumte, Tubitza wäre vollkommen kahl und einen Kopf größer als ich. Er hielt mich an meiner Pyjamajacke, schüttelte mich spuckend, weinend, und brüllte mir ins Gesicht, ich würde umsonst leugnen, so eine kapitale Menschlichkeit könne man nicht verleugnen. Während er sich auf den Ruf der Partei hin für die Zukunft der Rasse und der Welttaubenheit abmühe und -rackere, trieben seine nahen Verwandten unter dem Deckmantel der Wissenschaftlichkeit Unzucht auf dem Wasserbett des familiären Nests, aber da scheiße er drauf, diese Weibsperson interessiere ihn einen Dreck, das heißt nur soweit, daß er sie eines Tages, das schwöre er bei seinem reinen Weizenblut, als Suppentaube verhökern werde. Aber daß ich, während ich ihm, der er mein gesinnungsmäßiger Rassengenosse und, mit gewissen Einschränkungen, mein Freund sei, geistig keinen Guanokötel schenke, dieser strichowiener turtur Hure aber angeblich Sachen sage, ich hätte »den fühlenden Menschen in ihr entdeckt« und so weiter. Wo denn genau, darf man das erfahren? Wird denn hier alles von der niederträchtigen Beuteherrschaft und Schurkenmacht der Genitalien geleitet? Die kontraselektive Rassenfremdheit?

Also das schmerze ihn und tue weh, wie die blutgeschundene Mutterkrume, denn okay, daß Reinraus gespielt wird, sei's drum und sei's drum um den grünblättrigen Busch, was soll's, plus die Rassenbiologie, das sei alles in Ordnung, gellte Tubitza, aber dann gebe es auch Konsequenzen, und nicht nur die, daß er mich erschieße, das sei so eine Sache, sondern dann ginge er hin und bringe mir das Weibchen mitsamt ihrem Beha und ihren Kunstfingernägeln und präsentiere sie mir auf dem Silbertablett eines zerbrochenen Scheißlebens, er wolle sie gar nicht mehr sehen, und anschließend räume er das Feld, wie man so schön sagt, mit blutigen Fahnen. Aber dann sei ich an der Reihe, den Motor auf dem verschissenen Heimtrainer zu reparieren und den Jungen das Fliegen beizubringen. Tubitza schluchzte auf meiner Schulter, davon wurde ich wach, beziehungsweise von meinem eigenen Geschrei, so sehr drückte mich etwas am Herzen, während mein Rükken von einem fedrigen, abscheulichen Matsch zerfressen wurde ...

Das ist der erste Traum hier, an den ich mich erinnern kann.

Date: Tue, 22 Jun 1999 13:20:56

Von jetzt an sieht das Aas in der Ecke alles. Es sieht, wenn ich schreibe, Tubitza kann also jederzeit abfragen, was ich denn zur größeren Ehre des Palomismus mit Taubenantlitz »getippselt« hätte. Was Hübsches, Rassenschaftliches. Das heißt, seit heute muß ich, will ich meine Ruhe haben, etwas für ihn produzieren. Es hat einen witzigen und furchtbaren Kopf, sein gelbes Auge starrt mich regungslos an, man weiß nicht, wann in seinem halb geöffneten Maul die Kamera an ist und wann nicht.

Ich schwöre bei Gott, wenn es plötzlich zu maunzen anfinge oder die Waffe auf die andere Schulter nähme, ich würde mich nicht wundern. Sich zu wundern hat sowieso keinen Sinn mehr.

Ich höre auf, heute ist reger Betrieb.

Date: Tue, 22 Jun 1999 18:05:33

Heute war es das erste Mal, seitdem mir Renzilein Avancen gemacht hatte, daß ich Tubitza wiedersah. Er hatte einen Red-Bull-Schwips wie immer. Er kam mit einem ganzen Pulk und großem Trara an, sagte, er habe eine Überraschung für mich, mal sehen, ob ich sie verdiente. Na, hurrte er, ich solle hübsch antworten, aber dabei sah er mich gar nicht an. Er hielt wie hypnotisiert das eckige, grüne Paket in der Ecke neben dem Fenster im Auge. Ich solle mal hören lassen, ob ich sie auch verdiente.

Jawohl, sagte ich. Sowohl ja als auch nein.

Die Sonne schien, vom Freiheitsplatz dröhnte Paloma-Techno herein. Ich lag auf der Seite, sah von unten, mit verknitterten Augen zu, wie die Adlerboys die Kiste auseinanderpickten, um anschließend scheppernd hinauszumarschieren. Tubitza trippelte in Uniform und weißem Kittel auf der Stelle und kollerte zufrieden. Kolosseum, sagte er immer wieder, Kolosseum, leckmi! Er war völlig verzaubert, was das elende Tier für einen Jägerhut auf dem Kopf habe, mit Wildschweinborsten, daß es ein echtes Gewehr über der Schulter trage, ein doppelläufiges. Man hat ihr einen kurzen, braunen Plisseerock und ein grünes Sakko angezogen.

Ist es denn nicht ganz so, als ob's lebendig wäre, fragte

Tubitza und brach angesichts meines offenen Mundes und meines fahlen Gesichts in Lachen aus. Kruhaha, sagte er, wie es scheint, habe es doch noch geklappt mit der Überraschung, dabei dürfte ich in Wahrheit gar nicht erstaunt sein, ich kennte diese kleine Gisi schließlich gut genug, weil sie nämlich über fünf Ecken mein eigenes Werk sei! Angeblich! Mein sogenanntes Phantasma, krisch mein Besucher, nicht wahr? Willst du diesem Phantasma auch das Fell kraulen, Fuckimucki?

Ich schwieg.

Die arme Gisi kam frisch vom Präparator. In dieser Pose, auf die Hinterbeine gestellt, ist sie größer als ich. Was schön ist, ist eben schön, kirrte Tubitza, obwohl sie Katzen aus Rassengründen, genetisch, hassen, genausosehr wie den Menschen, aber so künstlerisch zubereitet ist das doch eine imposante Sache, und vor einem Kunstwerk neigt ein Kulturwesen seine Gemütsleidenschaft. Ja. Das könnte ich vielleicht getrost mal aufschreiben. Damit man endlich einen Nutzen von mir habe.

Die Sache sei die, erklärte er, daß das eine komplette Statuengruppe sei, *Die drei Ratio*. Die anderen beiden werden unten stehen, im Turulherz-Gemeinschaftsraum, aber dieses Exemplar habe er extra für hier, für mich, vorgesehen gehabt, gegenüber von meinem Bett. Vielleicht bringen wir ja so einen gewissen Bericht zuwege, einfach der Ordnung halber, und weil ein gegebenes Wort kein Dünnschiß auf der Wiesn ist, denn wenn er nicht auch ohne mich und mein duckmäuserisches Geschreibsel alles wüßte, würde er nicht dastehen, wo er heute stehe. In seiner Karriere nämlich.

Ich schwieg, wurde rot.

Das wundere ihn überhaupt nicht, sagte er, daß ich kein Wort hervorbringe. Weil so etwas ist doch viel imposanter als wie ein Mensch. Die Zier meines verschissenen kleinen Nests, nespa? Aber ich solle keine Angst haben, es werde noch andere Einrichtungsgegenstände geben, man würde mir ein Tischchen hereinstellen, einen Sekretärschrank und alles. Eine Sekretärswaschschüssel. Und was man zur Massage braucht, Drückbank, Flügelmaschine. Knochenpumpe. Alles zu seiner Zeit. Jetzt solle ich mir den neuen Mitbewohner einfach nur ansehen. Eine nette kleine Fiktion, was? Man könnte ein Gedicht darüber verfassen. Er an meiner Stelle würde es.

Date: Tue, 22 Jun 1999 21:35:56

»Ich habe in meinem ganzen Leben noch nichts erfunden. Im Einklang damit erkläre ich hiermit auch bezüglich des Machwerks *Die Wogen des Balaton*, daß ich dieses aus einer anderen Quelle geschöpft habe. Ich habe diese Geschichte aus dem Leben meines betagten Bekannten, namentlich Kálmán Balatony (Name der Mutter: Piroska Haisz) abgeschaut, der bis zu seinem Tode eine natürliche Person war.

Oben Genannten habe ich unter zufälligen Umständen während einer illegalen Taubenfütterung auf dem Heldenplatz kennengelernt, wir unterhielten zu Zeiten des Parteistaates eine Freundschaft, unter Vermittlung des Gemüse- und Saathändlers E. K., der bis zu seinem rätselhaften Tode in derselben Straße wie Onkel Kálmán wohnte. Polizeiliche Schikanen und brutales Fortjagen, das uns beiden zuteil wurde, haben uns in der Erhöhung der Welttaubenschaft zusammengeschweißt. Jawohl!!!

Später konnte Kálmán Balatony seiner körperlichen Gegebenheiten wegen nicht mehr auf die Straße gehen, doch ich stand bis zuletzt in regelmäßigem Telefon- und Notizheftkontakt mit ihm, außerdem besuchte ich ihn regelmäßig in seinem Zuhause im siebten Bezirk, nahe dem Stadtwäldchen, 4. OG, Wohnung Nr. 9, und führte Magnetophonbefragungen mit ihm durch. Ich besaß mündliche Kenntnis von seinem Leben und seiner Wettbewerbstätigkeit. Er hat folgendes vorgetragen, was ich bei Bedarf als Augen- und Ohrenzeuge in Kurzform bezeugen kann:

Seit frühester Kindheit hatte er eine besondere Fähigkeit bezüglich seiner Körpermasse, welche er durch das Verspeisen von Fett noch erheblich vergrößern konnte, später aß er wettbewerbsmäßig in freiem und klassischem Stil, nahm in dieser Sache an ausgesprochenen Turnierveranstaltungen im Würgegriff des Kommunismus teil, später heiratete er die Sportlerin Gizella Atádi, mit der er einen Sohn, Lajos, bekam.

Wiederum später verließ sie genannte Person und machte mit ihrem ›Liebchen‹ nach Amerika rüber. Allein geblieben widmete der genannte alte Herr sein Leben dem bewerbsmäßigen Körperaufbau bzw. -wachstum und der Schaffung der Grundlagen der Hauterweiterung, mit besonderem Augenmerk auf die Gigantopalmologie. Wie er mehrfach betonte, leitete ihn bei seinen Forschungen der Gedanke der Erhöhung der (Welt!-)Taubenschaft, er fand es bloß besser, mit Katzen zu experimentieren, da es um diese nicht schade sei.

Über Details und Berechnungen erwähnte er mir gegenüber nichts, doch er trug vor, mehrere umfangreiche Dokumente über alles verfaßt zu haben, die ihm sein Sohn, Alleinerbe der Immobilie, Lajos Balatony (Name der Mutter: Gizella Atádi), diplomierter Scharfschützentechniker, unter Androhung einer Anzeige und Erpressung ablockte und in 1 St. Plastiktüte entgegen seinen Willen an einen unbekannten Ort verbrachte. Nachdem Lajos Balatony, den ich, was ich mit Zeugen belegen kann, niemals gesehen habe, kurze Zeit später verschwunden ist, sind die genannten Aufzeichnungen für die Wissenschaft wahrscheinlich für immer verloren.«

Das habe ich heute abend schön fertiggemacht, wenn mich also Tubitza in Zukunft fragt, was ich schreibe, habe ich etwas, was ich ihm unter die Nase reiben kann. Oder wenn er in meinem Laptop herumwühlt. Hier, mein Bericht, Rassenoberbrüderchen. Ha, ha. Was sagst du dazu? Ich von meiner Seite weiß von nichts. Such den Lajos Balatony!

Natürlich haben die keinen Sinn für Ironie!

Date: Wed, 23 Jun 1999 07:08:25

Als Tubitza am Abend wiederkam, scheuchte er sein Weibchen vor sich her, das ich seit einer Woche nicht mehr gesehen hatte. Renzilein blickte mich nicht an. Sie kicherte zerzaust, bulikte ständig und verkroch sich förmlich unter dem Flügel des Hauptverbrechers.

Was ist los, stören wir dich etwa beim Schreiben, fragte Tubitza.

Sie starrten mich belämmert an, und ich dachte daran, daß er mich wohl doch erschießen wird. Hauttransplantation hin oder her. Schiebt die Frau Tubitza in flagranti neben mich ins Bett oder so was und erschießt mich. Oder er hetzt einen Trupp Kolibripitbulls auf uns, im Hauptquartier spricht man schon über diese genmassierten Kampfvögel, angeblich sind einige Exemplare auch schon in die Stadt entkommen, die fressen selbst Betonsäulen auf. Warum sollte er sie nicht auch an uns trainieren lassen? Ob sie mich denn störten!

Sie stören mich nicht, sagte ich, im Gegenteil. Die Freude ist ganz meinerseits.

Das ist gut, sagte er, daß ich mich freue, ist gut, und wenn es auch im Gegenteil ist. Im übrigen stören sie nur deswegen, weil, ich solle mir mal vorstellen, diese kleine Spinatwachtel hier hat die Gisi noch nicht gesehen. Nicht wahr, fragte Tubitza.

Voll und ganz, flüsterte Renzilein, und drehte eifrig den Hals, starrte den gigantischen Plisseerock über ihrem Kopf an. Also, Cäsi, das ist geradezu sauuuuschön, sagte sie. Mein Gott, wie glücklich muß einer sein, der sich den ganzen Tag so eine supi Statue anschauen darf. Davon kann man voll auftanken für bedeutende Aufgaben, setzte Frau Tubitza fort und schielte zu Tubitza. Von so einer Gisi. Voll die Rassenpower und die Rassenheimat. Und extrapikant ist, daß sie keine Büx anhat.

Klappe, warf ihr Tubitza zu, während er mich ansah, lange, aus schmalen Augen. Und ob das scheißschön ist, aber diesem Brillenpinguin gfallt's trotzdem nicht, sagte er und deutete mit dem Schnabel auf mich. Es hat mehr gekostet als wie ein Suzuki, aber nein. Nicht ein einziges beschissenes Gedicht schreibt er nicht darüber. Verstehst du das?

Nein, sagte Frau Tubitza erschrocken.

Vielleicht schreibt er ja was anderes, setzte Tubitza fort und spazierte vor Gisi auf und ab.

Meinen Bericht, sagte ich.

Aha, sagte er, aha, und nickte lange. Er spazierte zur Katze hin und tätschelte ihren bestiefelten Fuß. Anschließend hängte er sich an sie und fing an, an ihr zu zerren, ob sie auch stabil genug stand, und schließlich teilte er mit, möge meine dekadente Sorte sagen, was sie wolle, dieses Momentum ist sehr wohl imposant.

Und wie, sagte das Weibchen. Auweialein.

Ichsachma, wenigstens die Ausstopfarbeit könnte ihm doch gefallen, setzte Tubitza nach einer kurzen Pause fort. Gefällt dir die Ausstopfarbeit, fragte er die Frau. Renzilein zog den Hals ein, sie wußte nicht, was sie darauf antworten durfte. Sie traute sich weder mich anzusehen noch ihren Partner.

Die Ausstopfarbeit ist wohl über jede Klasse, verkündete Tubitza. Weil, wer das hier gestopft hat, dessen Großvater hat haufenweise Lenins und Dimitroffs ausgestopft, und so was sieht man einfach, die Fachkompetenz, setzte er fort und starrte mich erneut an. Und der Mann habe noch freie Kapazitäten, das könne ich ihm glauben. Auf dem Weg hierher habe er mich schon, natürlich nur des Gedankenexperiments wegen, vor seinem geistigen Auge gesehen, mit einem Gewehr, in Tirolerhosen, sagen wir, oder im Schottenrock. Im Matrosenblüschen. Natürlich, wenn es nicht gefällt, wenn sich einer zu fein ist, kann er ruhig ein anderes Dreß für sich wählen, mit Unterschlüpfer, seinetwegen, was man grad wolle, er sage nur Bescheid, für den Fall, daß es zu dem Fall käme, zu dem es keinesfalls kommen soll, daß wir dann nicht unvorbereitet dastehen, weder er noch ich. Noch jemand anderes. Wenn einer zum Beispiel abwärts auf die Schnauze flöge aus großer Höhe.

Er murrte, fauchte, pickte irgendwelche Pillen vom Boden auf, wünschte dann unerwartet geruhsamen Reinenweizen und trieb Frau Tubitza vor sich hinaus. Schubste sie quasi scherzhaft vor sich her. Mir lief lange das Wasser herunter, es kroch langsam unter den Verband und brannte derart, daß ich schreien mußte, aber niemand kam.

Date: Wed, 23 Jun 1999 19:17:21

Während des Morgenspaziergangs habe ich versucht hinzugehen und den Mund des Biests zu schließen, aber es gelang nicht. Mir scheint, ich schrumpfe, mich hochstrekken kann ich zum Beispiel überhaupt nicht, und es ist, als würde sich mein Rücken öffnen oder auseinanderreißen wollen, es pocht immer heißer unter dem Verband. Eine Weile stupste ich Gisi mit dem Fliegenklatscher, dann gab ich auf.

Während der Verband gewechselt wurde, bemerkte Tubitza auch, einen zum Zubeißen aufgesperrten stolzen Mund könne man nicht einfach so zumachen. Ist ja schließlich keine Klosettür nicht! Empfehlenswert zumindest ist es nicht, leckmi, sagte er und schnitt an der Gaze auf meinem Rücken herum. Wie üblich wehklagte und fluchte ich, obwohl es weniger schmerzte wie noch vor Wochen, als keine einzige Prozedur ohne Ohnmacht meinerseits vonstatten gehen konnte. Hinter mir murmelte Tubitza lange zufrieden vor sich hin, er muß auch irgendeinen Puder auf mich gestreut haben, nach Federn riechenden, leichten Puder.

Ich könne ihm glauben, sagte er hinterher, während er sich wusch, er würde absolut verstehen, daß ich mich lange Zeit nicht entsprechend begeistern konnte, so ein schlimmer Wundschmerz würde ja einem Adler die Laune rauben, geschweige denn einem Dings. Einem Menschen oder was zum Henker, bitte um Entschuldigung. Aber langsam kommen wir zu einem Ende, und wenn meine Flügel so schön weiterwachsen, wird es keine Probleme geben.

Meine Flügel?

Ja. Bewegen könne ich sie natürlich noch nicht, ich solle es auch nicht mit Gewalt versuchen, und beim Verbinden und wenn man sie bewegt, sekriert es reichlich, aber was soll man machen, Rassengenosse, die erste Schwalbe zu sein, ist eben kein Tiramisu. Plus kann man den Ölzweig der Zukunft nicht mit einem Furz erringen, darum muß man sich mühen, kämpfen muß man, sich wieder und wieder aufraffen. Andererseits, man bedenke, was für eine Ehre so was sei! Massig. Weil ich sei hier ein kompletter Glückspilz. Pro erst einmal meine Haut, pro sekundo eine geile schriftstellerische Vene, und jetzt auch noch das hier, kein Arsch hätte das gedacht, so ein schlaffes Material und verbindet sich trotzdem. Daß ausgerechnet das sich verbindet.

Es gibt verschwindend wenige solche, sagte Tubitza und streckte den Hals, der Großteil krepiert schon an der einfachen Häutung und kommt nicht mal bis zur Federplantation geschweige denn Flügel oder sonstwas. Aber ich solle keine Angst haben, mein Antrag liege schon beim Rassenturnkabinett, ganz bald bekomme ich einen kompletten Physiotherapeuten von den Bahamas, und ich werde reichlich Gelegenheit haben, das Fliegen zu üben, er befürchte, das könnte eher sein, als ich es mir vorstelle. Weil da gibt es einige, die so was von neugierig auf sein wissenschaftliches Ergebnis sind, die vielen flachmäuligen, neidischen Arschtölpel.

Es schien, als hätte Tubitza meine vorangegangene Frage gar nicht gehört, was mir denn für Flügel wüchsen, und Herr Tubitza belieben wohl zu scherzen ... ich meine, du beliebst zu scherzen, mit diesem Ganzen, von wegen ... fliegen und so weiter.

Ob ich gefragt habe, ob er scherze, fragte er. Warum sollte er denn scherzen? Was denke ich denn, sah er mich ungehalten an, was das sei, was er hier Woche für Woche auf meinem Rücken hege und pflege, womit er hier herumwurstle und sich mühe, bis zu den Ständern im Matsch? Ein Buckel vielleicht? Oder ein Fallschirm? Nein, Bruder Tubitza hat einen fanatischen Humor, das ist allgemein bekannt, von den Rassenmedien bis zum Rassenrat, aber jetzt beliebt es ihm nicht zu scherzen, sagte er und zuckte feierlich den Kopf. Höchstens, daß er es versäumt habe, mich vorher zu informieren, was er hiermit nachhole, ich solle mich also nur fein festhalten vor Perplexität, denn er habe eine Mitteilung zu machen.

Die Lage sei also die, sagte er, daß man mir bei der OP neulich, der Tatsache zum Trotz, daß ich fett bin und auch nicht mehr direkt der Jüngste, zum Trotze also dem zu Trotzenden ein Paar Flügel aufgesetzt habe, von einem junior Sibirischen Zurul. Davon wird man, sagt man, aggressiv. Eigentlich haben sie nur herumgealbert, 'n paar Bierchen gezischt nach der OP und haben dann das Paket raufgeklatscht, damit's nicht verdirbt, die Mindesthaltbarkeit war fast schon abgelaufen. Und, leckmichamarsch, dieses tiefgekühlte Ding hat angefangen sich zu integrieren, es gibt jedenfalls ein unmißverständliches Anwachsen und ein ataviasculares Sprießen, wegen derer er bäldigst ein Konzil einberufen werde, wenn von meiner Seite nichts dazwischenkomme.

Um ganz ehrlich zu sein, dürfte er mir sogar dankbar sein, weil ihm das mit Lebendfleisch noch nie gelungen ist. Nicht einmal als der goldbekränzte Hobbygenchirurg, der er sei. Bis jetzt! Ich solle also zusehen und stolz sein, mich über meine persönliche Plattform erheben und viehisch zusehen, daß ich mich ordentlich betrage! Er sage nur soviel, daß ich am Rande vom Eingeschriebensein in die Geschichte stehe, trotz daß ich ein Dings sei. Ein Mensch. In die Geschichte derer, die seit Jahrtausenden an diesem Orte leben, um nun endlich keinen Abbruch mehr zu erleiden, zu ihrer vollen Krallenblüte emporzuschießen und sich mit der heiligen Melodei des *Mimimi* auf den Lippen im blutdurchlöcherten glünblättrigen Busch festzukrallen und mit ihrem Rassenhammer zuzuschlagen. Und ich solle nicht vergessen, ich solle mich hüten wie sein Augenlicht.

Anschließend wünschte er ein gestähltes Reinenweizen, winkte den Adlerboys zu, schnell, die Tür, den grünen Teppich, schaltete sein Blaulicht ein und marschierte erhobenen Hauptes, Blick nach vorne aus dem Zimmer.

Und ich lag auf der Seite, unbewegt. Johlend heulte ich, jawohl. Auf diesem Wege teile ich dir also mit, daß mir Flügel gewachsen sind, Herrentierchen. Sie haben mir ein Paar Flügel dranoperiert. Ich beginne zu verstehen, was in den vergangenen Wochen manchmal unter dem Verband zuckte. Ich dachte, ich hätte einen Krampf. Ich könnte sie sogar bewegen, wenn ich mich traute. Richte deiner nervenkranken Phantasie meine Küsse aus. Und ich wünsche dir, daß man die Käfigtür öffnet, wenn du danebenstehst. Dein Zittern zu sehen ist sowieso die einzige Genugtuung, die mir noch bleibt. Wie ihr alle zittert. Und euch in die Hosen macht, wenn ihr das Rumoren hört. Das Bereitwerden.

(Heute weiß ich genau, daß ich für ihn wie ein durchwühlter Koffer bin, genauso wie er für mich, aber vor einem halben Jahr überraschte es mich, daß er ausgerechnet die Käfigtür ansprach. Ohne Zweifel spielte er auf einen wiederkehrenden Traum von mir an, aus dem ich jedesmal verzweifelt, in Todesangst erwachte.

Ich flattere mit den Armen und steige aufwärts von Ebene zu Ebene wie in einem Treppenhaus, und in jeder verdammten Biege muß ich sehen, daß das immer noch der

Traum ist, Jesusmaria, und ich träume immer noch, daß ich träume, daß ich erwache und daß ich mich gerade beruhigen will, als aus der Ecke ein fürchterliches Knurren und Schnaufen ertönt, ich traue mich nicht hinzuschauen, obwohl dort wahrscheinlich nichts ist. Nur der unerschütterliche Uringeruch der Wände, von dem ich heute weiß, woher er kommt.

Das war das erste Mal, daß er mir so offensichtlich drohte, aber auch abgesehen davon spürte ich bereits, daß er mich mehr und mehr haßte, weil er sich für meine Kreatur hielt und von Anfang an mir die Schuld für sein Unglück gab. Und natürlich war ich mir auch darüber im klaren, daß dieser Haß gegenseitig war, denn mein Mitgefühl, meine ihm gegenüber aufgebrachte Liebe waren eine Lüge, ein Mimikri meiner Angst. Sie haben ihm also Flügel dranoperiert? Na und, dachte ich zynisch, wenigstens kann er fliehen, wenn er unbedingt will. Ich wußte nicht, ob er wollte.

Aber was wird mit mir? Dabei hätte ich das da schon ahnen können. Gerade wegen seiner angewachsenen Flügel und seines krankhaften Hasses. Jetzt ist es natürlich egal. Es ist halb zwei.)

Date: Sun, 27 Jun 1999 14:56:45

Tubitza ist mir heute auf den Flugkorridor gefolgt. Im langsamen Laufschritt kreiste ich auf dem mit Sägespänen bestreuten Tatami. Eins-zwo-drei-hüpf und von vorn. Seitdem ich keinen Verband mehr umhabe, geht es mir viel besser, der leichte Tüllschrank auf den Schultern stört zwar, tut aber nicht weh. Ich kann sie schon bewegen. Spreizen, einziehen, spreizen, einziehen, das muß ich hundertmal am Tag machen, für heute habe ich es, gottseidank, schon hinter mir.

Tubitza trabte eine Weile nickend, mit ernstem Gesicht neben mir her. Ist es nicht ein herrliches Gefühl, fragte er.

Ich sagte gar nichts.

Ist ja gut, sagte er, wenn Böckchen, dann eben Böckchen, er sei sowieso nicht zum Plaudern gekommen, er möchte nur noch einmal und für alle Zeiten bemerken, daß es zwei Sachen gibt, die sie auf den Tod nicht leiden können, die Linkheit und die Taubenfütterer. Aber die mit Feuer und Schwert! Wenn ich mal unter Aufsicht hinausdürfe ins Feld, würde ich schon sehen, daß sich diese tierliebhabenden Taubenfütterer, diese Weckenharmonikaspieler, seit einer Weile gar nicht mehr auf die Straße trauen. Soviel hat man durch Einflußnahme schon erreicht, wer füttert, wird es bedauern.

Und wenn der Tag kommt, der Tag des Zupackens, wird es zu diesem Zwecke sogar ein elektrisches Leitsystem geben. Wenn ein Oberaffe hingeht, um zu füttern, summ, kriegt er eine gewischt. Er verstehe gar nicht, wie sich das die vielen Erbsenzähler und -innen im Laufe der Geschichte so vorgestellt haben. Daß man so was machen kann, regelmäßig, täglich aufgeschlüsselt, so eine stolze Rasse mit allen möglichen Streualmosen herabzuwürdigen, und sie an die befleckten Jahrhunderte der Abspeisung erinnern!

Und einen nationalen Märtyrer, einen heldenhaften Wissenschaftler der Gigantopalmologie, einen ausgesprochenen Kálmán Balatony, auf hinterlinke Art in den Ruf eines Taubenfütteres zu bringen, ist geradewegs geschmacklos und kapital. Er möchte nunmehr mit Nachdruck, daß ich das für die Zukunft beachte.

Und meinen rechten Flügel solle ich beim Hüpfen nicht herunterhängen lassen, sonst trete ich noch drauf wie der Ikarus oder wer. Ich solle hüpfen, spreizen, hüpfen, spreizen vor mich hin sagen oder einen Papagei mitbringen. Obwohl es sein kann, sagte er und blieb langsam hinter mir zurück, daß wir an den Steuerfedern etwas richten müssen. Und der Physiotherapeut sei auch schon unterwegs.

Date: Sun, 27 Jun 1999 19:28:12

Ich habe nachgesehen: der Abschnitt über die Taubenfütterung ist präzise gelöscht aus meinem Computer. Ich habe ihn trotzig wieder hineingeschrieben. Dieser Tubitza ist ein Psychopath, wie er im Buche steht. Ich bringe ihn um, und wenn es das Letzte ist, was ich tue. Wenn nicht für anderes, dann zum Schutze der Menschheit. Nicht daß du, Herrentierchen, es persönlich verdientest oder irgendein anderer. Soll sich doch ein jeder verteidigen, wie er mag. Wie er kann. Ich speziell werde ihn nicht beschützen. Ich habe so meine Vorstellungen.

Date: Mon, 28 Jun 1999 11:19:32

Und, haben wir heute schon die Übungen gemacht? tönte er statt eines Grußes bei der Morgenvisite. Langsam ist das gar keine Visite mehr, sondern eine Zeremonie. Er marschiert frisch parfümiert herein, die Adlerboys schieben auf einem Servierwagen seine Auszeichnungen und die Red-Bull-Dosen hinter ihm her. Es ist nicht zu leugnen, daß Tubitza, vermutlich nach seinem eigenen Geheimrezept, immer größer wird, oder ich bin geschrumpft, wer weiß.

Auweia, das haben wir nicht, sagte er und schüttelte den Kopf, das sehe er doch, daß wir nicht haben. Dabei sollte ich, statt hier herumzusacken und fett zu werden, lieber ein Training im Tempel des Körpers abhalten, »denn ohne des Körpers Stahl gibt es kein' Geistes Feuerstein, 's fliegen schwere Schwingen beschwingt in die Zukunft hinein«.

Er wolle nicht angeben, sagte Tubitza und plusterte sich auf, aber ich solle mal ihn anschauen, so von Freund zu Freund, kraftstrotzend ist ein Fliegenschiß, verglichen mit ihm, na ja, das ist eine Frage der Konstellation, die eine Rasse so, die andere so, und mit den Mutanten, den linken Seelen, gibt es immer nur Probleme. Mit den Vogelköpfigen Lajoskas.

Aber, Rassengenosse, Probleme sind dazu da, daß wir sie aus ihrer Höhle locken und ihnen den Hals rumdrehen, sagte Bruder Tubitza und öffnete mit glänzenden Augen und gesträubten Federn eine Dose Red Bull.

Ich durfte dieses Manöver öfter beobachten, er hat eine

interessante Technik: Er rammt seinen Schnabel in das Blech, schlürft mit zwei Zügen den Inhalt heraus, tritt sich dann mit dem bestiefelten Fuß die Dose vom Kopf herunter und wirft sie, wie im Sturm, mit Anlauf zum Fenster hinaus.

Kruhaha, schreien die Adlerboys dazu und rukkukukuku.

Hast du schon mal so einen Schnapsschnabel gesehen, Bruder, sagt er, während der Schaum rot auf seinen Brauen glitzert. Ich mach' ein ganzes Faß nieder vor lauter Kraft, wenn ich nur will!

Nein, sagte ich, einen so großen habe ich noch nie gesehen. Denn so was müsste man in der Schule unterrichten, und dich müßte man unbedingt ausstopfen lassen, liebster Bruder. Eine Weile blinzelte er mich seltsam an, aber dann lächelte er doch und ging stolz auf und ab.

Nur keine Ungeduld, dir werden wir auch noch einen in deine kleine Visage hineinoperieren, Brüderchen, antwortete er, wenn du's solange machst. Ansonsten, sagte er, solle ich mich für den Nachmittag bereithalten und brav meinen grünblättrigen Freizeitanzug anziehen, er werde mich mit auf die Terrasse nehmen. Zur Fahnen- und Jungvogelweihe.

Date: Mon, 28 Jun 1999 19:17:21

Es war seltsam in Joggingsachen an der frischen Luft, alle starrten mich an, sehr peinlich, ich wußte gar nicht, wie ich mich kleiner machen sollte. Zu allem Überfluß mußte ich während der Feier auch noch hinter Tubitza sitzen, oben auf dem Krallenkreuz-Trambulin, sozusagen in Flügelnähe.

Unter uns war die ganze Terrasse in Bewegung, ebenso der Luftraum, soweit das Auge reichte. Das Tubaorchester spielte auf, die Kampfmajoretten streuten Vitaminkonfetti und Weizengummi unters Volk. Es waren unzählbar viele, aber, das muß man ihnen lassen, es herrschte Ordnung und ernsthafte Disziplin. Tubitza war in einem fort am Winken, warf den Turulbabys, die in Hotpants und getüpfelten Kopftüchern auf dem klebrigen Kampftatami turnten, Küsse und Vogelerbsenküchlein mit Menthol zu, anschließend hielt er eine improvisierte kleine Rede über das Verhältnis der Lehre des Reinen Weizens, der rassenkontinuierlichen Aviatik und des radikalen Nestzentrismus.

Blut von meinem Blute, Taubenjungen, rief er, ihr stolzes Rassenfundament! An diesem sonnenstrahlenden Tag, da ihr euch mit euren stählernen kleinen Muskeln erstmals vom geheiligten Rand dieser Rassentraufe abstoßt, denket daran, wem der Rassenschöpfer Flügel gegeben hat, dem hat er sie gegeben, damit er sie benutzt und nicht, um damit um und um zu laufen wie die Alfanzen. Und wem er keine Flügel gegeben hat, dem operieren wir entweder welche dran, oder er wird durch den Fahrstuhlschacht der Geschichte fallen. Soll doch der Taigetos fallen, habe ich recht oder nicht?!

Jawohl, hurrten die Jungen wie aus einer einzigen zusammengeschweißten Kehle, dem Oberrassenvizepräsidenten gelang es kaum, sie wieder zur Ruhe zu bringen. Gegen

Ende der Rede erwähnte er, ohne einen Namen zu nennen, überraschenderweise auch mich als die Geheimwaffe der unbesiegbaren palomistischen Genrassenplantation, welche bis hinan zu den Sternen und weiter keine Hürde kenne, vorwärts also Federbrüder- und -schwesterchen, ihr fliegenden Fäuste in der Magengrube der humanoplutokratischen Fäule und der Fremdherzigkeit.

Danach kostete und bedachte er der fünftausendjährigen Tradition folgend mit schönen Worten die Kropfmilch, welche von Delegationen aus der Provinz gebracht und einem komplizierten Ritus folgend von Schnabel zu Schnabel gepumpt worden war, bis sie als der allerkollektivste Pamps beim hochrangigen Adressaten ankam. Oh, du Provinz, gurrte Tubitza mit vollem Mund, du grünblättriger Busch, wo noch das unverfälschte Wildtaubenherz über den Eiern der Zukunft schlägt, halte durch, oh, du Provinz und kollere! Dabei spritzte er alles voll. Wieder schwirrte minutenlang der Applaus.

Nach einigem Winken und Jungenstreicheln nahm er das Zierkissen mit der Aufschrift »Tutor unseres Volkes« entgegen, drückte es mir in die Hand, anschließend zogen wir uns unter Berufung auf die Delegation einer Schwesterpartei zurück, und ich durfte mit ihm auf die VIP-Terrasse gehen, wo wir aus seiner eigenen Oberrassenvizepräsidentenloge die Flugschau verfolgten.

Die geschickten Turntaubenformationen formten ein Krallenkreuz und zogen zu Hunderten über uns hinweg. Was sagst du dazu, fragte Tubitza. Jetzt sag doch mal, ist die Natur nicht eine wunderbare Sache? Er an meiner Stelle könnte nicht mehr an sich halten, angesichts dieser Parade könnte er es kaum erwarten, selbst kreuz und quer die Luft zu durchpflügen, oiioi, und wie! Und was mache ich stattdessen? Druckse herum, schwäre vor mich hin, und ich könne ruhig zugeben, daß ich mich vorm Fliegen fürchte.

Ich gebe es zu, sagte ich.

Na bitte, er gibt es sogar zu, dieser Beifußgänger, tönte Tubitza, er gibt es sogar zu, so was ist doch kein Männchen, so was. Am liebsten würde er mich hinunterstoßen, da würde ich schon sehen, was die Kuckucksuhr geschlagen hat. Und ich hätte keine andere Wahl, als zu fliegen. Oder, Brüderchen?

Nein, hätte ich nicht, sagte ich.

Das denke er auch, sagte er, also solle ich mal zusehen und gefälligst die Backen zusammenkneifen.

Date: Tue, 29 Jun 1999 12:36:23

Heute haben sie den Physiotherapeuten von den Bahamas gebracht. Sein Name ist Hendy Zenaida, ein lächelndes Exemplar mit finsterem Gesicht. Nach eigenen Angaben ein Transvestit. Er nahm mich in Augenschein, pickte mit seinem gebogenen Schnabel an mir herum, machte Huhu und Brmbrm und fragte dabei allerlei Blödsinniges wie, ob ich schon mal geflogen sei.

Wie hätte ich denn fliegen sollen, sagte ich ungehalten, schauen Sie mich doch an!

Aber er sah mich nicht an, er zerrte an den Flügelwurzeln, hob die Schwanzfedern an, als wäre ich irgendeine Puppe. Taubenfasson hin oder her, das ist ein Haufen Scheiße und keine Flügel, aber ich solle keine Angst haben, sagte er, er habe selbst Pinguinen und einem zweiköpfigen Wappenadler das Fliegen beigebracht, obwohl, daß wir Blut schwitzen werden, soviel sei fix. Was die Spielregeln anbelangt: Ich könne ruhig Widerworte geben, auf die er ganz ruhig scheiße. Okay?

Okay, sagte ich.

Soviel noch, daß er ein Aviorthopäde sei, eine geprüfte Fachkraft, und keiner aus der Bewegung, ich solle ihn also, wenn möglich, mit jedweder Reinweizenscheiße verschonen und überhaupt mit dem Gelaber von wegen Überlegenheit hin, Rasse her, weil davon bekomme er sofort Migräne und Kackzwang, und dann lasse er mich in der Luft stehen wie'n Haufen Geschmeiß.

Mieser Provinzspitzel, dachte ich, provozier doch deine dschungelhurgo Tante. Aber ich sagte nichts. Ich ruckte mit dem Kopf, soll er es verstehen, wie er will.

Date: Tue, 29 Jun 1999 20:14:23

Nachdem ich kein Wort zu Frau Tubitzas Brief von vor zwei Wochen gesagt hatte und auch sie mir erschrocken aus dem Weg gegangen war, hoffte ich, diese unangenehme Angelegenheit sei ad acta gelegt, aber nein. Leider ist das dumme Weibchen so verliebt, daß es auch noch den letzten Rest Verstand verloren hat. Heute, nach den Flügelübungen, als ich endlich ins Zimmer getorkelt kam und ins Bett fiel, zerdrückte ich mit dem Bauch eine Cognackirsche.

Später stellte sich heraus, daß sie in einen Brief eingewickelt war, aber ich konnte aus dem braunen Mantsch nichts mehr herauslesen. Das ganze Laken und mein Jogginganzug sind dreckig geworden. Noch dazu ist er hellblau. Ich habe ihn mir bringen lassen, damit ich ein bißchen Komfort habe inmitten dieses ganzen Grauens. Ein bißchen Heimeligkeit. Aber wie es scheint, kann man hier nicht leben. Mit denen! Meine Nike-Fußwickel sind auch voller Scheiße. Mein Gott, wie ich die hier hasse. Was soll man von sowelchen auch erwarten? Aber wartet nur ab!

Und ich kann noch nicht einmal groß ausrasten, ich bin gezwungen, in die surrende Visage von der Gisi zu grinsen und so selbstverständlich das Bett zu säubern, als hätte ich ganz einfach einguaniert.

Date: Tue, 29 Jun 1999 23:26:30

Peinlich oder nicht, ich war gezwungen, Henrietta Kis im Federtrockner zu fragen, ob sie den matschigen Brief gebracht habe und was dringestanden habe. Sie sei es nicht gewesen, antwortete sie, und abgesehen davon wisse sie nicht, was dringestanden habe. Bestimmt das Übliche.

Was heißt das, das Übliche, fragte ich und starrte die ehemalige Polizistin an. Sie schaute höhnisch, mutig zurück. Die üblichen Pornographien. Wie wir wissen, ist die eine strichowiener turtur Hure, sagte sie und drehte sich auf dem Absatz um.

Sie hat recht, aber übertrieben ist es schon, wie sich das Verhalten der Henrietta Kis geändert hat, seitdem sie

Außerordentliche Spreuselektorin geworden ist. Ich konnte auch nicht an mich halten, es zu erwähnen, bevor sie durch die Tür ging. Denn, wenn ich mich recht erinnere, sagte ich zu ihrem Rücken, war das nicht immer so mit ihrem Benehmen. Der Hochmut. Und die Kühle.

Nein, sagte sie mit scharfer Stimme und drehte sich um, zog die klimatisierte Kabinentür hinter sich zu. Vielleicht war es nicht immer so, aber ich solle in Betracht ziehen, woher sie gekommen sei, mit was für einem mächtigen, nahezu irreparablen Stiefel ihre Karriere in der Bewegung begonnen habe. Wenn ich von der langen Irrfahrt, der Zwangsabmusterung, vom intensiven Griff zum Glas und der Entfernung aus dem Polizistinnenwohnheim wüßte, würde ich sie verstehen. Daß sie hier nicht nein sagen könne. Noch nicht einmal wie eine Dame, wenn ich verstehe. Sie sei von sehr tief unten gekommen. Sie habe schon mit dem Gedanken an Suicillin kokettiert im Wohnheim, als eines speiüblen Spätwinternachts sechs durchtrainierte, nachtschwarze Tauben in einem Auto bei ihr erschienen und sie so, wie sie da war, killedun, mit heruntergerollten Strümpfen, ungewaschen und ungeschminkt nach Paragvajpuszta zur Umschulung mitgenommen haben.

Was folgte, waren harte Monate voller Operationen und Niederlagen, aber der heurige Sommer traf sie bereits hier an, im Haus des Erwachens, gottseidank, in voller Auslastung, in einem abwechslungsreichen Arbeitsbereich, wogegen sie nichts einzuwenden habe und auch nie hatte, dazu habe sie mit ihrem eigenen kleinen Blut eine Erklärung unterschrieben, als sie ihren Eid geleistet habe. Und wenn sie mal prahlen dürfe, ihre Plastiktüten mit der »Police«-Aufschrift haben die Adlerboys bis aufs letzte Stück hierher gebracht, und das hübsche Nest unter dem Dachbodenschlag hat man nach direkten Anweisungen des Oberrassenvizepräsidenten Tubitza für sie wohnlich gestaltet, sie dürfe nur den Komplex nicht verlassen, ansonsten sei sie frei wie ein Vogel. Sie sei frei und dankbar, das schreibe sich jeder strizzowiener Schmierfink besser hinter die Ohren.

Date: Wed, 30 Jun 1999 22:41:18

Sie haben mich zu sich bestellt auf ein Gratin. Was man so einen schönen, idyllischen Abend nennt. Seitdem ich wieder laufen kann, benimmt sich Tubitza, als wäre ich sein persönlicher Sekretär, bestellt mich manchmal zu sich, zu einem Arbeitsbesuch, wie er sagt, wo er mir auch ein wenig diktiert.

Der Tanzlehrer war gerade gegangen, als mich das Rassenzimmermädchen mit dem geringelten Hals in den Salon führte. Renzilein konnte sich kaum rühren, aber sie blies ihr Dekolleté riesig auf und warf mir feuchte, schmachtende Blicke zu. Nun ginge es ihr so wie mir nach der OP, flüsterte sie, nur ist's bei ihr die Macarena, weil das ist kein Tanz, leckmichnochmal, sondern Tierquälerei.

Kusch, sagte Tubitza, eine kultivierte Taube sagt nicht Tier.

Frau Tubitza zuckte mit den Achseln, nahm mir den Flügelsack ab und hängte ihn an die Garderobe. Dann bist du eben kein Tier, sagte sie zu Tubitza und fragte mich, ob ich nicht mit ihnen baden wolle. Sollte es mich nämlich jucken, hätten sie einen Brutkasten voll mit absoluti frischem kalifornischen Strandsand, vollständig keimbehandelt, nach dem Abendessen könnte man sich ein bißchen darin suhlen.

Hab ich nicht gesagt, kusch, murrte sie ihr Partner an, der im übrigen guter Laune war. Er teilte mit, daß im Kleinen Rassenkabinett die Entscheidung gefallen sei, wonach er die Eröffnungsrede auf dem Paloma-Ball halten werde, und er möchte etwas völlig abgefahren Gelungenes, was radikal Anzettelndes und zugleich Eurokonformes, mit einem Wort: etwas Ballmäßiges. Der Punkt ist, es soll deutlich werden, wer der Herr im palomistischen Weltschlag ist, wenn ich verstehe. Nicht, daß er persönlich mit dem Finger auf sich zeigen muß. Aber daß es kein anderer ist, sollte sich auf jeden Fall schön hervorwärtsheben.

Er spazierte auf und ab, schlug gegen seine Knieschützer, er war enthusiastisch und beseelt. Die Adlerboys trugen ihm routiniert den Schreibtisch hinterher. Nun, er möchte so was in der Art wie, was ist eine Taube, Federbrüder, und so weiter, und daß wir mit dem Sektglas in der Hand auf der Wacht stehen, ich wisse schon, was er meine, es würde auch langsam Zeit, daß ich es lernte. Also die Annahme soll sein, was ist die Taube, welche durch die Jahrtausende der Unterdrückung gestählt, mitten hinein in deren Fresse, aber natürlich schön kultiviert, schließlich ist es ein Ball.

Federbrüder, wiederholte er theatralisch und trat vor den Spiegel. Neuerdings übt er vor dem Spiegel, das war mein Vorschlag. Erst ist er wütend geworden, er sei weder eine Tunte noch ein Kanarienvogel, aber dann hat es angefangen, ihm ziemlich zu gefallen. Wenn er ihn zerbricht, läßt er einen neuen bringen. Sehr geehrte Rassengenossen und -genossinnen, brüllte er, ein Paloma-Ball ist eine gute Gelegenheit, unsere blutgetränkte Rassengemeinschaft auch von der fröhlichen Seite her zusammenzuschweißen im Schmelztiegel der Aufgaben, die vor unserer erwachenden Taubennation stehen, das ist eine faktische Tatsache, was jeder sieht, der keine Tomaten auf den Augen hat. Denn nur ein Blinder sieht nicht, daß die Wiege unserer Zukunft ein Schmelztiegel für uns ist, an dem man nicht wortlos vorbeigehen kann, es sei denn, man ist blind, vielleicht ist das ein bißchen zuviel Blindheit, sagte er und sah mich an, aber dafür sei ich ja da.

Du kriegst deine Inspektionen von mir, Brüderchen, sagte Tubitza, worauf die Linienführung hinaus soll und so weiter, das Bereinigen und das Schönspülen ist deine Sache. Wir haben Zeit, aber nur hurtig. Aus dem faktischen Gesichtpunkt ist alles hier. Er schwenkte einen grünen Prospekt. Alles Wesentliche, was man für den Rassenstolz wissen muß, ist hier drin. *Kulturpermanente Rassenbande* ist der Titel.

Wo auch immer er den aufschlage, treffe er ins Schwarze. Hier zum Beispiel, wo es heißt, eine Taube habe keine Galle, was schon mal nicht stimmt, denn ihn würden manche in einem Löffel voll Dings ertränken, in Galle, wenn sie könnten, aber egal, lassen wir die Politik. Oder hier, bitte: Jemand liebt etwas wie die Taube den Reinen Weizen, na klar, tut er das, was gleichzeitig auch bedeutet, das steht hier in der Tabelle, daß die Taube eigentlich dasselbe ißt wie der Mensch, sogar, das ist erhoben worden, um 0,06 Prozent mehr Cola und Haushaltskekse. Ganz zu schweigen von Rumkirschen, nicht war, du Dumpfschnepfe, sagte er und sah Renzilein an.

Cognac, bemerkte Frau Tubitza, während sie sich die Krallen lackierte, das ist nicht dasselbe.

Egal, sagte Tubitza, unterbrich meinen Gedankengang nicht. Weiterhin möchte er nachdrücklich die Aufmerksamkeit der Anwesenden auf Seite siebzehn lenken, wonach der Mensch seine Liebste »meine Taube« oder »Täubchen« nennt, aber in der vice Version ist davon nicht die Spur, von wegen mein Brasilianer oder mein kleiner Dschidd, so was würde eine Taube, die noch bei Verstand ist, niemals sagen. Und was die Lehre davon anbelangt, Rassenfreunde, die ziehe daraus jeder selbst und so weiter.

Das Entscheidende ist, daß du zum Dichter kommst, Brüderchen, von wegen der Arier wäscht nicht nur sauber, sondern rein. Dann können wir das Privatleben anklingen lassen, familiäre Töne und so weiter, daß die Taube das Musterbild der ehelichen Treue ist, denn sie lebt in Paaren und teilt sich die Pflege der Jungen. Und wenn sie auch von Natur aus etwas geschwätzig ist, wenn so eine Renzi einmal Witwe geworden ist, überlebt sie den Schmerz über den Tod des Partners nicht und sucht sich keinen neuen.

Fängst du schon wieder an mit dem Scheiß, sagte Frau Tubitza. Ich seh' schon, du fängst schon wieder an, und das vor Fremden.

Der ist hier fremd, fragte Tubitza und schlug mit dem Prospekt auf meine Flügel. Das ist kein Fremder, und ansonsten fange ich gar nichts an, sagte er, und las weiter vor, daß die Taube ein uraltes Wort ist, mit vielen regionalen Variationen wie dem noch heute gebräuchlichen Dauwal zum Beispiel, aber in rein taubischen Gegenden sage man auch Douw oder Duuv.

Also weißt du, das hört sich aber ziemlich bekloppt an. Frau Tubitza hob den Kopf. Dieses Duuv.

Deppert bist, sagte Tubitza, das ist nicht bekloppt, sondern Vergangenheit. Kultur. Wir, Rassengenossen, Kampfgenossen, die ihr euch hier versammelt habt, sind ein mehrere tausend Jahre altes Symbol für die meisten Dinge. Hier steht geschrieben, daß die Taube das heilige Tier von einer ganzen Reihe Großkopferten war. Er könnte zugkräftige Namen nennen wie das Thereschen von Avila, den Thomas von Aquino und die Katharina von Alexandrien. Und das sind nur die mit A. Plus die ganzen Griechen.

Na, soll ich noch weiter sagen?

Bitte nicht, Cäsi, sagte Frau Tubitza und fächelte sich mit einer gestrigen *Paloma* Luft unter die Flügel. Dieses Jahr will ich sowieso nicht zu den Griechen.

Darauf winkte Tubitza nur ab, sie fahre hübsch dahin, wofür ihr Ernährer bezahle, beziehungsweise, wohin er sie überhaupt mitnehme, denn wenn sie weiter so ein Plüschdoofi bleibe, gebe es überhaupt keine Ferien, sondern er werde sie mästen und als Grilltänzerin verkaufen. Weißt du überhaupt, wer dem Noah den Ölzweig in die Barke gebracht hat, ist gut, Alter, die Sintflut ist vorbei, kannst dich abtrocknen?

Na wer, fragte Renzilein pikiert.

Die Taube, sagte Tubitza. Und was kreiste über Jesu

Christi Kopf, als er sich im Jordan taufen ließ? Eine Taube! Nicht etwa ein Adler oder ein Papagei, du Flügelbinde, schrie Tubitza über den grauen Ruinen des Weizenauflaufs plötzlich heraus, sondern eine Taube! Und was hat er zu seinen Jüngern gesagt, wenn sie sich stritten? Seid, verflicktnochmal, sanft und einfach wie die Taube! Und nicht hier die Pflanz und jede Woche Lippengloss aus Kuwait und Schnabelfeuchtigskeitspflege. Christus ist unsere wohltönende geistige Daube.

Ich dachte, das wärst du, sagte Frau Tubitza mit vollem Mund und zwinkerte mir zu. Sie rekelte sich immer näher an mich heran, drehte und wendete sich, füßelte unter dem Tisch mit mir.

Also das ist ja wohl ein bißchen übertrieben, sagte Tubitza und wurde ein wenig rot. Es stimme zwar, daß die sieben Gaben des Heiligen Geistes so ziemlich auf ihn zuträfen, so wie die Weisheit, der Verstand, Rassenrat, Rassenkraft, Bankdrücken, Friedfertigkeit, Gottesfurcht und so, wird auch alles von sieben Tauben symbolisiert. Nicht sieben Menschen oder Hunderüden! Denn die Taube ist geradewegs der Vogel der Seele, der eine Sendung hat, während des Todeskampfes steigt er ins Paradies hinauf, und wie ein weißes Tempo fliegt er regelrecht hinaus: husch und arrive dertschi. Natürlich nur, wenn er von vornherein weiß ist, und nicht irgendwelche Hurgos in Tennisklamotten.

Ich könnte unendlich fortfahren, Federbrüder, geehrtes Ballpublikum, doch was ich bisher gesagt habe, zeigt bereits lichterloh, deklamierte Tubitza, daß die Taube das Symbol für Sanftmut, Reinheit und Liebe ist, was alles stimmt, was aber nichtsdestotrotz nicht bedeutet, daß man nicht zuschlagen sollte, wenn die Interessen verletzt werden.

Denn sie werden verletzt, Federbrüder, über Tausende von Jahren werden sie verletzt. Denn wofür taugte die Taube bis jetzt? Zur Suppe. Für Pasteten. Als Briefträger höchstens. Als Opfertier. Überhaupt, wieso die Taube? Warum nicht der Sperber? Oder der Graukopf. Warum war es immer das zarte Fleisch der Taube, das auf felsenharten, fremdherzigen Lippen zerstob, und ihre Eier, die wie Viagra sind, außer, daß sie nicht blau sind. Denn selbst so, selbst darin wollte sie nur zum Nutzen sein und mit all ihren Gliedern streben, das steht klipp und klar im Prospekt beschrieben, daß selbst ihr Blut und, mit Verlaub, ihr Kot als Medizin genutzt worden sind. Der Guano.

Pfui, sagte Frau Tubitza, daß dir nicht der Schnabel in Scheiben abfällt, und daß sie gleich kotzen müsse.

Du bist aber ziemlich kotzig drauf in letzter Zeit, antwortete Tubitza. Genauso war's nämlich. Und darüber werden wir nicht ohnmächtig, das ist die Vergangenheit und basta. Das sind Tatsachen, und die sind gut, damit man weiß, was zu tun ist, wenn sich das Schicksal einst wendet. Denn es wird sich wenden, Rassengenossen, verehrtes Ballpublikum! Das Wachstum wird wie das Meer ins Zupakken umschlagen, wenn die nahe Stunde schlägt und der Tag kommt, auf den wir unser Glas erheben, Datum, Unterschrift. Es können ihn alle mal kreuzweise. Das solle sich mal jeder hinter die Ohren schreiben, der unter seinem Dach den Lachs und die Sesamkörner fresse.

Date: Thu, 1 Jul 1999 08:02:14

Als mich Renzilein hinausbegleitete, sagte ich ihr klipp und klar, daß ich sie, wenn sie nicht aufhöre, sich so zu benehmen, gnadenlos bei der zuständigsten Stelle melden werde. Dann werde auch sie melden, sagte sie, daß ich sie im geheimen belästige, sie mit Worten und anderem antaste, unter dem Tisch fast niederducke, während ich mit irgendwelchen Polizistenhennis im Federtrockner tätatäte, bestimmt, weil bei denen alles größer ist, und ihrer Meinung nach wird das eine gewisse Person ziemlich sehr interessieren. Mehr noch als die Briefe, die ich immer schreibe. Ich tue also gut daran, hier nicht herumzumelden, ich solle lieber das Weizengummi herausnehmen, damit wir Zungenküssen können!

Eine unlösbare Situation. Zum Beispiel kann ich mich nicht an deren Schnabelgeruch gewöhnen.

Zu Hause bin ich sofort eingeschlafen und hatte sehr unbequeme Träume. Wir badeten an irgendeinem Strand im Sand und reichten beide bis zu meinem Oberschenkel. Auf einmal fingen wir an, uns zu paaren, heiß und sekundenschnell. Ich gehe lieber nicht ins Detail.

Date: Thu, 1 Jul 1999 13:12:34

Der Physiotherapeut habe sich beklagt, sagte Tubitza bei der heutigen Hirseverkostung. Daß auf jede kräftigere Bewegung Wehklagen folge. Und daß wir uns weiterhin nicht trauen, die Traufe loszulassen. Stimmt das?

Ja, das stimmt, sagte ich.

Was soll er nur mit mir machen, wenn das stimmt? Wie oft soll er mir noch erklären, daß Fliegen leicht ist, fragte er kopfschüttelnd. Es scheint, egal, was er tue, mich interessiere das nicht die Bohne in den Ohren. Ich glaube ihm aus Daffke nicht. Aber er werde das nicht auf sich beruhen lassen. Dieses Mißtrauen von meiner Seite. Diese hochnäsige Zurückhaltung.

Glaube mir, ich glaube sehr wohl, log ich, ich habe nur einfach Angst hinunterzufallen.

Du hast Tatsache Schiß? fragte er.

Genauso wie du es sagst, antwortete ich.

Siehst du, Rassengenosse, ich als höhere Führungspersönlichkeit neige dazu, an so etwas nicht zu denken, sagte Tubitza versonnen. An so eine einfache, volkstümliche Lösung. Daß einer Angst hat. Dabei ist das so, und wie das so ist. So ein lächerlicher Turbopopel ist der Mensch, ballert durch die Gegend und kulturdünkelt, daß er der Herr der Welt sei, aber wenn man ein bißchen an ihm kratzt, Bingo, da hat er selbst vor so einem kleinen Scheiß wie dem Fliegen Angst. Kein Wunder, daß es mit dieser Rasse zu Ende geht. Allmählich wird die Entmenschung gar nicht mehr nötig sein. Weil sie alle von selber runterfallen. Wenn die Taubenschaft nur mit dem Wegräumen nachkommt. Die vielen fetten Leichen in den Parks, pfui! Das gibt Arbeit und Kopfzerbrechen. Schließlich kann man nicht aus jedem Schwartenmehl machen!

Ich solle doch nicht so finster dreinschauen, ich wisse doch, wie er sei. Er habe eben eine feurige Phantasie. Das urwüchsige Blut mache ihn viel zu ungeduldig. Ich solle ihm das kritisch nachsehen und unter die Nase reiben! Denn mit der Lupe betrachtet, sei eigentlich auch er nicht perfekt. Denn er wiederum tue sich mit dem Wandballspielen schwer. Leider, Fuckimucki. Springt mal hierhin, mal dahin, und keine Fortschritte. Um die Wahrheit zu sagen, pro Woche geht ein Trainer drauf, aber was kann man machen? Ungeachtet habe er sogar schon die Pistole weggelegt, gestand Tubitza, damit es nicht zu größeren Schießereien kommt, vergebens. Wir sind anders, Brüderchen, seufzte er, die Konsequenz, die man daraus ziehen kann, ist, daß wir beschissen anders sind, ob es uns gefällt oder nicht. Und wer sei er schon, verglichen mit dem Gott der Tauben, um sich ein Nichtgefallen erlauben zu können? Ein Stellvertreter.

Der Punkt ist, keiner ist weniger wert als der andere, maximal mehr.

Ich höre auf, auf dem Flur klappert etwas. Wahrscheinlich der Uniformschneider. Will irgendwelche Maße nehmen für die Einkleidung.

Date: Thu, 1 Jul 1999 14:49:25

So einen Balkanbimbo noch mal! Von wegen, von einer Stiefelhose sei nicht die Rede gewesen! Und daß man auch den Extraüberrock abstimmen müsse. Da bleibt einem doch! Warum nicht gleich eine beschissene Mannschaftskapuze! Weißt du, Alter, mit wem du hier redest, schrie ich, hast du überhaupt eine Ahnung?

Da hat er sich erschrocken und wurde sehr zuvorkommend, und nachdem er die Maße genommen hatte, trollte er sich schnell.

Wenn der Flügelsack für den Ball zu eng wird, bring ich ihn um, das schwöre ich. Was soll das heißen, davon war nicht die Rede gewesen? War etwa die Rede davon gewesen, daß ich Flügel bekomme, du Heckenpenner? Daß ich eine Taubenhaut bekomme, die mir abgezogen wird? Daß ich von irgendwelchen schofligen Freimaurern das Fliegen lernen muß, war davon etwa die Rede gewesen?

Ich habe das nicht gewollt, aber hier drin mußt du stahlhart sein, sonst machen sie dich alle. Soll doch verrecken, wer zu blöd ist, jawohl. Keine Angst, hier kannst du lernen, daß das Leben ein Kampf ist. Mit den Tubitzas gibt es eine Menge Anschauungsprobleme, aber das, du mußt schon verzeihen, sehen sie richtig, daß ein Selbstwertgefühl nicht jede Ungebührlichkeit und jedes Anwichsen schlukken kann, und irgendwas muß man mit solchen Schneiderleins und ähnlichen Figuren machen. Mit diesen fremdartigen Stiefelhosenmächten, solange es noch nicht zu spät ist.

Date: Fri, 2 Jul 1999 11:58:15

Ihr Schicksal sei jetzt, sagte Tubitza noch gestern, daß die Schlappheinis im Griff der Aasgeiermächte ihnen ständig den multikulturellen Dreck anschmieren. Daß sie angeblich die Andersartigkeit nicht ertragen können, dabei stimmt das nicht, nein und nochmals nein, deklamierte mir dieses Papageienhirn von einem Oberunterführer vor, und er hoffe sehr, daß ich, der ich sie kennengelernt habe, ein Vorkämpfer in der Propagierung dessen sein werde.

Und wie, sagte ich nicht ohne jeden Unterton.

Dann schau mal her, sagte er und tätschelte mir das Kreuz. Wie könnte einer die Andersartigkeit hassen, der auch selbst anders ist, sag mir das, Herrentierchen! Ich wäre doch eine dumme Kuckuckstaube, was ein ziemlicher Lacher ist, also eine dumme Taube, wenn ich zum Beispiel leugnen wollte, daß wir im allgemeinen ein wenig anders sind, sagte Tubitza.

Er gebe das vielmehr zu. Das, Rassengenosse, ist eine faktische Tatsache, man braucht uns doch nur anschauen, ein kluger Palomist macht daraus keine Kabinettsfrage. Aber!!! Halten wir die Spreupumpe mal an! Denn momentan sind wir zwar andersherum, aber daraus folgt noch nicht die Weltgeschichte, daß die irreversibel ist! Mehr noch, man könnte sogar sagen, daß wir die ältere Rassensippengemeinschaft sind, älter als der Mensch, wenn wir im Moment auch von den Maßen her kleiner sind.

Aber sag mir, Leckmilein, rief er aus, was ist das überhaupt, Maße. Die Maße sind eine Konfektion, der Mensch wird auch nicht immer so groß bleiben und die Taube auch nicht. Daß sich ein gewisser Platztausch in der Entwicklung ergeben wird, das ist überhaupt nicht so unmöglich, das ist wissenschaftlich bewiesen, zum Beispiel die Dinos und so weiter, er bete ihre belämmerten Fressen im Fernsehen an.

Es geht einfach darum, sich ordentlich zu benehmen. Daß alle genausoviel anders sein sollen wie sie. Das ist das gemeinsame Ziel. Und wenn es nicht anders geht, dann muß man die gewissen fädenziehenden Kreise, die böser Wolf rufen, wenn sie die Großmutter erblicken, eben zerdrücken wie eine Cognackirsche. Eine Wanze. Dafür habe er sein Leben geopfert. Und nicht für diese Mischmaschpoke.

Und für die Flügel-Sache, genau, darauf, was ich hier geruhe hinter mir herzuziehen wie einen dreckigen Matzesbesen. Seitdem er ein Genpionier war, wollte er nichts anderes, als der Ingenieur der Taubenschaft werden. Und er habe im Gegensatz zu seinen Rassenvizemitpräsidenten schon früh die Frage gestellt, was diese Straußensichtigkeit soll, wieso sollte man den Menschen nicht im gewissen Sinne zur Taube umwandeln können, wenn es einmal vice versa geht, wieso nicht? Beantwortet mir diese Frage, meine Rassenfedergenossen, wandte er sich dem Spiegel zu.

Denn es kann nicht sein, verehrte Anwesende, daß es nicht sein kann, daß vergebens soviel blutgetränkte Herzen und Experimente und Mühe und Opfer, daß die Fahrstuhlschächte des ganzen New York nicht reichen würden. Er könnte davon erzählen, was da alles hineingeworfen wurde, in diese Fleischlifte. Träume, Hoffnungen, verblühte Früchte der Arbeit. Gott sei sein Zeuge, es waren sogar Fische darunter, es gab eine mißlungene Beflügelung mit Piranhas, aber darum geht es jetzt nicht.

Punkt ist, daß er ein Tiefseetaucher der Zukunft ist sowie gleichzeitig ein Orientierter. Bezeugen oder sich beugen, wie der Dichter sagt. Er, Oberrassenvizepräsident Tubitza, habe die Theorie, daß unter anderem auf diesem Wege die

Engel entstanden sind, und er werde bald eine genetische Arbeitsgruppe dafür gründen, für die Entstehung der Cherubim, denn er sei sich sicher, daß die Urahnen der Tauben da schon ganz früh draufgekommen sind auf dieses Ganze mit den Flügeln und so, und schon mit ihren kleinen Steinäxten den Menschen operiert haben, das heißt jenen halbaffigen Njamnjam, der der Mensch war, sie haben ihn gepfropft wie er jetzt mich, und daraus wurden dann diese schlaksigen Gigantoengel, aber dann geriet die Sache durch die Feder der gedungenen Schmierfinken in Vergessenheit, beziehungsweise es wurde so dargestellt, als ob auch das der Mensch erfunden hätte.

Unter anderem deswegen könne er nicht verstehen, wie mir so sehr jede Abenteuerlust abgehen könne. Anstatt mich zu zieren, sollte ich mich lieber freuen, daß man dem Zufall sei Dank nun auch an mir ausprobiere, ob er denn das Fliegen lernen könne, der Dings, der Mensch. Sorry, aber heute entfalle ihm ständig der Name der Art. Und warum sollte er das nicht können, sie, die Tauben, können doch auch sprechen und auf dem Heimtrainer strampeln undsoweiter, er zähle das jetzt nicht auf, warum sollte dann ausgerechnet der Mensch nicht entwicklungsfähig sein? Es sei denn, er ist vollkommen blöd. Aber wie er das so sehe, ist er nicht blöd, nur anders. Ziemlich sehr anders. Und kann ziemlich sehr die Dinge erlernen. Selbst, wenn dabei die Wut in ihm, in seiner entarteten menschlichen Natur, brodelt und die Freudlosigkeit, wenn er also innen drin alles mögliche denkt, denn er wisse, was er denkt, dafür muß man sich nicht schämen oder es verheimlichen. All das wird vorbeigehen.

Ich kann dir versichern, das wird es, antwortete ich zweideutig, das wird es, ganz und gar, Brüderchen.

Date: Wed, 7 Jul 1999 23:14:50

Wenn ich mich von alleine nicht aktiviere, werde er mir helfen, sagte Tubitza heute, und forderte mich auf zu schreiben, was er sage, aber Wort für Wort in den Rechner hinein: »Verehrter Rassenoberrat! Ich möchte hiermit festhalten, daß mir in letzter Zeit Geschehnisse von großer Tragweite widerfahren sind, welche bewirkten, daß ich mit meiner vorangegangenen aberrierten Lebensführung gebrochen habe, um meine bescheidenen Fähigkeiten in den Dienst der zukunftspermanenten Rassenheimat zu stellen. Punkt. Man muß der internationalen Spreu endlich in die Fresse schlagen und die Rassenwahrheit, ob sie nun gefällt oder nicht, aussprechen. Wenn ich noch einmal beim Fenster hinausschaue und Grimassen schneide, wird der Herr Oberrassenvizepräsident mit meiner Gesichtshaut diese ganze Scheiße, die er mir hier diktiert, aus dem Rechner tunken. Hiermit teile ich mit, daß meine öffentliche Sudelschrift aus dem vergangenen Jahr eine Ausgeburt meiner dürftigen schriftstellerischen Unterminierungsarbeit war, welche nicht auf die Eiterbeule dessen zurückfällt bis ins siebte Glied, auf den es zielte, sondern umgekehrt. Meinen darin enthaltenen obdachlosen Mitmenschen habe ich selbst die Chemikalien angeboten, die ich zuvor meinem Gönner in aufruhrstifterischer Absicht entwendet habe. Daß die Genannten das nicht selbst protokollarisch bestätigen können, dafür können sie persönlich was: Bedauerlicherart rauchten sie im Bett, was in eine kollektive Tragödie mündete. Ihre Restaurierung ist im Gange, an ihrer trotz einer gewissen Wertminderung lebensechten Statuengruppe arbeitet ein Präparator-Bildhauer. Die Arbeitsbeziehung zu Cäsar Tubitza ist im Zusammenhang mit der Kálmán-Balatony-Sache enger geworden, worüber mein verbesserter Bericht bäldigst fertig sein wird, sonst kickt man mir die Scheiße aus dem Arsch, aber restlos. In einer Woche!!! Wie das vorliegende Beispiel zeigt, hat mir der frenetische Humor des Rassenwahnführers Bruder Tubitza schon über viele schwere Stunden hinweggeholfen, obwohl ich mich nicht unterstanden habe, ihm Ärger zu bereiten, seine Wut und das Ziehen seiner Pistole mit eingeschlossen. Wofür ich mich, verehrter Rassenoberrat, hiermit bei den Betroffenen entschuldige.«

Meingott, was für ein Hornochse, dachte ich, aber er war sehr entschlossen, ich wußte, er will mich provozieren, also ließ ich ihm alles durchgehen. Ich schrieb, ich blickte gar nicht hoch. Womit ich ihn natürlich sehr überraschte.

Er hätte gedacht, sagte er, ich würde protestieren.

Ich bin nicht in der Position, das zu tun, sagte ich gleichgültig.

Aha, sagte er, aha. Dann sind wir also doch eingeschnappt. Blasen wir uns also doch auf. Ich solle zur Kenntnis nehmen, daß man einige solcher Eingaben brauchen werde, damit er denen dort zeigen könne, daß ich vom hart verdienten Geld der Rassengemeinschaft nicht nur hier vor mich hin faule, sondern von Nutzen bin, denn mit einer beschissenen Hautgarnitur kann man sich nicht für immer durchlavieren! Ich solle es also nicht wagen, eine Flappe zu ziehen, sondern alles hineinschreiben, aber wortwörtlich, sagte er und diktierte weiter.

»Verehrter Rassenoberrat! Ich soll nicht glotzen, sondern nur hurtig tipptoppen! Diese Zeilen schreibe ich nach dem freien Willen des ersten Oberrassenvizepräsidenten Cäsar Tubitza, unser aller väterlichen Wohltäters, der mich mit keinerlei Zwang oder Pistole in meiner Seite dazu gezwungen hat, noch hat er eine andere Nötigung verabreicht oder eine Beeinflussung. Es entspricht der Wahrheit, daß ich schon seit frühester Kindheit meine Haut zu Versuchszwecken mit anderen gefiederten Personen tauschen wollte. Dies habe ich bei Zellenversammlungen mehrmals zum Gegenstand von Wortmeldungen gemacht, was er zur Abstimmung freigegeben und genehmigt hat. Meine dreckige, davon bedauerlicherweise abweichende humanoplutokratische Rede entbehrt jeder Wirklichkeitsgrundlage. Danach führte er unter seiner theoretischen Leitung die bravouröse Operation hinsichtlich der Haut meines oberen-hinteren ›Schenkels‹ und meines Rückens mit vereinten Kräften durch. An dieser Stelle gestehe ich ein, daß ich während der Operation das Einsetzen von ein paar aktiven (befiederten!!!) Flügeln wegen meines ehrgeizigen Charakters auf eigene Verantwortung erzwungen habe. Mein Wohltäter erfüllte meinen Wunsch und setzte mir diese liebevoll ein, welche zum größten Wunder palomistischer Rassengenetik zu sprießen begannen. Seitdem rekonvalesziere ich unter der fürsorgenden Hand des Oberrassenvizepräsidenten Bruder Tubitza, werde physiotherapiert und nehme

Aviatikstunden und kann kaum erwarten, mit meinem eigenen Fliegen diesem rassengenchirurgischen Unikum die Krone aufzusetzen, und wer darüber die Nase rümpft und sonstige Verleumdungen verbreitet, paßt besser auf, denn eines Tages wird der, der gewissenlos Wölfe ruft, noch lernen, wie man die Flöte bläst, wenn das Lamm ein wenig härter auftritt mit seinen Zähnen und nicht zuläßt, daß sich die Dinge in die falsche Richtung entwickeln. Irgendwann ist der Käfig voll!«

Date: Thu, 8 Jul 1999 20:17:50

Wenn das rauskommt, ist das aber wirklich mein Ende, Tubitza bricht mir das Genick. Und das zum ungünstigsten Zeitpunkt. Jetzt, wo ich mich langsam fange.

Während meines heutigen Nachmittagsschläfchens ist ohne mein Wissen und Wollen Frau Tubitza zu mir gekommen. Leider habe ich das nicht geträumt wie das letzte Mal, die stürmischen Spuren sprechen eine eindeutige Sprache. Sie schlüpfte innerhalb eines Augenblicks in mein Bett, rekelte sich, zupfte an meiner Pyjamahose. Ich bemühte mich, sie mit meinem Körper zu verdecken, aber ich befürchte, sie hat all das vor den Augen der Kamera getan.

Sie könne ihr Blut nicht weiter zügeln, sagte sie, es kümmere sie ab jetzt nichts und niemand, laß uns Cäsar erschlagen und abhauen. Und zwar schnell, noch vor ihrer gemeinsamen Sommersafari, von der sie, Frau Tubitza, vielleicht gar nicht lebend zurückkommen werde. Aber das sei jetzt uninteressant, nur die heiße, flammende Daune sei interessant, ich solle ihr glauben, sie schrecke nicht einmal vor Gewalt zurück, sagte sie, und ich solle sofort nachsehen, was sie anhabe und wo die Druckknöpfe seien.

Ich konnte sie kaum beruhigen, in Ordnung, aber sie solle wenigstens den Mund halten.

Ich solle ihn ihr lieber stopfen, kollerte sie, und mich geschickter anstellen, es gebe noch einen Druckknopf.

Ehrlich gesagt, war es eine Rangelei in Kußhaltung, was wir da veranstalteten, wenn die Monitorgruppe gerade zusah, konnten sie das Geschehen auch mißinterpretieren. An einem Wochentag, am hellichten Nachmittag! Frau Tubitza stank nach Cognackirschen, sie war heiß und nicht zu bändigen. Ich möchte festhalten, daß ich keine Chance hatte.

Mein Leben sei in ihrer Hand, sagte sie, ich solle mich also dementsprechend verhalten. Sie habe sich alles im vorab überlegt, denn sie sei zwar dumm, aber nicht blöd. Auch, wenn ich ihr, sei es aus Wollust, sei es aus karrieristischer Berechnung hiermit den Hals umdrehe wie ein Romeo oder wer. Denn auch damit sei nichts gelöst. Man würde sie finden, einen bekannten Hals, und ehrlich gesagt, wäre das nicht der erste Tod in meiner Umgebung, wenn sie sich recht erinnere, und dann: aus die Maus.

Siehst du, Putzilein, ist diese geheime Süßigkeit nicht besser, rülpste sie in mein Ohr, meinen Mund. Doch, sagte ich. Der zweite Druckknopf ging auf.

Großer Gott, hilf mir, aber gleich, es kommt jemand.

Date: Fri, 9 Jul 1999 01:29:56

Ein Glück, daß ich die vorherige E-Mail noch abschicken konnte. In letzter Sekunde.

Tubitza kam ohne anzuklopfen, er trat förmlich die Tür ein, ich solle kein Wort sagen, er wisse alles. Er war ziemlich betrunken. Dem Himmel sei Dank, er kam alleine, die Adlerboys, und wenn sie noch so taubstumm sind, läßt er in solchen Fällen draußen auf dem Flur. Ich habe mir längst zurechtgelegt, was ich tue, wenn es soweit ist. Ich locke ihn in letzter Sekunde zum Rechner, er solle sich ansehen, was ich ihm Hübsches geschrieben habe, und dann klappe ich den Deckel blitzschnell über seinem Kopf zu, daß es nur so kracht. Das wird wirklich stilvoll, wenn ich den gemeinen Schweinehund mit dem Laptop trockenpresse, soll doch sein Saft fließen und diese ganze beschissene Maschine durchdringen, diesen ganzen beschissenen Bildschirm. Und dann zerre ich irgendwie den Maschendraht auseinander und springe, husch, hinaus. Ich habe das Gefühl, soviel habe ich vom Physiotherapeuten schon gelernt, daß ich nicht zu Tode stürze. Einatmen, ausbreiten, niederschlagen, ausatmen und wieder von vorn. Undsoweiter.

Bis hier lief die Sache noch, bis hier war es leicht auszudenken. Doch an diesem Punkt wurde ich immer unsicher. Denn, was ist danach, wenn ich, sagen wir, unten angekommen bin? Wer beschützt mich vor denen? Wer wagt es, sich mit ihnen anzulegen? Wohin kann ich gehen, gefiedert, mit Flügeln auf dem Rücken, ohne Wohnung, ohne Papiere? Als Engel? Und noch dazu in einem braunen Krallenkreuzpyjama? Wer glaubt mir denn, daß ich nicht zu denen gehöre, und wer würde mich aufnehmen, ich meine, *außer dir*, aber in der Wohnung würde man mich sowieso sofort finden. Mit einem Wort: Ich kann nirgends hin, nirgends, nirgends, das habe ich alles innerhalb eines Wimpernschlags durchdacht, als Tubitza hereingestürmt kam, mit den Worten, er wisse alles.

Er bemerkte sofort mein totenblasses Gesicht. Ich solle mir nicht untern Flügel scheißen, na, er habe nur einen Witz gemacht, sagte er, und daß er verdammt gute Laune habe. Wie wär's mit einer Spritze? Er gäbe mir, was immer ich wolle, süß, stark, man lebt nur einmal. Aber dann gab er mir, gottseidank, doch keine. Er zog die Sitzstangen heraus und kauerte ein wenig an meinem Tisch. Er drückte am Laptop herum, las im Diktat von vorgestern, machte laut Kruhaha und schlief plötzlich ein. Ich rüttelte ihn wach und schickte ihn nach Hause. Fotze eurer Mutter, ich habe auch meine Privatsphäre, und wenn ich noch so elend und ausgeliefert bin.

Seitdem fühle ich mein Herz im ganzen Körper schlagen, einschlafen kann ich natürlich nicht. Ich zerbreche mir den Kopf über alle möglichen Rachepläne.

Was wollen die von mir?

(Als er diesen Brief schickte, war es auch zwei Uhr nachts, wie jetzt. Ich wunderte mich nicht, obwohl er früher nichts davon schrieb, fliehen zu wollen, und noch dazu: zu mir. Obwohl ich damals, Anfang Juli, noch nicht ganz verstand, wie sie ihn »ausgerechnet« in dieser Wohnung »sofort« finden sollten, bedauerte ich es überhaupt nicht, daß ich, zumindest was die Flucht anbelangt, nicht in seinen Plänen vorkam. Ich konnte mit Recht annehmen, daß ich für Tubitza und seine Leute nicht existierte, genauer gesagt, doch: Ich war da, operiert, verrückt gemacht, warum sollten sie mich hier draußen in der Stadt suchen?

Ich habe Wasser aufgesetzt für den Nescafé, ich fange an, langsamer zu werden.

Seitdem sind fünf Monate vergangen, und alles wurde klar, ohne daß die Sonne aufgegangen wäre. Wo mag Gewisser Jemand heute nacht sein? Wahrscheinlich fliegt er von einem Bankett zum nächsten, trinkt den Siegessekt, die fermentierte Kropfmilch, stößt an, nimmt die Gratulationen entgegen. Redoute, Opernhaus oder Parlament, ein Dachboden größer als der andere. Es ist nicht einmal ausgeschlossen, daß die diensthabenden Jungtauben vergessen, ihn am Morgen zu wecken und er bis acht nicht ankommt. Das wäre vielleicht eine Blamage!

Die Augen stechen ziemlich. Während das Wasser kochte, versuchte ich mich daran zu erinnern, was ich im Sommer gemacht habe, aber außer an diese E-Mails konnte ich mich an nichts erinnern. Mein Sommer wurde von seinem ausgefüllt, dem meines Helden, der sich sichtlich zurechtzufinden begann an seinem neuen Platz. Für meinen Geschmack sogar etwas zu gut. Dennoch versuchte ich, unverändert tolerant oder zumindest fair an ihn zu denken. Er ist verwirrt, sagte ich zu mir, kein Wunder, wer sich an seiner Stelle anders verhielte, werfe den ersten Stein, undsoweiter, aber ich empfand immer mehr Abscheu und immer weniger Bedauern für ihn.

Wie sehr ich mich dabei selbst verabscheute, brauche ich wohl nicht zu erwähnen.

Natürlich dachte ich öfter daran, die Briefe des Gewissen Jemanden in jener mir nahestehenden Wochenzeitung zu veröffentlichen, schließlich hatten sich die Medien seit Beginn des Sommers zwar vorsichtig, aber doch mit den Krallenkreuzlern beschäftigt, die mittlerweile beseelte, sogar öffentliche Anhänger in hohen, wie man drinnen sagen würde, »Primatenkreisen« gefunden hatten. Unabhängig davon waren einige ängstliche, ein anderes Mal eher hysterische Reportagen darüber erschienen, daß unbekannte Jemande systematisch, in militärischen Formationen Kampfhunde entführten und Katzen und Spatzen ermordeten. »Spießrutenlaufen lassen«, wie das einer der Regelverletzer bei einem Runden-Tisch-Gespräch formulierte.

In den Zeitungen stand auch, daß mehr Tierschützer verschwinden als erlaubt, weswegen die Taubenfütterung von Amts wegen verboten wurde. Flugblätter wurden zu einer alltäglichen Sache. Es waren immer mehr manchmal kindische Drohungen zu lesen über den Tag des Zupackens und die Nacht des Reinen Weizens. Dann wieder wurde es still, und es folgten neue Sensationen.

Die Zeit war über die Fiktionen hinweggegangen, und dokumentieren konnte ich außer diesen Briefen nichts, also beschloß ich, vorerst zu schweigen. Wie hätte ich auch mit so etwas auftreten können, daß ich mir seit Mai in meinem eigenen Namen via E-Mail über die Geschehnisse im Haus des Erwachens berichte, die Briefe aber nicht selbst geschrieben habe? Wozu wäre es gut, wenn sie mich für einen Irren hielten? sagte ich zu mir, obwohl ein jeder glaubt, was er will, aber wer wird mich in einer echten Notsituation, »wenn wirklich die Demokratie in Gefahr gerät«, auf dem Laufenden halten, wenn ich meinen Informanten versehentlich in Schwierigkeiten bringe?

Aber wie ich auch drum rumrede, die Wahrheit ist: Ich hatte ganz einfach Angst. Vor ihm und vor den Palomisten. So verging der Sommer.

Ich habe irgendwo gelesen, daß der Mensch zwischen zwei und vier Uhr früh selbst im Armsünderhaus von Schläfrigkeit überfallen wird. Und einschlafen darf ich unter keinen Umständen. Ein schöner, starker Kaffee. Draußen wird es still. Langsam verklingt auch die wildeste Lustbarkeit, nur noch ein paar verspätete Bierfässer explodieren über der Burg Vajdahunyad, wie auf einem fernen Trommelfell.)

Date: Sun, 11 Jul 1999 18:15:39

Tubitza machte gerade Federpflege im Fenster des kleinen Rassenratssaals und sah, wie ich bei einer Drehung vornüberkippte. Der Physiotherapeut konnte mich nicht halten, vielleicht wollte er es auch nicht, und ich segelte sechs Etagen nach unten. Durfte mit hängendem Kopf, zu Fuß, vom Hof wieder hochkommen. Tubitza wartete in der Treppenbiegung auf mich. Er schüttelte den Kopf.

Er verstehe einfach nicht, wieso man jedem Dreck das Fliegen beibringen könne, nur ausgerechnet mir nicht. Er fuchtelte mir vor der Nase herum, ich war gereizt, ich schämte mich.

Entschuldige mal, man kann's mir sehr wohl beibringen, hätte ich am liebsten gebrüllt, aber ich bekam gerade keine Luft. Mit meinen immer dünner werdenden Beinen konnte ich kaum laufen, und wieder zog ich die Flügel auf der Erde hinterher, obwohl das strengstens verboten ist.

Die vielen schweren Knochen sind schuld und das Herzfett, sagte Tubitza mitfühlend. Das viele Körperfett. Vielleicht müßte man dir noch ein paar Sachen herausoperieren, Brüderchen. Aber freu dich nicht zu früh, das wird nicht gehen, die Wiedererholung und die Rekonvaleszenz würden wieder Monate dauern, leider verlangt so ein blöder Trumm Körper viel, und dann können wir wieder von vorne anfangen mit den Flugstunden. Dabei wäre es langsam ganz günstig, wenn irgendein Ergebnis zu sehen wäre.

Tubitza setzte sich auf meine Schulter, was er sich nur selten erlaubt, immer dann, wenn ich kaum die Kraft habe, mich vorwärtszuschleppen, und ließ sich in den leeren Ratssaal tragen. Wenn er mich nicht so mögen würde, seufzte er in mein Ohr, würde er sich nicht so mit mir abmühen, das könne ich ihm glauben. Das sei sein größter Fehler, diese Sympathie und Liebe. Und ob ich denn wisse, was er so an mir gefressen habe?

Ich weiß es nicht, sagte ich.

Daß er recht habe. Ja, er gebe es ehrlich zu, er mag sein eigenes Rechthaben an mir. Daß das, was er ausspreche und voraussage, zur vollen Frucht erblüht und so wahr wird, wie es ist. Wie in Erz gegossen, wenn er bitten dürfte. Wissenschaftlich und überhaupt, weil darauf legt er einen Wert. Wenn er also sagt, daß ich fliegen werde, dann wird sogar meine drei Tage alte Leiche fliegen wie der Pusztawalzer, denn er sei nicht im geringsten ein gehirnamputierter Komiker, dem man höhnisch zublinzeln und hinter dessen Rücken man im Scheißrassenoberrat lachen kann. Verstanden?

Hier angelangt, hebt Tubitza im allgemeinen bereits die Stimme, das »nie, nie, niemals« brüllt er schon vollkommen aufgeplustert, ein echter Tauben-Duce, und nachdem er sich umgeschaut hat, ob auch kein Rassenfeind oder Journalist in der Nähe ist, produziert er meist einen frenetischen Wutanfall, tobt, dreht sich um den eigenen Schnabel, beißt in sein Taschentuch, in den Teppich, in alles, was zu einer Verschwörung fähig wäre. Und das ist immer noch besser, als wenn er anfinge herumzuballern. Was für ein mieser, unheimlicher Hampelmann!

In letzter Zeit kommt es mir allerdings so vor, daß er mich aus irgendeinem geheimnisvollen Grund braucht. Er behandelt mich wie einen Mitkämpfer, versucht, mir demonstrativ in die Augen zu schauen, und spricht von großen Aufgaben, regelrechte greifsche Höhen, deswegen sei es ihm so wichtig, daß die Schulter, meine Schulter, auf die er sich stelle, stabil sei. Sowohl physisch als auch vertrauensmäßig. Verstehst du mein Credo, Rassenbrüderchen?

Ich verstehe, sagte ich, aber im Moment krieche ich ziemlich auf dem Zahnfleisch.

Das größte Problem mit Tubitza ist, daß er, obwohl ein Politiker, unberechenbar ist. Oft habe ich keine Ahnung, was er eigentlich will. Was er zum Beispiel von mir erwartet. Ich bedauere, zu mehr bin ich nicht fähig. Ich übe täglich sechs Stunden mit dem Physiotherapeuten, ich habe mich an alles gewöhnt, an die Todesangst, den Schrecken, meinen dicken, drolligen Schatten auf den Häuserdächern, daß die Nähte auf meinem Rücken knacken und daß Hendy Zenaida, der Physiotherapeut, mit einem Bambusstock auf meinen Fesselschützer eindrischt.

Ich sage das nicht, um mich zu beklagen, er hat mir schon am ersten Tag mitgeteilt, daß das zur Methode gehört, er schlägt mich also nicht, weil er mir böse ist, sondern vegetativ. Blöder als wie ein Strauß, sagt er immer freundlich zu mir. Und wenn das so weitergehe, werde es kein gutes Ende mit ihm nehmen, Tubitza werde ihm an den Kragen gehen.

Na und? Sein Ende interessiert mich nicht die Bohne! Rassenmischmasch!

Date: Mon, 12 Jul 1999 19:43:35

Am Nachmittag habe ich dem Rassenoberrat einen Antrag geschrieben, wenn ihm denn soviel daran liegt.

Er hat ihn durchgesehen und ihn ständig umschreiben lassen, ich mußte ihn ihm dreimal ins Arbeitszimmer bringen. Heute ging er auf eine selten demütigende Weise mit mir um. Wie es ausschaut, sagte er, herrsche eine verdammte Ebbe in meiner Dichtervene. Das soll ein Schriftsteller sein, brüllte er. Ein Schriftsteller und kann nicht formulieren! Selbst das muß ich ihm beibringen! Ja, was bin ich denn, bin ich etwa das Gehirn der Welt, daß ich sogar unseren eigenen Antrag statt den Rassengenossen Schriftstellern schreiben muß? Schreiben muß ich ihn, beurteilen muß ich ihn, ist das nicht ein bißchen viel? Warum glaubt ihr, daß ich der komplette Herrgott bin? Ein Herrgott-Multiplex?! Weil ich zufälligerweise der Dingsigste unter euch bin? Muß man mir deswegen sämtliche Häute abziehen? Was kannst du denn, Vogelköpfiges Lajcsilein, wenn du noch nicht einmal eine Eingabe schreiben kannst? Fliegen kannst du nicht, schreiben kannst du nicht, dein Fleisch schmeckt bitter. Und was jetzt? Hörst du den Fahrstuhl, Herrentierchen? Also sieh zu und paß auf dich auf!

Ich wäre fast geplatzt vor Wut. Fahrstuhl, schön und gut, sagte ich nach einer kleinen Stille, aber nicht, daß daraus Schwierigkeiten erwachsen. Weil mit den Flügeln was passiert. Zum Beispiel ein kleiner Bruch oder ein Riß. Denn, wer weiß, ob es noch einmal gelingt? Ob es sich noch einmal verbindet nach so einer OP, sagte ich. Auch wenn du, lieber Bruder Tubitza, unbestritten der Mitschurin der Gigantopalmologie bist. Cäsar Mitschurin, sozusagen. Ganz abgesehen davon, daß auch ein gewisses Kabinett jene Flügel samt Zubehör vermissen wird und fragen könnte, wohin sie denn verschwunden seien. Horribile dictu! Wenn ich hier zum Beispiel vor lauter Demütigung hinausspringen würde. Noch dazu Radio, Tevau, Presse, wer braucht das schon? Also, sagte ich zu Tubitza, würde ich mich auch an seiner Stelle vorsehen ... und auf mein Mundwerk achten, lieber Bruder.

Er ließ vor Überraschung die Flügel sinken. Aha, sagte er verdattert. Er verstehe schon. Mein Schnabel ist im Begriff aufzugehen. Die dicke Lippe. Wie das so die Art der Primaten ist. Sobald es anfängt, nicht mehr weh zu tun, kommt das Selbstbewußtsein daher. Und schon glaube ich, daß man aus mir keine Suppe kochen könne. Dabei kann man das aus jedem, Fuckimucki, jedem, flüsterte er und starrte mich aus großen Augen an.

Das glaube ich auch, sagte ich und sah mutig zurück. Mit Leberknödel.

Nachdem mich die Adlerboys in mein Zimmer zurückbegleitet hatten, bekam ich leider einen Weinkrampf. Und anschließend wollte ich alles zertrümmern.

Date: Thu, 15 Jul 1999 19:41:35

Wenigstens wir sollten einander nicht fetzen, Herrentierchen, sagte Tubitza im Bad, ich sei doch der einzige Sinn seines Lebens, ich und die Welttaubenschaft, an deren Altar er schon längst sein Opfer dargebracht habe, und ich könne doch sehenden Auges sehen, was für eine komplizierte Persönlichkeit er sei, und dennoch mißhandle ich ihn und trete ihm an seiner empfindlichsten Stelle in die Eier, aber egal, das ist es wohl, was der Herr der Tauben für ihn vorgesehen hat.

Im übrigen habe meine Bitte um Aufschub, so nett sie auch schließlich geworden sei, den Rassenoberrat nicht überzeugen können, schnaubte Tubitza. Die Flachpfeifer waren maulig und fragten weiterhin sehr skeptisch nach, leider. Geb's Gott, daß wir ihnen die Stimme der Rasse wieder in den Rachen hinunterstopfen, diesen Zulukaffern, sagte mein Gönner auf dem Saunaflur, hakte sich bei mir unter und spazierte mit mir öffentlich auf und ab zwischen blassen Revierleitern, Vizepräsidentialsekretären und so weiter. Sehr unangenehm, so in der Hocke zu spazieren.

Überhaupt, sagte Tubitza und schlug mir auf den Rükken, was geht's die denn an, was mit seinem Genschützling los ist? Abgesehen vom Neid. Von wegen, eine Taube habe keine Galle! Iwo! Sie halten es einfach nicht aus, daß einer mehr ist als sie. Daß er mehr eisernen Willen hat. Mehr Blutfaust.

Wie kommt es, daß die Fuzzitype seit Frühjahr rekonvalesziert, fragt man ihn vertraulich in der Rassenkabinettskantine, wie kommt so was? Das kommt daher, habe er mit seinem weichen Herz meine Partei ergriffen, daß er fliegen lernt, Rassengenossen, aber er hat eben einen scheißgroßen Kopf. Hier ist was faul, sagen die, was, wenn das Schriftsteller-Exemplar gar nicht mehr lebt, wenn er schon längst Schwartenmehl oder Biogleitpulver ist?

Was bilden die sich ein?! Ein Tubitza-Patient?

Aber die werden sich wundern, brüllte mein Gönner plötzlich los und schlug mit einem Bündel Weidenruten kräftig auf meinen Rücken ein, koste es, was es wolle, er werde denen zeigen, daß ich neben ihm in der Formation fliegen werde, auf dem Paloma-Ball, im feinsten Zwirn. Das habe er beschlossen, und wenn er mir dafür den Kopf abschneiden müsse, und dann wird allen hübsch die Freßlade runterklappen vor Verwunderung, den vielen kleinen Arschgeiern und Brauntölpeln. Von wegen ein Ultimatum, von wegen, daß sie noch vor der großen Safari im August handgreifliche Ergebnisse haben wollen, schrie Tubitza, mir schien es, daß er diesmal wirklich mit mir sympathisierte und die fraglose Unbill regte ihn so auf. Na, die sollen mal abwarten! Denen wird er schon noch die Handgreiflichkeit an den Hals hetzen. Weil er wisse sehr gut, woher der Furzgestank weht.

Wie üblich wollte er nach seiner Pistole greifen, um sie mir zwischen die Rippen zu drücken oder mir wenigstens vor der Nase herumzufuchteln. Aber wir waren nackt bis aufs Taubli, also stieß er mich nur scherzhaft unter die kalte Dusche. Egal, ich solle mich deswegen nicht einscheißen, sondern fleißig üben, eiserner Wille, Blutfaust.

Und wenn sich dieser Junge von den Bahamas weiterhin nicht bewährt, solle ich ihm nur Bescheid geben. Denn von jetzo an geht's um die Wurst.

Date: Fri, 16 Jul 1999 19:09:34

Heute hat man mich unerwartet ins Genstudio hinuntergebracht, man müsse jene gewisse Flügelkorrektur vornehmen, man habe es mit dem Physiotherapeuten besprochen, ich solle mir was anziehen, damit wir schnell fertig werden.

Ich war sehr erschrocken, doch schließlich wurde ich angenehm überrascht, und die Umstrukturierung der Steuerfedern am ominösen rechten Flügel stellte sich hinsichtlich meiner Flugtechnik sogar als nützlich heraus. Ein Haarschnitt tut mehr weh, höchstens das Umfeld war mir anfangs unangenehm, ich bin es nicht mehr gewöhnt, daß irgendwelche Balkanvögel unter meinen Flügeln herumstochern.

Die Genstudios befinden sich im hinteren Trakt im Erdgeschoß, wo früher die Hauswartswohnung war, obwohl es sein kann, daß ich mich irre. In die Gegend darf selbst ich nur unter besonderer Aufsicht, es gibt motorisierte Gitter, elektrische Drahtnetze und Sirenen, die »Genküche der Zukunft« ist ein gefährlicher Betrieb, keine Frage.

Nach verwinkelten Fluren und Sicherheitstüren kam ich mit meinen Begleitern in einen abgenutzten, fleischereiähnlichen Raum. Nicht einmal der Geruch des Domestos konnte den penetranten Hundegestank überdecken, er schwebte schwer in der Luft wie wachsleinene Schürzen. Die Maschinen zum Pudern der Flügelenden dröhnten ohne Unterlaß, ebenso die Poliermaschinen, aber selbst so hörte ich noch beunruhigende Geräusche aus den fernen Sektoren, hauptsächlich Bellen und permanentes Jaulen, als Beweis dafür, daß im Genbetrieb trotz der Liquidierung der Genschneider weiter gearbeitet wurde, sowohl zugeschnitten als auch massiert.

Ich wollte gerade meine VIP-Karte zücken, von wegen Moment mal, kommt nicht in Frage, daß mich irgendwelche Darmspülgehilfen in irgendein dreckiges Mannschafts-Lazarett bringen, als der Genosse Abteilungsleiter zu mir kam, tausendmal um Reinenweizen wegen des Mißverständnisses bat und mich in ein normales Wundpflegeséparée führte. Er bot mir, wie es sich gehört, Vogelerbsentee und Kropfkiesel an und machte sich an die Arbeit an meinem Flügel.

Die Sache sei die, daß sie solche kleinen Flügelbauarbeiten nur noch bei wichtigen Tauben übernehmen, schließlich haben sie Unmengen zu tun, schnaufte dieser dicke Altenburger Trommler. Denn er verstehe zwar, daß man bis zum Winter fertig werden müsse, aber kaum war man mit den Pinguinversuchen fertig, kam leider schon die interne Order, daß man die Hundefrage ein für allemal lösen müsse. Den zivilen Großteil liquidiere die Turnfalkensturmtruppe zwar draußen in der Stadt, wie man es mit den Katzen und den Spatzen gemacht hat, mit den Kampfhunden habe man aber immer noch genug zu tun, es reicht nicht, sie einzusammeln, man muß sie auch bemustern, die Anamnese aufnehmen, und man komme schon mit der Administration kaum hinterher, geschweige denn mit der Umwandlung.

Die Fleischzwingen werden einfach mit der Belastung nicht fertig, sagte er. Zwar ist die Flügelimplantation bei Hunden eine Fließbandoperation, trotzdem muß man es anständig machen. Zu schnell bringt nur Ärger, und natürlich die Anwichsereien in der Schmutzpresse. Schreien beim kleinsten Gickser gleich Skandal. Er wisse gar nicht, was wird, wenn erst die Menschenverarbeitung losgeht. Es wird ja wohl kaum jeder ein Freiwilliger sein, so wie ich, nicht wahr? Sie, kleine Krallenkreuzler, haben schon jetzt Angst, um die Wahrheit zu sagen.

Momentan habe man ja noch nicht einmal eine Leitung, die die Verantwortung übernehmen würde. Ich habe sicher davon gehört, daß neulich eine Legion schlecht zusammengesetzter Griffterrier über der Margaretheninsel abgestürzt ist, woraufhin die ganze alte Führungsriege erbarmungslos liquidiert worden ist. Dabei war nichts Besonderes passiert, sie hatten eine ordentliche Erlaubnis mit Behördenstempel und alles, daß man sie ausführen darf, drei Kindergartenkinder pro Kopf dürfen ohne Regelverletzung konsumiert werden, aber die essen auch alte Katenbäuerinnen, wenn's nichts anderes gibt. Das Problem war, daß all das auf der Margaretheninsel auch mit Erlaubnis verboten ist, außerdem hatten die Unglücksraben vor lauter Schreck auch das Kontingent etwas überschritten.

Er selbst sei, gottseidank, gerade in Übersee gewesen zur Fortbildung, weswegen er dem Liften entgangen ist, und jetzt dürfe er sich hier mit diesen Balkanesen abmühen, keine Frage, sie haben ein gewisses Feeling, sind geschickt, aber sie wurden doch nur aus dem Schwartenmehlbetrieb hierher umkommandiert; was Anatomie und Aviatik anbelangt, sind es totale Nulpen. Deswegen richte er meinen Flügel persönlich, man kann ihnen nicht einmal solche einfachen kleinen Routinearbeiten überlassen, und, soviel möchte er hinsichtlich der Zukunft noch hinzufügen, er wisse sehr genau, wer ich sei. Quasi ein Kabinettchef. Denn das wird schon so ziemlich überall gekollert auf den Fluren. Im übrigen, sagte dieser brave Altenburger, bekommen wir bald einen neuen Vizedirektor, Herr Professor Tubitza hat angeblich schon den Obergenschneider-Techniker ausgewählt, einen Mutanten namens Ignazio oder so.

Dieser namenlose, einfache Abteilungsleiter war eine ausgesprochen angenehme, kultivierte Erscheinung. Nachdem er mich gepudert und gebürstet hatte, nahmen wir fast herzlich Abschied voneinander.

Date: Tue, 20 Jul 1999 19:09:34

Nun sei es genug mit diesem trotteligen Kreisen ums Hauptquartier, sagte Tubitza und wies mich an, ich solle mich bereitmachen, ich werde ihn heute in ein gewisses Objekt in den Bergen begleiten, ein einfacher Geländeflug, es wird nichts passieren, der Physiotherapeut wird die ganze Zeit dabeisein, plus das Turulkommando und die VIP-Begleitung, Blaulicht, Schnabelmotorradfahrer, alles, nicht einmal im beschissenen Ei meiner Mutter wäre ich in größerer Sicherheit, nur in den Kurven müsse ich auf meinen hängenden Sterz aufpassen, und ich solle unter keinen Umständen von fremden Dächern fressen.

Der Ausflug ging trotz der üblichen Todesangst und des Brechreizes gut, wir schwangen uns sofort in die Höhe, sportlich und mutig, und sanken erst über den Bergen tiefer, in Geländenähe. Wir zogen dahin im heißen Sommernachmittag, unter uns bummelte der Schwabenberg, die Baumkronen, von Habichten, Falken keine Spur. Meine Begleiter vom Turulkommando lobten mich regelrecht, obwohl ich der Meinung war, daß ich in Simssitzen durchfallen würde, besonders mit Baseballschläger, wenn ich schon ohne so unsicher bin.

Als wir endlich angekommen waren, sagte Tubitza, das hier sei eine Sache vertraulicher Natur, in der er jetzt unterwegs sei, ich solle also hübsch mit den anderen auf der Pflegerterrasse warten, auf und ab spazieren und mich nicht wundern, wenn ich fotografiert werde. Schließlich müsse ich mich langsam, aber sicher auch daran gewöhnen, an das Blitzen der Blitze, hoiioi, aber wie!

Bevor sich die elektrische Falltür hinter ihm schloß, konnte ich noch hören, wie irgendeine arschkriecherische Kropftrudel ihn, »unseren am Zenithöhepunkt seiner Laufbahn stehenden Oberrassenvizepräsidenten«, mit dem allertiefsten Reinenweizen begrüßte und tausendmal um Vergebung bat, daß er erst jetzt vom Haupteingang hier angekommen sei.

Leider, Herr Vizepräsident, leider konnten wir nicht wissen, daß Ihr so sportlich seid, daß Ihr effektiv durch das Fenster anzukommen beliebt.

Die können mich mal kreuzweise! Ich war wütend und bis ins Mark gekränkt. Ich wartete genauso eine dreiviertel Stunde auf ihn, wie die beschissensten kleinen Adlerboys, wie das ganze ordinäre Hilfspersonal. Und weder ein Karottentonic noch eine warme Jause. Aber was will ich schon groß, schließlich bin ich nur ein entführter, kaputtoperierter, fettiger kleiner Diener, ein Stiefelknecht, der froh sein kann, daß er ein Loch unter der Bürzeldrüse hat.

Ich glaube, diese Ohrfeige kam gerade zur rechten Zeit, ich muß mir noch einmal Gedanken über meine realistischen Möglichkeiten machen. Vor einer halben Stunde sind wir angekommen, Tubitza diktierte so ein wildes Tempo, daß ich kaum mitkam, aber als wir in der Voliere verpusteten, lobte er mich. Er hätte nicht gedacht, sagte er, daß ich durchhalten würde, und wenn ich runtergefallen wäre, hätte er mich, Indianerehrenwort, dagelassen, im Schmutz. Blutenden Herzens zwar, aber ohne ein Wort. Aber nun sehe er, wie sehr ich an ihm hänge, und daß ich, trotz daß ich ein Mensch bin, scheinbar Phantasie besitze.

Mit so einem treuen und friedlichen Mutanten habe er bisher noch nie zu tun gehabt.

Ich und treu?! Elendes Mistvieh!

Date: Thu, 22 Jul 1999 12:54:09

Tubitza teilte mir unerwartet mit, es habe sich nach langen Ermittlungen, Nachforschungen und Kleinarbeit im Zuge unseres vorgestrigen Ausflugs bestätigt, daß der Sohn unseres väterlichen Freundes und Vorbilds, unser Bruder Lajos Balatony, unversehrt und bis zu einem gewissen Grade gesund aufgefunden worden ist, und er wird noch heute hierher, in das Hauptquartier ziehen. Er wird in einem absolut vertraulichen Arbeitsbereich im Genlabor tätig sein. Man muß schon sagen, er hat manchmal seltsame Sachen drauf, nicht nur, daß er sich Ignazio nennen läßt, und noch dazu Bergmann, er sieht außerdem noch oft stechende, weiße Lichter in seinem Geist, wovon er ganz wild wird und dann: wie's TNT! Mit einem Wort: ein hyperhitziges Exemplar, leider konnte auch der Aufenthalt im Sanatorium nichts daran ändern.

Und er ist äußerst daran interessiert, dich kennenzulernen, Brüderchen, sagte Tubitza und klopfte mir auf die Schulter, er liebt die haltlosen Erfinder genauso heiß und innig wie ich.

Date: Sat, 24 Jul 1999 22:13:47

Heute vormittag ist mein Physiotherapeut niedergestochen worden. Dem Kommuniqué zufolge wurde Hendy Zenaida, zusammen mit mehreren anderen, in eine Straßenprügelei verwickelt und hat mit seiner heldenhaften Standhaftigkeit das Mitgefühl seiner höchsten Mitbrüder errungen, aber ich weiß, daß das nicht stimmt. Ganz sicher hat ihn Tubitza in einer plötzlichen Aufwallung erstochen. Der arme Teufel, gewisse Informanten erzählen, er habe den Oberrassenvizepräsidenten ausgelacht, ja ihn eine hurgo Bräutigamstaube genannt, was als die größte Beleidigung unter Taubenartigen gilt. Tubitza nickte, nickte, und dann schnitt er dem Physiotherapeuten mit einem zerbrochenen Handspiegel die Kehle durch. Er trampelte auf ihm herum, bekränzte ihn und ließ die Presse kommen.

Ich habe ihn verabscheut, keine Frage, ich habe ihn genauso verabscheut wie die alle hier, das ist nur natürlich. Gleichzeitig, das muß man ihm lassen, war Hendy Zenaida eine gute Fachtaube, hart, aber gerecht. Ich verstehe Tubitza nicht. Wo man doch so dringend Fachkräfte braucht! Im Frühjahr werden Tausende darauf warten, fliegen zu lernen. So was ist politischer Dilettantismus ersten Ranges! Und noch dazu mit einem Handspiegel! Wirklich, wie eine Varietétaube.

Und die Rassenführung ist nun einmal kein Varieté. Du kannst mir glauben, ich sehe das ganz aus der Nähe, dieser unser Oberrassenvizepräsident ist ein kapitaler politischer Dilettant. Zugegeben, er hat gewisse großartige Gottesgaben, andererseits ist er aber auch so unglaublich kleinlich. So was ist nicht mißtrauisch, sondern paranoid, nicht präzise, sondern einfach ein Korinthenkacker. Außerdem wird mir immer klarer, daß man ihn aufhalten muß, denn er schadet mehr, als daß er nützt. Er ist dieser Typus, der selbst die heiligste Sache auf den falschen Weg bringt. Wenn man bei denen von so was überhaupt reden kann: die heiligste Sache.

Glaubst du, ich sehe es nicht vor mir, wie du Grimassen schneidest?

Ich sehe es sehr wohl. Aber da draußen ist es leicht, das Maul aufzureißen und Grimassen zu schneiden! Ligas zu gründen! Die Kiebitzherzigen können in aller Ruhe auf ihrem ausgeruhten Bürzel sitzen und kopfschüttelnd das vergammelte Dach der Burg von Vajdahunyad anglotzen! Ich dagegen stehe an vorderster Front, vergiß das nie, Herrentierchen, und die vorderste Front der Welt ist kein intellektuelles Sackkratzen.

Date: Sun, 25 Jul 1999 20:53:08

Auf dem Dachboden der Oper ist ohne Skandale und größere Schießereien der Paloma-Ball zu Ende gegangen. Es war ein großer Ball, große Bereitschaft, selbst aus dem Himmel floß Sekt. Und, was ich im Frühjahr nie geglaubt hätte, ich flog tatsächlich im Elastextressenrock an der Hinterseite Cäsar Tubitzas. Natürlich haben die Nachrichtensendungen maximal die Vizepräsidenten gezeigt, die Begleitung nur für einen Augenblick, gezwungenermaßen. Im übrigen war es ein glatter Paraderichtungsflug, ich war der neunte links, dicht umgeben von Adlerboys, falls etwas passierte, aber es passierte nichts. Langsam gewöhne ich mich auch an den Brechreiz.

Leider habe ich vor Aufregung die Zähne so fest zusammengebissen, daß die beiden Schnabelschoner aneinander klebenblieben und ich fast erstickt wäre. Darüber haben mehrere gelacht, aber das wird ihnen noch vergehen, diesen Nobodys, diesen Prologaloschen, ihnen wird die Luft zum Herumlachen schon noch ausgehen. Überhaupt, was das Entscheidende ist: Unsere Rede klappte hervorragend. Unter dem Titel *Erwache, Flügel meines Weizens* ist sie sogar in der *Paloma* erschienen. Obwohl ich mir kaum denken kann, daß du sie gelesen hast, so was liest ein feiner Dings von einem Herrn Dichter nicht. Die Schlammschlachten, das ja. Die Schiebereien. Dabei wurde mir von mehreren Seiten gratuliert, geradewegs mir, sie haben verstohlen mein Knie gedrückt und mich eingeladen, ich möchte in ihrer Loge vorbeischauen.

Die Macarena habe ich mir mit meinen jungen Freunden aus der Flügeladjutantenloge angeschaut, und ich muß schon sagen, sie ist hervorragend gelungen. Renzilein stürzte nur ein einziges Mal, aber auch das fiel nicht weiter auf, die hinbestellten Jungtauben zerrten sie schnell wieder hoch.

Tubitza hat mich noch vor dem Kalten-Buffet-Turnier und dem Sackhüpfen seinen Konkurrenten, den anderen Vizepräsidenten, vorgestellt. Einer wie der andere aufgeplusterte, krummhalsige Bürokraten, trainiert bis zum Gehtnichtmehr und kaum kleiner als Tubitza. Mich haben sie keines Wortes gewürdigt, aber mir schien, auch auf Tubitza sahen sie mehrheitlich herab, sie halten ihn für einen lächerlichen Operettenidioten in seinem roséfarbenen Anzug und sind nun sehr neidisch wegen der Henni und mir. Von den anderen Experimenten ganz zu schweigen. Tubitza hat mir erzählt, er habe ihnen einmal live auf den Kopf zugesagt, meinetwegen behandelt mich wie Luft, Rassenoberbrüderchen, aber merkt euch gut, ohne Luft kein Leben. Das hätte ich ihnen glatt auch sagen können.

Wir gingen gerade auf dem Buffet entlang zum Glanzpunkt des Abends, einem riesigen Aufbau in Form eines Taubenschlags, als ich mit einem Ohr hörte, daß ein großer Streit zwischen ihnen ausbrach. Sie kreischten, fielen einander ins Wort, daß ihnen die mit Steinpilzen gefüllten Hirserouladen nur so aus dem Schnabel spritzten.

Was soll das heißen, daß dem Ehepaar Tubitza ein extra Sekretariat zusteht, sagte der eine.

Plus eine Golemnutte, murmelte ein anderer.

Das kommt nicht in Frage, Rassengenossen, daß auch diese Rassenverschnitte in die Safaridelegation aufgenommen werden, fuchtelte ein dritter. Entschuldige mal, aber so geht das nicht, Bruder Tubitza!

Du weißt selber, daß es nicht ausreicht, taubenförmig zu sein, in so eine Delegation dürfen nur Reinarier bis ins siebente Glied aufgenommen werden, und das auch nur aus den ältesten Klans, sagte der Dicke, also Verwandtschaft hin oder her, darüber gebe es keine Diskussion, daran hielten sie mit Schnabel und Klauen bis zum letzten Atemzug fest, und Tubitza solle sich ja keine Hoffnungen machen, in dieser Sache werde man ihn unter allen Umständen überstimmen.

Es wäre vielleicht zu einer ernsthaften Schlägerei gekommen, aber an dieser Stelle blieb ihnen das Wort im Halse stecken, denn nun wurden in der Mitte des Buffets auf der bis zum Himmel reichenden Reinweizengolatsche die Fakkeln entzündet, die Knaller knallten, der ganze Dachboden loderte.

Tubitza stritt sich nicht weiter, er war sogar verdächtig freundlich zu ihnen, klopfte ihnen auf die Schulter, in Ordnung, scheiß der Geier drauf, jetzt amüsiert euch lieber, Trauertäubchen, und schaut vor eure Füße, sonst bleibt ihr in den gefüllten Eiern und der Wurmsoße kleben. Den Rest werden wir, einschließlich des letzten Atemzuges, in den schwarzgesichtigen Tropen besprechen.

Date: Tue, 27 Jul 1999 20:22:18

Ich konnte es nicht weiter vor mir herschieben, heute machte ich, auf ausdrücklichen Wunsch Tubitzas, Lajoska Balatony meine Aufwartung.

Er lag in einem Krankensaal im Souterrain, unweit von seinem zukünftigen Amt, auf dem Bauch beziehungsweise der Seite. Zu diesem Trakt habe auch ich kaum Zutritt, ich war erst das zweite Mal da. Was ich nicht sonderlich bedauere, es reicht, die Laute zu hören, wenn man herunterkommt, um im schallgedämpften Schießstand zu üben. Der Schießstand ist im übrigen nach Tubitzas Neffen benannt, der einstmals auf dem Hof des Objekts den Märtyrertod gestorben ist. Oder anders gesagt, man hat dem kleinen Aas den Hals umgedreht. Wenn man also zum Schießstand oder zum Granatenwurfkorridor hinuntergeht, hört man pausenlos das Gebrüll aus den Pitbull-OPs, und das ist noch schlimmer als der merkwürdige, quiekende Ton, der früher von den Pinguinlaufbändern kam.

Furchtbar, daß man dem Schicksal auf diese Weise das positive Ergebnis abtrotzen muß, aber wer A sagt, muß auch B sagen, dazu wurden wir alle geboren.

Lajoska Balatony ist auch im wahren Leben ein selten seltsames Exemplar. Ganz offensichtlich kennt er keine Hemmungen, außerdem ist er stark wie ein Rhinozeros. Alldem zum Trotz leidet er noch mehr unter den Folgen der Operationen als ich damals. Seltsam, aber trotz seiner reichen Erfahrungen auf dem Gebiet der Fleischologie stößt sein Organismus dies und das genetisch ab, leider auch die Flügel, was nicht gerade glücklich ist, aber beim heutigen Stand der Genchirurgie vielleicht kein unlösbares Problem. Wie er sagte, habe es bei ihm wegen Elastizitätsproblemen keine konkrete Häutung gegeben, nur eine einfache Flügelplantation, so daß er ein wenig fiebrig sei, aber ansonsten gehe es ihm den Umständen entsprechend ganz gut.

Als ich bei ihm anklopfte, nahm er gerade seine Jause ein, aß mit seinem eigenen Kappmesser Papaya. Die hatte ich nach meiner OP auch bekommen, sie wirkt positiv auf das Sprießen und erhöht die Gleitfähigkeit. Mir zu Ehren setze er kurz die Sonnenbrille ab, sagte er, was ziemlich selten bei ihm vorkomme. Aber wie könne es sein, daß ich überhaupt nicht überrascht sei? Er starrte mich an und versuchte ausdauernd, meinen Blick zu erhaschen. Rassenkumpelchen, sagte er zu den Adlerboys, der ist nicht überrascht. Er war ausgesprochen enttäuscht. Du bist es also nicht, fragte er mehrmals mit nervöser, brechender Stimme.

Tut mir leid, nein, sagte ich.

Er denke trotzdem, daß es einiges Überraschendes daran gebe, sagte er. Daß ich jetzt damit konfrontiert werde, daß er tatsächlich eine Person aus Fleisch und Blut sei, so wie er damit, daß es mich gebe, der ich ihn ohne sein Wissen in den Artikel über seinen Papi hineingeschrieben habe, mehr noch, ich habe sogar gelogen, daß auch ich ein Lajos sei, aber ein anderer, egal, er sei mir deswegen nicht mehr böse. Und er könne sich total deutlich an mich erinnern, wie ich mal zu Besuch bei seinem Papi gewesen sei.

Ich saß da und nickte gleichgültig. Lajoska Balatony teilte mir mit, daß er sein ganzes Verschwinden, alles, was ihm widerfahren sei, in ein Spiralheft aufgeschrieben habe, angefangen bei den Scharfschützen, der »Bp. Honvéd Scharfschützenabteilung«, wenn ich mich erinnere, anno. Hajós-Straße, nicht weit von der Oper, das ist vielleicht schön, wenn ein Schwanensee hereinrieselt oder ein Harfenspiel, während im Keller die Schalldämpfer knattern, die Fleischzwingen dröhnen und unter der Hand die Wildfleischwürstchen hergestellt werden. Er hoffe, ich könne seine Schrift lesen.

Tja, da mußte man neben der Forschung und der Exekutivarbeit auch noch produzieren, Bestellungen gab es zuhauf, im Kommunismus und danach auch, für die Ferienhäuser der Arbeiterwehr und so was, schöne, dunkle Füllware, betaut wie das Auge des Rehs beim Einschlag. Natürlich, sagte er enthusiastisch, werde ich sehen, daß die Rehlein nur eine Sache unter vielen waren, in der Praxis gab es alle möglichen Exemplare, die problematischen nämlich, weil ihre Fachabteilung wurde nur zu denen gerufen, die nicht in die Zeitung und die *Tagesschau* und die *Welt der Wunder* kamen. Damals haben die Medien auch nicht alles geschrieben, im Kommunismus, die geheimnisvollen Sachen sind immer geheimgehalten worden. Aber Arbeit, die hatten sie und Aktionsprogramme, und das Geld floß und die Auszeichnungen, wenn es den einen oder anderen größeren Gickser gab. Sie waren das Gickser-Kommando.

Lajoska Balatonys Augen fingen zu strahlen an, zu funkeln wie Spritzgraupeln. Zum Beispiel, Brüderchen, hat die Szamuely-Brigade in Békásmegyer mal ein Zwergmammut geschossen, aber das meiste waren doch Routineaufgaben, Kampffrettchen und die berühmten mit Serum behandelten Kobrahunde. Berühmt, das sage er, obwohl es wegen der Toten streng geheimgehalten worden ist, daß damals leider zirka sechs von den Viechern entwischt sind.

Mit Kobrahunden ist ja bekanntlich nicht zu spaßen, die greifen von den Platanenbäumen an und dann kapores dolores, da gibt es kein Entkommen, sie beißen den Nacken durch, das Gift müssen sie gar nicht mehr verspritzen. Kameradtschiks in Kambodscha haben sie herausgezüchtet und hierher zum Testen geschickt, ich könne mich bestimmt erinnern, März 86 war für fünf Tage die Margaretheninsel gesperrt, na, und da haben sie die abgeschossen und so weiter, das steht auch alles im Heft mit Zeichnungen, so wie der Onkel Doktor Tubitza das mag. Die mit Serum behandelten Kobrahunde.

Punkt ist, um auf sein angebliches Verschwinden zu kommen, am meisten wurden Rehlein geschossen, mehr oder weniger absichtlich auch, wegen der Fleischverarbeitung, irgendwie kam es gerade zupaß. Also, die Sachlage ist so, daß diese Produkte sich in Kőbánya und dem kleinen Wald in Kispest beträchtlich vermehrt hatten und immer weiter in die Stadt vorgedrungen waren, auch daran erinnert sich heute keiner mehr, an die Haare, die überall herumlagen, und an die zerbissenen Sitze in der Straßenbahn. Na, das hatten sie gemeldet gekriegt, in der Zeitung stand es freilich nicht, es war gerade der Systemwechsel im Gange, hinter dessen Manteau man alles mögliche machen konnte, und wie, aber sie wußten, woher der Wind wehte.

Ich solle mir das mal vorstellen, ganz kleine Rehe, als wären sie von Ignazio Bergmann persönlich gegent worden, ich wisse vielleicht, wer das sei, der Mann, der die kleinste Kuh der Welt in Argentinien herausgezüchtet habe. Nebenbei bemerkt sei dieser Typ sein Vorbild, seiner Meinung nach größtenteils ein Ungar, und er habe den starken Verdacht, daß er heimlich in Budapest lebt und arbeitet, das habe er neulich auch dem Onkel Doktor Tubitza erzählt, der nur gelächelt hat und nichts gesagt.

Wie ich mir denken könne, war so eine branchenrelevante wissenschaftliche Entwicklung ein Thema in ihrer Fachgruppe, sowohl das Genumbilden als auch das Schrumpfenlassen, und besonders die Präparation! Ich werde sicher wissen, daß man angeblich auch seinen Papi, der demzufolge gestorben und ins Museum gekommen ist, ausgestopft hat wie den Dimitroff. Na, dafür hätte er sich auch gerne beworben, er konnte schön ausstopfen, hatte lauter Einsen und Zweien, wobei in der Ausbildung mit Menschen nicht oft geübt worden ist, obwohl es damals für alles Leute gab, trotzdem nicht.

Aber worum's geht, ist: die Hajós-Straße. Es wurde nicht

an die große Glocke gehängt, aber es gab einen kleinen Komplex, ein Feld-OP und ein Labor, und man versuchte alles mögliche, fachlicher Ehrgeiz und Spaß haben auch eine Rolle gespielt, zum Beispiel hat ein Kollege ein seltsames Ding hergestellt, die Schwalbenratte, von denen gab's nicht mehr als einige hundert Stück, aber die Sache wurde von oben abgeblasen, obwohl sie schon draußen waren, im Gelände, trotzdem hat man sie abgeblasen, und man mußte mit einem großen Fangnetz hinaus in die Práter-Straße, und mit so 'nem Infraschall, denn darauf hörten die Viecher, mußte man ihnen den Rákóczi-Marsch vorspielen, dann kamen sie. Wurden eingezogen und im Egalisator II auf Kerepestarcsa kremiert, der Rauch roch süßlich, sagten die Kollegen.

Ich solle ja nicht glauben, sagte Lajoska Balatony und setzte die Sonnenbrille wieder auf, daß es solche Gickser jeden Tag gab, eigentlich nur noch einmal, mit diesen sogenannten Rehlein, um endlich auf das Thema zu kommen. Irgendwie, in einem Aktenkoffer, unterm Rock, wer weiß, wie, aber eine Garnitur von diesen umgegenten Dingern war hinausgelangt. Er schwöre mir, das waren ganz prima sowjetische und argentinische Gene, aber wirklich, Bahnangestellte hatten sie in einem Behälter für Kleinwaffenmunition hereingeschmuggelt über das GST, weil diese experimentelle Wildwirtschaft war nicht ganz offiziell, obwohl zum Beispiel der Lajos Czinege – was sagt man dazu, schon wieder ein Lajos! – davon wußte, er war auch einmal persönlich bei ihnen und sah sich das fluoreszierende bulgarische Wildschwein an, aber das war keine gute Konstruktion, der Wald fing Feuer, und dann war's aus, kapores dolores, schau an, das habe er noch gar nicht in sein Heft aufgeschrieben gehabt, das falle ihm jetzt erst ein.

Aber jetzt sage er gleich, was es mit seinem angeblichen Verschwinden auf sich hatte. Eine Gruppe dieser umgegenten Rehlein war also, wie schon gesagt, illegal nach draußen gelangt, kann auch sein, daß sie geflohen sind, jedenfalls war es zu früh, der Plan war nämlich so, daß man sie am Weihnachtsbaumfest im Parlament, beziehungsweise im Landeshaus, an Pioniere und Jungpioniere verschenken wollte für gute Arbeit in der Bewegung. Na, für diesen hübschen Firlefanz, dem Aussehen nach Rehlein, der Größe nach Wildkatze, aber maximal so groß wie ein Schaukelpferd, hätten sich die Pioniere garantiert gegenseitig umgebracht.

Aber dann passierte das Malheur, daß der Dieb sie verwechselte, weil er ein Laie war oder eine Putzfrau, oder, was auch nicht auszuschließen ist, ein Provokateur, jedenfalls griff er pechöserweise daneben, weil er stahl nämlich nicht aus dem Wurf mit der Aufschrift *Bambi-1/a*, sondern aus dem anderen. Er sehe es mir an den Augen an, daß ich es nicht verstehe, dabei ist es nicht so kompliziert, ich könne ihm glauben.

Die Sache ist die, daß man für den inneren Gebrauch eine ganz kleine Serie produziert hatte, für Sportzwecke in exklusiven Wildparks, und diese waren evidenterweise wilder, sportlicher. Und die wurden also geklaut, haben ihren Entführer offenbar in Null Komma nix erledigt, und dann haben sie angefangen, die einsamen Spaziergänger, die Taxifahrer und so was aufzufressen.

Denn auf den ersten Blick ist das nur ein niedrig geratenes Rehlein, aber auf einmal stellt es sich auf die Hinterbeine und zack, Hals durch, und die Banane ist geschält, kapores dolores, wenn ich verstehe, das ist so ein Fachchinesisch, so war der Sprachgebrauch da drinnen, der Schargon, nicht wahr, ist alles in den Heften nachzulesen. Ich könne bestimmt schnell lesen.

Ich scheine recht intelligent zu sein, und ihn störe es nicht in der Pietätlosigkeit, daß ich dem Onkel Doktor Tubitza vorgeflunkert habe, sein Papilein erfingiert zu haben, guter Witz, ist ja schließlich nicht das Dings unserer Mutter oder was, daß man dran herumfingieren kann, nicht wahr? Und daß er alle möglichen Schriftstücke von seinem Papi mitgenommen habe? Ach iwo, ich glaube doch nicht, daß die, nämlich sein Papi und der Trainer, ihn in die Nähe von solchen Dingen gelassen haben? Ach wo!

Er wisse genau, was für ein verlogener Hund ich sei, weil zwar habe er mein Wirken nicht so richtig gelesen, aber der Onkel Doktor Tubitza hat erzählt, was man wissen muß. Was das für ein Blödsinn alles ist. Überhaupt, was diese geistigen Dinge anbelangt, reiche ihm das Schreiben in die Hefte, weil, wenn er liest, hat er meistens ein Gefühl, als würde er Ameisen essen, und seine Augen jucken, dafür bekomme er auch ein Medikament beziehungsweise eine Brille, aber das helfe nicht viel, dem Kofferradio höre er allerdings gerne zu.

Nu aber, Punkt ist, daß sein Papi anno trotz allem ziemlich so war wie in meinem Artikel, schmutzig und ordinär fett. Im übrigen könne ich wohl einsehen, daß, wenn er, der Sohn, eine ausgemachte Wirklichkeit sei, dann sei es auch der Papi gewesen, und er sei nun wirklich wirklich,

ich könne ihn ruhig kneifen, außerdem hinge hier am Bett sein Krankenblatt, obwohl er nicht krank sei, sondern ein Aktivist, ich könne ruhig den Onkel Doktor Tubitza dazu fragen, der habe ihm die Hefte gegeben und den Tintenstift, damit er alles hübsch aufschreiben könne, ein Aktivist, jawohl, und wenn es erst mit der Beförderung gelaufen ist, was der Onkel Doktor Tubitza versprochen hat, dann könne er sogar in die elterliche Wohnung zurückkehren, und wenn er sich gut führe, werde es alles geben, was es geben muß, Blut ist dicker als Wasser.

Ich solle keine Angst haben, wenn er erst gut fliegen könne, gehen wir zu dritt runter die Hajós-Straße, weil es kann sein, daß auf den ersten Blick nichts von der Fachabteilung und den vier Etagen nach unten zu sehen ist, dem Fleischbetrieb mit der Räucherkammer, dem Klubraum, dem Genzirkel, dem schallgedämpften Schießstand, er könnte es von oben her der Reihe nach aufzählen; außerdem könne es sein, daß von den Bewohnern keiner weiß, daß es einmal so eine Sache dort gegeben hat, und keiner erinnert sich an den Geruch oder an das Gekreisch, obwohl, gekreischt sei gar nicht geworden, dem Delinquenten wurde gleich die Schnauze eingeschlagen, also es könne sein, daß sie sich nicht erinnern, er werde trotzdem alles zeigen, man muß den Schlüssel beim Portier abholen und fertig, daß es keinen Portier gibt, so was gibt es nicht, einen Portier wird es länger geben als den Kapitalismus, er habe noch seinen Ausweis, und langsam könnte ich ihm ein Glas irgendwas geben, sein Mund sei im Austrocknen, aber kein Hohes C, weil davon komme ihn nur das Würgen an.

Er trank ein paar Schlucke, doch seine Erregung wurde

kaum geringer. Er erklärte weiter, daß er als Laie nicht in der Lage sei zu kapieren, wie der Onkel Doktor Tubitza dahinterkommen konnte, daß er verschwunden ist, noch dazu auf dem Weg zu einem Besuch mit einer Tüte Rehleininnereien in der Hand, denn das konnte keiner wissen, den plötzlichen Beschluß, nehmen wir dem alten Arsch halt eine Tüte voll Gschnas mit, weil Zeugen gab es dafür nicht. Auch das Mädel von den Junggardisten, das sein Sommerpraktikum in der Granulierung absolvierte, die Henni, war schon nach Hause gegangen, also hielt er, Lajos Balatony, sich allein im Komplex auf.

Er könne sich erinnern, als letztes habe er einen Blick auf die Krokodile geworfen, eine Lieferung aus Uganda, Kampfkrokodile, die habe er sich also angesehen, weil sie irgendwie unruhig waren, und dann habe er hübsch alles abgeschlossen, die Schlüsselmuster ins Wachs gedrückt, den Behälter geschlossen, ihn abgestempelt, als wäre es heute gewesen, aber ernsthaft, das könne ich ihm glauben, er hatte eine beigefarbene Hose an, eine Hemdjacke und die ominöse Lambada-Tüte mit den Rehleininnereien bei sich.

Warum sollte er auch keine mitnehmen? Da gab's soviel Geschnattel, selbst die Waschbecken waren voll, ich könne es mir vorstellen, da fällt ihm ein, wo er aufgehört hat, daß es diese Misere mit den Kampfrehen gab, und man schickte sie nach Kispest, um die Exemplare einzufangen. Rehleder ist keinen Sechser wert, deswegen hätte man sie ruhig mit Maschinenpistolen ausliquidieren können, aber die Bevölkerung war damals noch nicht an die Schießereien gewöhnt, also mußte man mit Gas bei, es gibt so ein bulgarisches Nervengas extra für Rehlein, beim Menschen macht es keine Probleme, es sei denn, man ist vollschwanger, Sehstörungen und Schläfrigkeit maximal, na, um es kurz zu machen: sie an einem Wochenende mit dem Gas raus und es erledigt, null problemo.

Die ganze Ladung kam per Schmalspurbahn in die Hajós-Straße, egal, was ich sage, das stimmt, es war ein legaler Ausbau, ein unterirdisches Netzwerk, parallel zur Metro und der kleinen Untergrundbahn, was denke ich wohl, warum die Metro nachts geschlossen ist oder war, wenn nicht wegen der Lieferung? Eine Art komplette Pionierbahn, damit kam der Transport, in Kühlwagen.

Man mußte sich sehr beeilen, einerseits, damit's nicht rauskommt, andererseits gab es eine Bestellung unter der Hand, also eine halboffizielle, eine größere Lieferung Kinderwurst für die Pionierstadt in Zánka, Bambi-Wurst, eine echte Vertrauensarbeit, wenn ich verstehe. Das Landeskommando fragte manchmal an, was ist, Lajoska, sogar absolut hohe Genossen fragten, wie steht's, und ich meldete fein, wie es steht, daß wir gut vorankommen. Hauptsache, es ist nicht zuviel Pfeffer drin, sagten die hohen Genossen, und wir verabschiedeten uns.

Er wisse gar nicht, warum er mir das erzähle, ach so, ja, die Rehleininnereien, daß er die Lambada-Tüte damit voll hatte, es war ein Mittwoch oder ein Freitag, an den Wochentag erinnere er sich nicht mehr so genau, Tüte vollgemacht und los, um sie dem Alten zu bringen. Danach wäre er nach Hause gegangen, er wohnte auch nicht irgendwo, sondern im Wohnheim des IM, in einem Zimmer mit Dusche und Fernseher, lebte wie Gott in Frankreich, er war gerade soweit, sich ein privates Aquarium zu kaufen, weil die Piranhas ihn auch in der Freizeit sehr interessierten. Egal, Punkt ist, das ist auch so niedergelegt im Heft, schwarz auf weiß, daß es langsam Abend wurde, und in der schmalen Hajós-Straße war es schon so mittelmäßig dunkel, plus war, als er aus der Tür trat, gerade niemand da, kein Auto, kein niemand, was ziemlich interessant ist, aber egal.

Aus der Oper klang irgendeine hoppsassa Ouvertürenmusik, und er erinnere sich genau, daß er auf einmal ein Schlagen hörte und deutlich sah, daß von der Straße der Volksrepublik aus Richtung Novemberplatz plötzlich ein großer, weicher Schatten in die Straße einbog, zirka zwei Stockwerke hoch mit Planen, und die Sache ist so, daß es ein kräftiges, gedrehtes Horn hatte und ein bißchen ein verfilztes Fell. Und dann blieb es mit gelöschten Lampen bei ihm stehen und so Ordnungshüterjungs sprangen herunter und umzingelten ihn.

Daraufhin sagte er noch Na, hallo, Servus zu denen, weil sie ihm bekannt vorkamen aus dem Überlebenslager, aber er nahm auch schon den Ausweis raus, den hatte er in einem blauen Plasteetui, Monatskarte, Parteimitgliedsausweis, Waffenschein und so weiter, aber die wollten das nicht, sie griffen ihn sich leise, na ja, ein Hallo, Servus sagten sie auch noch, fingen dann aber an, ihn über eine Aluminiumtreppe auf das Plateau hinaufzuwöltern, es tat nicht weh, es schmatzte nur, und er schwöre, daß der Speichel kniehoch stand, außerdem stank es bestialisch, woraufhin er ein bißchen herumschrie, um anschließend das Bewußtsein zu verlieren, und als er das nächste Mal wach wurde, war da der Onkel Doktor Rámpai im Sanatorium, von wo er jetzt hierhergekommen sei. Der Attila József, der den *Kleinen Klaus* geschrieben hat, hat in den sechziger Jahren da gewohnt.

Mehr als das könne er nicht sagen, man habe ihm nicht mitgeteilt, wie es weiterging, das ist alles, was er wisse. Auch der Onkel Doktor Tubitza frage vergebens, ob sie in der Hajós-Straße ein Forschungstagebuch geführt hätten, ob es Protokolle gegeben habe und ein Archiv, weil es das nämlich nicht gab. Alles, was es gab, wurde von ihnen selbst in zweifacher Ausfertigung geschrieben, aber es kam sofort jemand von oben mit einem Wolga vorgefahren und nahm es mit, für die Nachwelt ist außer der *Volksfreiheit* und den Comics im *Füles* nichts geblieben.

Lajoska Balatony wurde immer nervöser, also sagte ich ihm, er solle endlich aufhören und schlafen. Morgen sei auch noch ein Tag.

Leider könne er nicht schlafen, sagte er, weil da sticht dieses weiße Licht in sein Auge, und dann möchte er ständig jemanden umbringen, ein Glück, daß er festgebunden sei. Das wird eventuell erst später zu einem Problem werden, draußen in der Freiheit, aber der Onkel Tubitza habe ihm einen Job versprochen, wo ein hartes Auftreten nicht so schlimm wäre.

Weniger eine theoretische Arbeit, hat er gesagt, mehr was Ausführendes.

Date: Mon, 2 Aug 1999 23:11:23

Wie Tubitza sehr schön sagte, sprengte am heutigen Tage einer seiner wohlgehegtesten Träume seine Eierschale: An der Stelle der ehemaligen Zuluftsamentrockner wurde der neue Stolz unseres Hauptquartiers eröffnet: das Museum. Man spürt noch den Geruch der Eiertempera, der frisch gedruckten Flugblätter, der Fahnen und der ausgestopften Ahnen, all das, was ein Parteimuseum so anziehend macht.

Der Rassenoberbruder sprach vor einer großen Menge lange und wirklich schwungvoll. Seine Stimme schwang sich von stählernem Rufen zu nachdenklichem Flüstern und umgekehrt. Er betonte vor allen Dingen die Wichtigkeit und die soziale Verantwortung der Obdachlosen, sowie die Solidarität, aber nicht so, wie sich die Fritzchens des Bisniß und der Fremdartigkeit so vorstellen.

Aber lassen wir die Politik, Rassenfreunde und Federbrüder, schloß er brüllend und legte seinen Flügel auf den Knopf der Einweihungsmaschine, lassen wir sie ruhen und freuen wir uns, daß der berühmte Präparator, der seinen Namen bereits mit der inspirierten Verlebendigung von *Die drei Ratio* in die Geschichte der palomistischen Hautbildhauerei eingeschrieben hat, diesmal wieder eine halszuschnürende Gruppierung auf den Tisch unseres Kunstgenusses gelegt hat. Laßt uns nicht länger zaudern, laßt uns zu unser aller Erbauung die glorreichen Zeugen unserer an Erfolgen und Mißerfolgen so reichen Vergangenheit enthüllen.

Als die Einweihungsmaschine die in solchen Fällen gebräuchliche Seidenplane hochhob, erhoben sich in der Mitte des Saales die nagelneuen Präparate der drei Obdachlosen. Der Künstler hat die Unglücklichen hübsch herausgeputzt, beziehungsweise, wo sie sehr verbrannt waren, mit goldfarbenem Körperzwirn gestopft. Zwei männliche und ein weiblicher Engel, vom Taubenaspekt aus gesehen in fünfzehnfacher Lebensgröße. Die rechte Hand, in der sie jeweils eine schlichte Glasphiole halten, strecken sie gemeinsam der Zukunft entgegen. Übrigens tragen sie ein Tüllschränkchen und Alpakaanzüge, haben wunderschöne große Flügel, die, wenn sie einmal in der Stunde den *Mimimi*-Marsch spielen, von einem Elektromotor sogar ein wenig bewegt werden.

Nichts deutet mehr darauf hin, daß sie einst Obdachlose gewesen sind. Tubitza mag es nicht, wenn wir ihr Vorleben zur Sprache bringen, es sind Statuen und fertig, sagt er, und daß alle ausgestopften Menschen gleich sind.

Und wer zählt, kommt früher oder später sowieso bis zum letzten Mann hierher, Lajcsika, sagte er tröstend zu Lajoska Balatony, der gerade so laufen konnte und dem schon die große Ehre zuteil wurde, daß er mit seiner eigenen Vierkanal-Chirurgenklinge das Einweihungsband durchschneiden durfte.

Der ehemalige Scharfschütze benahm sich trotz des Laufgestells und des weißen Rucksacks recht normal, nur anfangs suchte er eine Weile murrend nach seinem Papi, man habe ihm gesagt, der Papi sei hier, aber bevor ein Skandal daraus erwachsen konnte oder Blutvergießen, reagierte Tubitza und erklärte ihm, daß Kálmán Balatony nicht hier, sondern in New York, im internationalen Museum untergebracht worden sei, während hier, auf dem Felde, er, der Stammhalter, den Papi vertreten würde. Jetzt wie auch später.

Daraufhin beruhigte sich Lajoska Balatony, spazierte hin und her, fing Gespräche an und aß mit gutem Appetit im Garten, wo man nach der Einweihung ein heiteres Flekkenbraten für die VIPs veranstaltete. Ich wurde freundlich darauf hingewiesen, von welchem Fleisch ich aus Pietätgründen lieber nicht essen sollte.

Eine Unannehmlichkeit gab es dann aber doch, gottseidank erst nach Einbruch der Dunkelheit, ich kann also hoffen, daß es niemand gesehen hat. Frau Tubitza, die schon eine ganze Weile um mich herumgetrippelt und -geschwankt war, sprang mich auf einmal an und zwickte regelrecht ein Stück aus meinem Hals heraus. Ich meine das völlig ernst, ich hätte sie getreten, aber sie ist davongelaufen.

Date: Tue, 3 Aug 1999 18:07:22

Am Poolrand sitzend, mit einem Schal um den Hals in der Dreißig-Grad-Hitze, las ich den Tubitzas Reisebücher vor. Tubitza sah mich mißtrauisch an, aber es war ihm so warm, daß er nichts sagte, er schwebte nur mit offenem Mund unter Ugandas Gewässerkunde wie ein Flußpferd.

Date: Tue, 8 Aug 1999 14:34:22

Tubitza ist sehr aufgeregt. Ich bin noch nie mit'm Flugzeug geflogen, leckmi, wie soll ich da nicht aufgeregt sein, sagt er, und ist in den letzten Tagen so freundlich wie noch nie.

Übrigens übt er wie besessen, tagsüber unten auf dem Schießstand, und abends, damit er von neugierigen Journalisten und allerlei Zeugen ungestört ist, schieben wir die Möbel der Residenz zur Savanne zusammen. Renzilein, Henrietta Kis und ich sind abwechselnd Tiger, Elefanten oder Hyänen. Auffliegen ist unter Androhung von Arschklatschern verboten, wer nicht schnell genug ist, ist selber schuld, die Gummigeschosse brennen nämlich ziemlich, umsonst habe ich sie am Morgen in Milch eingeweicht. Als wir die Flußpferdjagd probten, ertrank ich fast im Pool, doch auch darüber schwebte der Geist einer bestimmten und unverbrüchlichen Kameradschaft.

Nur Renzilein war schlechter Laune. Sie assistierte bei diesen fröhlichen Übungen halbherzig, mit saurer Miene, man mußte ihr dreimal erklären, daß sie jetzt eine verletzte Antilope sei, und sie solle pfeilgerade Richtung Paarungskisten hüpfen, damit Tubitza sie hinstrecken könne.

Sie ist mir sauer, beziehungsweise hat Angst vor mir, seitdem ich ihr noch einmal zur Kenntnis gebracht habe, daß das, was war, vorbei sei, und ich zum letzten Mal sage, daß ich sie, Gott sei mein Zeuge, bei Tubitza verpetzen werde, wenn sie sich nicht beherrschen könne. Natürlich habe ich Angst, daß sie mich verpetzt.

Wenn sie überhaupt zurückkommt aus Uganda. Man hört so allerlei.

Date: Sun, 15 Aug 1999 18:07:22

Endlich haben wir die schweren Tage hinter uns, Tubitza und der ganze Erwachende Führungschor sind heute zur Großsafari nach Uganda abgereist. Jeder einzelne unter ihnen war ein komplettes Nervenbündel, brannte, wie man so schön sagt, vor Reisefieber.

Tubitza hat mich am Abend zur Seite genommen, er wolle mit mir von Mann zu Mann sprechen. Mein Herzschlag beschleunigte sich etwas, aber ich war nicht besonders erschrocken, ich hatte einen Plan: Renzilein konnte Tubitza erzählen, was sie wollte, ich hatte fertige Erklärungen parat, reuige wie beleidigte, was immer gebraucht würde.

Aber Tubitza wollte über Henrietta Kis sprechen. Daß ich als Extravertrauensauftrag ein Auge auf die ehemalige Polizistin haben solle. Wenn ich wolle, mache er mich geheim, ich bekomme freie Hand, ihn interessiert's nicht wie, Punkt ist, er will über jede Minute des Weibchens informiert sein, selbstverständlich probeweise. Die afrikanischen Rassengenossen da unten kümmern sich gerade um die Sache mit der Signalstärke, er hoffe, es wird immer genug da sein, daß wir stündlich miteinander reden können. Er erwarte Tatsachen oder gar nichts, Impressionen habe er selber.

Außerdem legte uns unser Führer auf, Lajoska Balatony, falls er wieder das weiße Licht sehen und verstärkt herumschießen sollte, in einen alten Fahrstuhl einzusperren, und wenn er sich nicht beruhige, eine halbe Stunde mit ihm rauf und runter zu fahren, das Brummen hilft. Eine weitere gute Methode ist übrigens, die Leute von der Sturmeinheit mögen sie besonders, den Kopf des Delinquenten unter seinen Flügel zu stecken und ihn ein paarmal durch die Luft zu wirbeln. Danach ist Ruhe im Karton.

Lange Rede, kurzer Sinn, sagte Tubitza, offiziell könne er mir zwar nichts übertragen, ich solle trotzdem auf alles aufpassen, mit Augen wie der Reine Weizen! Wenn sich keine Probleme ergeben, besonders mit der Hennilein nicht, werde ich es nicht bereuen. Sollte sich aber irgend etwas Problemartiges herausstellen, wird er mich bis hin zur tragischen Plötzlichkeit erschießen. Möge ich in das Stadtwäldchen flüchten oder wo auch immer auf der Welt, er werde mich finden und erschießen.

Amüsiert euch gut, sagte ich, und sie flogen davon. Renzilein weinte.

(Ich muß doch eingeschlafen sein, mit dem Gesicht auf der Tastatur. Mein halbes Gesicht schmerzt und ist voller Beulen, dort, wo sich die Tasten hineingedrückt haben. Mein Speichel ist auf die Buchstaben geflossen, und das Glas ist noch halb voll mit kaltem Kaffee. Es ist drei Uhr vorbei, ich bin vom eigenen Gewinsel aufgewacht. Ich glaube, ich habe einen langen Traum gehabt, aber ich kann mich nur noch an den Anfang und das Ende erinnern, und daß ständig irgendein weißes Licht in meinen Augen blinkte.

Doktor Rámpai, ein alter Traumbekannter, hat mich angerufen, ich möge zu ihm auf den Schwabenberg kommen, in ein gewisses Sanatorium. Er tue mir nichts, flüsterte er, hiermit verspreche er feierlich, daß er mich diesmal wieder nach Hause gehen lasse. Vorneweg sage er nur soviel, daß viel weniger am Leben sind, als ich glaube, aber der, von dem ich denke, er sei verschwunden, sei nicht verschwunden.

Ich fuhr in einer schwebenden, roten Kabine zu Doktor Rámpai hoch. Er umarmte mich wie einen guten alten Bekannten, küßte mich auf beide Wangen. Domestos- und Rippchengeruch schwebte durch die Lüfte, plus etwas Seltsames, Süßliches. Als ich danach fragte, sagte er, keine Panik, die Leichen machen im anderen Flügel Ferien. Es gibt eine Menge Leichen heutzutage, sagte er und lachte, sie kommen in kleinen Körbchen hier hoch, zerbissen oder durchlöchert wie ein Spitzentuch, die Rasse stirbt, mein Freund, aber das ist erst der Anfang, er sage es mir ganz ehrlich, im Zeitalter der Fliegens kann es nicht so viele von uns geben, die Genbanken sind voll, und das schwere Fleisch würde eh nur verrotten.

Danach führte er mich in einen gepolsterten kleinen Krankensaal und stellte mir Ignazio Bergmann vor. Er klopfte mir auf die Schulter, wir sollten uns nur brav unterhalten, und ging.

Da saß ich nun am Bett des leicht übelriechenden Mannes im Joggingpyjama. Das sei gar nicht sein Name, sondern Lajoska Balatony, flüsterte er und wollte sich in meinen Schoß legen. Er war sehr behaart, ich ekelte mich, aber er hielt meinen Arm fest, mit großer Kraft.

Keine Angst, sagte er, mit ihm sei alles in Ordnung. Und ich solle mich nicht wundern über diese Sache, daß plötzlich und übergangsweise seine Hirnversorgung ein seltsames weißes Licht bekommt, und dann reißt der Film, und es fallen Schüsse etc., aber ich solle keine Angst haben, er könne mir kurz vorher noch Bescheid geben, daß ich schnell weglaufen soll. Übrigens habe das keinerlei Einfluß auf sein Gedächtnis, das sei wie ein Eisennagel, tadellos, was auch immer geschehe, er merke es sich, Wort für Wort.

Und er erzählte und erzählte, leider kann ich mich an nichts mehr erinnern, als wäre ich, während er redete, im Traum eingeschlafen.

Plötzlich hörte er auf und bat mich in einem fast schon groben Tobfall, ich möge doch so freundlich sein und ihm endlich tatsächlich Wasser aus dem Brunnen geben, denn er sei so müde, das gibt's gar nicht, außerdem solle ich die Vorhänge zuziehen. Er könne das große Weiße, was da aus der Wand herauskomme, nicht ertragen, und da brüllte er schon, gleich wird's schlimm, aber ich solle ihm die Faustfeuerwaffe auf keinen Fall geben, auch nicht, wenn er mich darum bitte, sondern hinlegen, und dann lauf, lauf. Hier blinkten seine Augen bereits lebensgefährlich wie ein medizinisches Skalpellgranulat, und ich versuchte in diesem weißen Licht zu entkommen, aber ich blieb zwischen Stuhl und Tisch stecken, mein Gesicht schmerzte, und ich winselte. Doktor Rámpai kam gerade richtig, bat um Ruhe und schlug Lajoska Balatony mit seiner Pistole sanft nieder.

Das habe ich geträumt, aber es kann auch sein, daß ich halluziniert habe. Als ich zu mir kam, starrte ich lange auf den leeren, weißen Bildschirm. Ob sich dieses verdammte Licht bewegt, ob es stärker wird, aber es wurde nicht stärker. Das Ganze könnte wirklich langsam ein Ende haben, wenn es doch nur endlich morgen wäre, dachte ich gerade, während ich mein Gesicht abtastete, dabei wünsche ich mir das bei Gott überhaupt nicht. Ich muß es jetzt zu Ende bringen. Und ich habe keine fünf Stunden mehr.)

Date: Fri, 20 Aug 1999 18:49:11

Heute haben die Adlerboys die ersten zwanzigtausend Skinheadbadekappen gebracht. Das lebhafte Geschnatter aus dem Schlagbüro war bis hierher zu hören, die Luft war erfüllt von Gesang und Gleitpulver.

Diese braven Jungs haben in der Weizengummi-Pause erzählt, daß draußen auf dem Josefstädter Bahnhof ein ganzer Zug voll moldauischen Tomatensafts verfault ist, die Waggons gesprengt und sich in einem hundehohen Strahl auf den Weg gemacht hat Richtung Kerepeser Friedhof.

Rülpsende rote Kußdülle, flüsterte Henrietta Kis, als sie die Nachricht vernahm, und gruselte sich und lachte, ich höre es jetzt noch, wie sie mit ihren gesprungenen Lippen loskollert und ihre Stimme durch die leeren Flure wandert, an den Wänden echot und manchmal auf den Boden hinabrutscht, bis sie in einer dunklen Biegung schließlich verlorengeht.

Und ich schleiche ihr hinterher.

Date: Mon, 23 Aug 1999 17:35:15

Obwohl ich kaum Flugprobleme habe, wäre ja noch schöner, ist nichts außergewöhnliches daran, wenn mir manchmal »schwindelig« wird und ich irgendwo landen muß, zum Beispiel am Sims eines gewissen offenen Fensters. Und sollte ich dort den einen oder anderen Bildschirm sehen, werde ich mich nicht abwenden. So geriet ich am Tag nach Tubitzas Abreise am frühen Morgen in das leere Revier der Monitorgruppe. Bezeichnend, daß weder der Bruder Aufnahmeleiter noch der diensthabende Offizier da waren, aber das machte mir nichts, auf diese Hurgos muß man sowieso aufpassen, denen ist egal, daß ich geheim bin, die sind die Kader der anderen Oberrassenvizepräsidenten unter Verwendung von Gas- und Feuerwerfern.

Auf dem Intimmonitor war es prima zu sehen, wie Henrietta Kis gerade aufstand. Eine kleine Weile turnte sie splitternackt auf der Sitzstange, später erleichterte sie sich auf dem Sims und toilettierte sich. Sie hat sich den Schnabel hochgeschoben.

Danach nahm sie, ich kann es nicht anders sagen, mit einem teuflischen Grinsen ihre Tellermütze und hängte sie ausgesprochen absichtlich an die Nase des Wildschweins, das an der Wand des Zimmers hängt und in das man die Kamera versteckt hat. Seitdem ist auf ihrem Monitor nichts zu sehen außer einer fetten, rosafarbenen Dunkelheit.

Ich habe Tubitza angerufen, aber es gab keinen Empfang, weder jetzt noch später.

Date: Thu, 26 Aug 1999 16:05:19

Ich habe keine Gewissensbisse, Henrietta Kis beobachtet mich nämlich auch. Selbst in der kleinsten Gesellschaft bemüht sie sich, immer hinter meinem Rücken zu stehen, und wenn ich mich herumdrehe, merkt sie es sofort. Heute, als sie aus der Intimturnbox kam und wir für einen Moment alleine blieben, sagte sie, Spitzel haben kurze Schnäbel, und das sei aber wirklich die Höhe, was ich denn von ihr wolle, daß ich ihr selbst hierher, in den Kraftraum nachfolge.

Paß mal auf, ich habe genauso ein Recht, hierherzukommen, sagte ich.

Mehr noch, es ist sogar deine Pflicht, nicht wahr, fragte sie und fügte höhnisch hinzu, daß sie zwar kein Redenschreiber sei, aber in der Jungen Garde und später in der Unteroffiziersschule habe sie Personenbeschattung gelernt, und sie beobachte seit Tagen johlenderweise, daß ich sie tatsachenmäßig verfolge, und ich solle mal aufpassen, nicht daß sie am Ende diejenige ist, die per Handy irgendwohin meldet, wonach ich duzenderweise den intimen Kontakt mit ihrer schutzlosen Person suche, denn dafür bekäme ich viehisch was auf die Mütze.

Ich war entsetzlich wütend und habe sie, obwohl das vielleicht ein Fehler war, eine Sitzstangenprimadonna genannt, die sich zuviel einbildet auf ihren pickeligen Bürzel, mit dem sie sich nicht zu schade ist, mit dem Ziel der Lusterweckung vor den Fitneßmännchen zu wackeln, und daran gäbe es auch einiges zu melden, und nicht nur, daß einige ihre Tellermütze auf der Nase des fluoreszierenden Dekorationswildschweins aufbewahren.

Daraufhin blieb ihr dann doch der lippengestiftete Schnabel offenstehen, und sie sagte, in Ordnung, sie verstehe mich ganz genau, und es wäre besser, wenn wir uns wenigstens voreinander nicht aufspielen würden. Und ob es abgemacht sei, daß, wenn sie mir nicht hinterherlaufe, ich ihr auch nicht folge. Dann nehme sie auch den intimen Kontakt zurück, wo ich den angeblich suche. Abgemacht oder nicht?

Abgemacht, sagte ich, aber ich log, und das wußte sie auch, also blieb alles beim alten. Ich kann es nicht leiden, wenn man mich unterschätzt. Besonders so ein Hurgokoffer! Mich nennt neuerdings noch nicht einmal ein Cäsar Tubitza einen Redenschreiber!

Date: Fri, 27 Aug 1999 12:45:56

Quietschend scheint das Sonnenrad auf das Haus der Hitze.

Bei so einem Wetter ertrage ich die Federn besonders schwer, alles an mir mufft und stinkt, zu allem Überfluß juckt es auch noch überall. Meine Fettzellen sind trotz aller Anstrengung immer noch wuchtiger, als sie sein sollten. Seit Tagen herrscht außergewöhnliches Klima, die Thermometer explodieren, die Wundnähte sondern leise Sekretperlen ab, und im Mund der Rettungshelikopten schmilzt innerhalb von Augenblicken das Eis. Bis sie beim Fall ankommen, finden sie meist nur noch eine Handvoll angesengte Federn und zwei Taubensportschuhe (chinesisch) vor, eventuell einen Speisenträger aus Nylon, wenn der Unglückliche gerade auf dem Weg zur Mensa vom Schlag getroffen worden ist. Der Sommer geht dem Ende zu, trotzdem ist es so eine afrikanische Hitze.

Date: Sun, 29 Aug 1999 12:45:56

Trotz der großen Hitze hat sich das Personal einer sonderbaren sommerlichen Beschäftigung verschrieben. Eine dumme Sache, schlauer wird man davon nicht, aber als sie mich fragten, ob es erlaubt sei, nickte ich, sollen sie doch spielen. Hauptsache, Vertrauen wird aufgebaut. Und ich spüre, wie das Vertrauen in und die Liebe für mich nur so verströmen, und das ist nicht wegen der körperlichen Stärke oder der Position so, ganz im Gegenteil! Ich habe ihnen ein paar unserer Gedichte auswendig aufgesagt, ein wenig abgewandelt, in Prosa, damit sie sie verstehen, und sie haben regelrecht Tränen darüber vergossen, Herrentierchen!

Als Lajoska Balatony das erste Mal einen Wutanfall bekommen hat, wurde ihm der Kopf, wie von Tubitza verordnet, unter den Flügel gesteckt, und man rannte mit ihm in der Vorhalle im Kreis. Danach wankte der kränkliche Scharfschütze eine Viertelstunde lang durch die Gegend und hatte Schluckauf, und bei alldem lächelte er sanft wie eine Turtelfeder. Einige Tage später, an einem kühleren Nachmittag steckte er sich, ohne jeden Zwang, freiwillig den Kopf unter den Flügel und fing an, im Kreis zu laufen. Die Adlerboys, die ihre Zeit außerhalb des Dienstes gerne mit diesem Ballaaffen verbringen, haben ebenfalls Gefallen an dem Spiel gefunden, besonders, als sie gesehen haben, daß ich nichts dagegen habe.

Später ernannten sie einen der Flugkorridore zum Betaubraum, konstruierten eine Schwenkmaschine, da kann man sich reinsetzen und wird herumgewirbelt. Einmal haben sie sogar Henrietta Kis dazu gebracht, sich hineinzusetzen, und schlossen Wetten ab, wann sie ohnmächtig werden würde, aber in ihrer Schwanenvisage war nichts zu sehen. Noch nicht einmal Hinterhältigkeit. Sie hat bestimmt unter ihren Flügel gekotzt, was nicht fair ist.

Ich war der einzige, der es durchhielt, ohne daß mir schwindlig geworden wäre.

Date: Fri, 3 Sept 1999 18:42:13

Neulich habe ich mich zu Recherchezwecken längere Zeit im Museum aufgehalten, und da die ausgestopften Obdachlosen es stündlich vorsingen, hörte ich mir mehrmals das *Mimimi* an. Vielleicht ist es keine Blasphemie zu sagen, daß der Text erschütternd einfältig ist. Mich geht's zwar überhaupt nichts an, aber ich hätte nicht übel Lust, ihn ein bißchen abzuändern. Und nicht nur, weil ich es mehr oder weniger schon versprochen habe. Sondern weil alles, was wir besser machen, uns besser macht. Aber dich wird das sowieso nicht interessieren. Du kannst dich ja nur in Defätismus üben.

Date: Tue, 7 Sept 1999 10:15:47

Henrietta Kis hat ihre Mütze von der Nase des Wildschweins genommen. Aber sie macht nichts Besonderes, manchmal hält sie mir ihren Bürzel hin oder streckt die Zunge raus. Ich meine, sie kokettiert weniger, als daß sie mich provoziert. Auf jeden Fall merke ich mir das, ich bin nämlich ein guter Merker.

Ansonsten sind die Tage ereignislos, ich trainiere meinen Überbau und denke nach. Ich schreibe nützliche Dinge hinsichtlich des Herbstes auf. Ich bin nicht verschwunden, rechne gar nicht damit. Früher oder später werden wir uns treffen.

(Verschwunden ist er nicht, aber die Briefe sind rarer geworden. Lange wollte ich nicht verstehen, was passiert sein könnte, schließlich war Tubitza nicht im Hauptquartier oder wo, er hätte also ohne Risiko E-Mails schreiben können, wie es ihm gefiel, dennoch schwieg er. Einerseits hatte ich nichts gegen dieses Schweigen, andererseits machte es mich nervös, ich fragte mich, was er wohl vorhat und was in seinem nächsten Brief steht. Überhaupt, was soll das bedeuten: »Wir werden uns treffen«?

Wer weiß, wieso, aber zu dieser Zeit, in diesem ereignislosen und heißen Sommer fing ich an zu befürchten, was heute schließlich wahr geworden ist.)

Date: Wed, 25 Sept. 1999 16:34:46

Eine Woche, nachdem die Safari in Uganda zu Ende gegangen und die dezimierte Delegation zurückgekehrt ist, ist Cäsar Tubitza zum Rassenführerpräsidenten der Lebenspalomistischen Bewegung geworden.

Wie er es auf dem schnellen Begräbnis und später in der Radioansprache formulierte: Wie der Strahlenkranz der untergehenden Sonne schlug über den Köpfen unserer tausendfach gesegneten Rassen- und Federgenossen schon der erzene Deckel der glücklichen Zukunft zu. Rassenfroh, auf stolzen Flügeln hatten sie sich auf den Weg gemacht und wurden dagegen auf traurigen Flügeln, in Krallenkreuz-Särgen vom Schicksal, dieser tragischen Plötzlichkeit, zurückgebracht.

Doch über der stolzen Trauerscholle stehend, die unser weinendes Herz, erschütterte Federgenossen, auf ihre letzte Ruhestätte wirft, müssen wir uns wohl oder übel die Frage stellen: Ist denn Meuchelmord ein Jagdunfall? Und fragen, wessen Geierschurkerei, wessen zyanistisch Hand hat ihren Lebensfaden zerrissen?

Und obwohl wir im Besitz einer konkreten Antwort sind, und wie wir das sind!, wollen wir dennoch nicht voreilig antworten, gellte Tubitza über die Köpfe der gaffenden, erschütterten Menge hinweg, laßt uns nicht antworten, sondern die Rache in die vorläufige Scheide stecken, und laßt uns nicht vergessen, daß nach sieben mageren Jahren endlich der Tag kommen wird, dessen Gewicht tausendfach auf den linken Kopf der Schuldigen zurückfallen wird. Hier, über ihren noch lauwarmen Blutsgebeinen, verspreche ich dieser durch Blut geheiligten Scholle, daß ich den schmerzlichen Hiatus unserer im Dienste des Palomismus dahingeschiedenen Oberrassengenossen unter Aufwendung all meiner bescheidenen Kräfte alleine ausfüllen werde.

Denn wir sind allein, Federbrüder, Taubenschaft, wir sind alle allein.

Date: Thu, 26 Sept 1999 12:41:11

Gottseidank ist Tubitza wieder der alte, er ist sogar noch vertrauensseliger mir gegenüber als früher. Als ich mich am ersten Tag, noch auf der Flugterrasse, neben den Särgen bei ihm meldete und ihm kondolierte, erschrak ich sehr, denn er empfing mich gleichgültig, fast feindselig. Er wurde erst etwas gelöster, als er mich rufen ließ und mich bis ins letzte Detail ausfragte, besonders bezüglich Henrietta Kis, die ich lobte, regelrecht über den grünen Klee, und ich riskierte es sogar zu sagen, daß, was mich anbelangt, nicht einmal ihre Ernennung zur Fahnenmutter überproportional wäre.

Jetzt hör mir mal zu, Kumpelbruder, kollerte Tubitza am Morgen, als wir nach dem gestrigen musikalischen Totenschmaus zu zweit in der Sauna vor uns hin nippten, das Leben geht weiter, bleiben wir bei den Tatsachen. Die Rede ist eine Sache und die Tatsachen eine andere. Und die vielen kleinen Arschkuckucks haben nur das bekommen, was sie verdient haben. Sie starben den Märtyrertod, dazu wünsche er weiter nichts mehr zu sagen, weder offiziell noch anders. Er möchte hingegen festhalten, daß es ja wohl absurd sei, daß jeder kleiner Wiesentschibuk und Klugkacker an den Fäden der Zukunft herumfummelt wie es ihm grad gefällt. Das ist absurd, das solle gefälligst jeder zur Kenntnis nehmen! Man kann über dem Feuer des Streits nicht jedermanns Süppchen kochen! Wenn nämlich, Rassengenossen, unsere Kraft nicht in einer Hand ist, dann wird auch das Zupacken nicht wie von einer Hand sein, und dann kann unsere Zukunft auch nicht allen gehören. Das solle ich bitteschön aufschreiben!

Und für die Presse solle ich den Jagdunfall ein wenig aufmotzen, wie es sich gehört, Feuergefecht mit Flußpferden, oder was ich wolle, das überlasse er mir. Von gebratenen Menschen oder so was sollte vorerst noch nicht die Rede sein, sonst ist Polen offen. Und wer es nicht glauben will, darf in die Verarbeitung als Kunstguano. Aber warum sollte es jemand nicht glauben wollen, nicht wahr?

Date: Mon, 30 Sept 1999 19:23:14

Der September geht zur Neige, und das Wetter ist immer noch sehr sommerlich. Langsam legen sich die Stürme, die um den Rassenoberrat getobt haben, das Leben findet in normale Bahnen zurück. Es gibt immer mehr zu tun, auch der ernsthaften, strategischen Art. Ich kann nichts dem Zufall überlassen.

Heutzutage, besonders im Herbst des Zupackens, ist die Lage nicht so, daß ich einfach in die Luft gucken könnte, ich muß nach vorne schauen und hinter meinen Rücken, hinter alles, wo ich nur hingucken kann, denn es gibt immer mehr, die einem übelwollen, und der Mensch, oder was ich auch bin, ein »Taubensch«, kann selbst seinem eigenen Rücken nur trauen, wenn er ihn sich auf Video angeschaut hat.

Darüber brauchst du dich nicht zu wundern, Herrentierchen, mit deiner frommen Fresse, ich weiß sehr gut, daß du speziell einen ziemlichen Knall weghast und so mißtrauisch geworden bist, daß du gar nicht mehr auf die Straße gehst, als müßtest auch du dich deiner Federn schämen. Natürlich ist es zu Hause leichter, die Hände in den Schoß gelegt. Es ist leicht, wenn man nicht zu seinem eigenen Antlitz steht. Sich regelrecht abwendet, wenn man sich in der Zeitung sieht. Nicht wahr? Aber vorerst tut das noch nichts zur Sache.

Punkt ist, heute bin ich während einer Routinekontrolle ins Revier der Monitorgruppe hineingeflogen. Da bleibt einem die Spucke weg, der Fleischlift schwebt ihnen schon über dem Kopf und die regelverletzen hier aufs schwerste. Natürlich rabanzten beide diensthabenden Altenburger draußen in der Weizenmensa! Zur Mittagszeit geht der ganze Plebs dort aufeinander los, der Raum ist eine einzige heiße, gurrende Masse. So eine Mittagspause bringt mitunter mehr Schwund als eine kleinere Meinungsverschiedenheit auf der Straße. Gegen elf Uhr ist das Hauptquartier wie leer gefegt, die Monitore zeigen leere Flure und Büros.

Lediglich auf einem Monitor nahm ich etwas Bewegung wahr, in der Nähe des Schreibtisches der Henrietta Kis. Die Polizistin, die schon mal Kosmetikerin und Dispatcherin, später außerordentliche Spreuselektorin war, nennt sich, seitdem Tubitza an die Macht gekommen ist, Direktorin für Rassenkraftressourcen.

Heute trug sie einen weizenblonden Wegwerfpony, das ist jetzt groß in Mode, ein tarnfarbenes Kostüm, dazu eine braune Bluse mit Krallenmuster und einer lila Schleife. Ihr Schnabel blinkte fleißig über den Mitgliedsausweisen. Im Sommer, nach dem Fliegenfanglehrgang, erzählte sie noch, daß sie sich lange plagen mußte, aber heute störe sie die modische, gelbweiche Prothese weniger als eine Zahnspange, sie atme höchstens ein bißchen lauter. Was eine Tatsache ist, das kann man sogar durch das Mikro hören, aber das ist ja keine Schande, die Luft. Auch ich hole sie laut, und auch ich habe Angst vor dem Ersticken.

Henrietta Kis war nicht allein. Auf ihrem Amtsschreibtisch, mit einem Flügel auf die Mitgliedsausweislisten gestützt, saß der Rassenführer und Präsident in legerer Pose, mit Panamahut, im rassenoberrätlichen Feldanzug, an den er sich in Uganda gewöhnt hat. Er schlug sich mit einer Fliegenpeitsche immer wieder gegen das Bein und starrte mit offenem Mund auf den laut bebenden Brustumfang des menschgroßen Fräuleins. Sein Kopf hob und senkte sich synchron zum doppelten Kropf, er nickte förmlich zu jedem Herzschlag, genauso ist es, genauso, fahren Sie fort mit der Tätigkeit, ihm mache dieses Herzdummdumm richtig Laune, jedenfalls habe er nichts dagegen.

Als ich mich in die Sendung einklinkte, war Tubitza gerade dabei, ihr vorzuhurren, er wisse ja nicht, ob man es von außen sehe, aber seit die Tage sei er sozusagen eine ganz neue Taube, sozusagen bis zum letzten Tropfen. Denn er habe sich auf dieser tragischen, taubenmörderischen Reise bis zum Überquellen gefüllt mit Erlebnissen, Eindrücken und Jagdgedanken. Und, zwar werde er die stolze Trauer um die Seinen niemals ablegen, aber soviel können wir untereinander zugeben, liebe Henni, daß die Tränke voll war, und gut, daß man sich endlich nicht mehr verstellen muß vor allen möglichen piesepampeligen Dödeln, sondern was er im Herzen trage, trage er auch auf der Zunge, sagte das Männchen, zwinkerte und holte Weizengummi hervor. Aus Uganda, flüsterte er einschmeichelnd und zupfte an der Lurexschleife des Weibchens.

Nach einem kurzen Schweigen fragte Tubitza, ob Henni zu ihrer Zeit als Polizistin nicht zufällig in Uganda gewesen sei.

Das Weibchen schüttelte zuvorkommend den Schnabel, leider nein.

Das ist aber schade, seufzte der frischgebackene Rassenpräsident, denn das ist so ein Erlebnis, praktisch wie ein Hammer vorm Kopf, paff. Helm hin oder her. Die Frage ist natürlich, ob es ein guter Hammer ist. Die Kost prima, die Safari prima, alles ist prima, nur die Schwarzen sind ein Problem, Hennilein, sonst eigentlich nichts. Was ihm einfach nicht in den Kopf wolle, sagte er, wieso man beim Stand der heutigen Hautheilkunde nichts gegen dieses Farbthema machen könne und wieso in dieser Welt immer das liberalbolschewitzkische Rassenschokipack auf die Füße fällt. Die Erde dreht sich, und dennoch, Hennilein, fällt nur das Weltengeschmeiß auf die Füße. Zum Glück nur vorläufig.

Mit einem Wort, Probleme gebe es genug, aber er, Tubitza, wolle gar nicht die Kapazität seiner Kleinen Angestellten belasten, nur soviel, wo es Probleme gibt, wird es auch

Aufgaben geben, schöne wie schweineharte, wenn man als Taube nur hinterherkommt!

Das Männchen seufzte und verstummte, blätterte sorgfältig durch einige Mitgliedsausweise, riß einige falsch ausgefüllte oder ungültige Blätter heraus und pickerte daran. Er könne nichts dafür, sagte er, so sei er eben, selbst im Traum noch arbeite und kämpfe er, für ihn sei das wie für andere die Federpflege. Das Tun für die Rassenzukunft.

Ja, sagte Henrietta Kis.

Was ja, zupfte Tubitza an ihrem Hals.

Na, die Rassenzukunft, antwortete das Mädchen verunsichert. Die Unterhaltung stockte lange.

Aber warum schaust du so finster wie die Sonnenfinsternis, fragte später der erfahrene Parteimensch das schweigsame Weibchen.

Gott ist mein Zeuge, du geruhst dich zu irren, sagte Henrietta Kis, und ihre Stimme unter den Schnabelplatten schepperte wie Zuckerrohr. Ich schaue nicht im geringsten finster drein, ich möchte nur schnell verbucht sein mit den Mitgliedsbeiträgen.

Aber die dunkle Brille könntest du wenigstens absetzen, du kleine Mitgliedsbeitragsringerin, gurrte ihr Tubitza ins Ohr und legte seine Handfeuerwaffe ab. Du hast doch nicht etwa Angst, weil wir direktemang zu zweit allein sind?

Deswegen habe ich keine Angst, sagte Henrietta Kis und setzte schnell ihre Brille ab. Sie lächelte kokett und wurde fleckig rot unter ihrem schütteren Flaum. Leider ist das so bei Hyänenhaut, ästhetisch kann man nichts mit ihr anfangen, dafür läßt sie sich erstklassig dehnen und schrumpfen. Sie ist so strapazierfähig, daß man sie mit stumpfen Gegenständen gar nicht zerreißen kann. Übrigens wird so was wissenschaftlich Stretchhaut genannt. Und die Henrietta Kis hat von Kopf bis Fuß so eine Haut, ich habe sie ein paarmal durch das Badfenster gesehen, beziehungsweise als sie intimturnte und die Tür der Kabine nicht richtig geschlossen hatte.

Dann ist's ja gut, wenn du keine Angst deswegen hast, nickte der Oberrassenpräsident und richtete ungeniert seine Reithosen. Ansonsten, sagte er und holte ein Samtetui hervor, habe ich dir die Kleinwaffenmunition mitgebracht. Du hast doch neulich erwähnt, daß du gerne Perlen auffädeln würdest. Oder nicht?

Doch, sagte die junge Frau.

Hier senkte Tubitza die Lider und sagte leise, vor sich hin, obwohl er nicht glaube, daß das Fräulein in Zukunft direkte Zeit für so was haben würde. Weil Eier legen, Hennilein, das ist kein Spaß, noch nicht einmal für so ein schönes Volumen wie das deine ... Weil das ist bei mir die Leitidee, daß ich zwar das Abenteuer nicht verachte, aber die Rasse und das bewußte Indiezukunftzeugen ist mir mehr wert als alles andere.

Henrietta Kis lächelte weiterhin wie das Prüfglas der Kropfmädel und versuchte, die Beine zu kreuzen.

Tubitza bemerkte es gar nicht, er sah nur traurig vor sich hin. Ich weiß, was du sagen willst, seufzte er, sag's nur ruhig, wische nur das in die Wüste gerufene Wort meiner einfachen Seele hinweg. Wie es aussieht, falls ich dich daran erinnern darf, sind die erotischen Lehrfilme *Die Mehrung der Rasse 1 und 2* bis jetzt folgenlos geblieben, ebenso wie die Rosenmarmelade, der Spaziergang bei Mondlicht und die batteriebetriebene Kirrmaschine, unter anderem.

Voll im Gegenteil, sagte gerade Henrietta Kis, als auf dem Straßenmonitor ein großer Tumult entstand und sich auch nicht gelegt hätte, wären die diensthabenden Blutadler und ein paar Turnfalken nicht hinausgegangen, um alle möglichen antipalomistischen Demonstrierer niederzuvexieren. Ein Glück, daß unser Rassenführer das nicht gesehen hat, er haßt nämlich fruchtlose und trockene Schlägereien, und am liebsten würde er schießen lassen, obwohl das nur noch mehr Probleme nach sich zieht und man wochenlang Klinken putzen muß bei der kommunalen Selbstverwaltung oder der Polizei.

Im Gegenteil, hörte ich erneut Tubitza, du willst wieder sagen, was du immer sagst, daß man sowohl für den positiven als auch für den negativen Körpergewichtswechsel Zeit und Ruhe braucht. Und daß selbst der kleinste Befehl oder das kleinste Grabschen eventuell einen Krampf in deiner Maßstabsänderungsfähigkeit oder was verursachen kann, ich kenne das schon auswendig, und dann würdest du für immer ausgerechnet ein Kolibri bleiben, und das kann ich doch nicht wollen. Nicht wahr? Und daß man für die Zukunft Zeit braucht und ich dich also in Ruhe lassen soll.

Darum geht es absolut nicht, ob in Ruhe oder nicht, sagte Hennilein mit ersterbender Stimme, und vom angestrengten Schrumpfen trat Schweiß durch ihr Kostüm. Sie war jetzt etwa so groß wie ein Strauß, riß sich mit aufreizenden Bewegungen die Kostümjacke herunter.

Worum geht es dann, hob Tubitza die Stimme. Ich sage dir gleich, worum es geht, brauchst keine Angst zu haben, ehrlich. Es geht um Kopulation, mein kleines Dämköpfchen, respektive um Paarung, um es nicht gleich mit dem groben medizinischen Wort zu benennen.

Aber nein, kollerte die Rassenressourcendirektorin, aber das Männchen hörte gar nicht hin, es starrte die frisch gewaschenen Kropfkiesel auf dem Dessertteller an.

Denn die Henrietta Kis solle mal herschauen! Er habe bisher nicht mit der Katze im Sack gehandelt und werde es auch in Zukunft nicht tun. Er habe bereits bei ihrem ersten Rendezvous frappanto formuliert, was sein Ziel sei, welches man außerhalb der inhaltvollen Vergnügen benennen kann: wenn man es der Blume schon nicht verbieten kann, soll sich auch die ehemalige Polizistin mit ihren maßstabskrankheitlichen Fähigkeiten an die Maße Tubitzas anpassen, soll sie sich desinfizieren und im Anschluß an die üppige Schäferstunde zu ihrer menschlichen Größe zurückfinden, wenn sie 15–20 Prozent größer wird, macht's auch nichts, Platz ist genug da, und solle auf ihrem eigenen natürlichen Wege das Pfand der Zukunft legen, alles weitere werde man sehen. Darauf habe er schon mehrfach hinverwiesen, sie, die Hennilein, sei doch nicht so dumm, nicht zu verstehen, wenn sie nur wolle. Es besteht nur eben der Verdacht, daß sie nicht wolle.

Natürlich wolle sie, wenn es sein müsse, sagte Henni und versuchte, nuttig zu lächeln.

Wenn sie sich wegen Frau Tubitza ins Hemd mache, setzte Tubitza fort und trat ans Fenster, um die brauche sie sich kein bißchen zu kümmern, soviel wie die fremdgefickt hat, kann die kein Wort sagen. Die ist vollkommen meschugge von den vielen Cognackirschen, hat die ganze

Safari über nur herumgemäkelt und tendenziös die Nase gerümpft über die Erfolge ihres Gatten, aber mit jedem dreckigen Neger wäre sie mitgegangen, zum Bananentanzen und zum Killekille. So was ist keine Kampfgenossin, sondern ein Halunke. Suppenfleisch. Jetzt ist sie sowieso verreist, bei Verwandten auf Korfu. Es ist auch besser so, Hennilein, daß sie uns nicht stört. Was man zur Kenntnis nehmen muß, muß man eben zur Kenntnis nehmen.

Sie nehme es gerne zur Kenntnis, sagte Henrietta Kis. Sie war nur noch so groß wie ein Schwan, zog sich gerade die klauenbraune Bluse mit der Schleife über den langen Hals.

Denn das Leben ist ein Rassenkampf, setzte Tubitza am Fenster fort, immer noch mit dem Rücken zur Polizistin. Die Zukunft ist ein Rassenkampf und die Vergangenheit auch, und er habe, seitdem er sich zurückerinnern könne, um alles kämpfen müssen, leider auch dafür, was anderen, schwups, einfach in den Schoß fällt, zum Beispiel außereheliche sexuelle Erfolge. Nichtsdestotrotz habe er noch nie, noch nicht einmal angetrunken, härtere Maßnahmen während der Umgarnung eingesetzt oder Grätscheisen, dabei hätte er das ohne weiteres tun können, und wie! Aber er habe es nicht getan, sondern war ein taktvoller Rassenmakake und räumte lieber mit hängenden Flügeln und brennendem Dings das Feld, hat maximal noch um einen haarigen Schmatz gebeten zum Abschied. Oder etwa nicht?

Doch, flüsterte die Weibchen und warf den tarnfarbenen Rock auf den Drehstuhl.

Und wie er so dahinging, oh, wie oft hatte er eine Vision, sagte Tubitza und wiegte mit geschlossenen Augen den

Kopf, wie oft hörte er fast vor seinen inneren Augen das Sirren des Brutmaschinenunterstützers und sah, sah haargenau die heiß kirrende Henni über knackenden Gigantoeiern brüten, und wenn er sich auch noch das Schlüpfen der kleinen Giganten vorstellte, also da verlor er fast den traurigen Verstand vor lauter Abgeschmettertwordensein.

Davon kann nicht die Rede sein, keuchte das taubengroße Mädchen mit hochgehobenen Schwanzfedern.

Nun aber, sagte Tubitza leise, trocken vor sich hin, nun aber wird sich, leider oder nicht leider, eine kleine Änderung ergeben. Es ist eine Weisung vom neu formierten Rassenoberrat ergangen, wonach das ab heute keine körperliche oder seelische Frage mehr ist, sondern eine politische. Zur Nacht des Reinen Weizens will ich stramme und zünftige Mutanten sehen mit richtigen Flügeln und nicht irgendwelche Vogelköpfigen Lajoskas. Also, schloß Tubitza, habe Henrietta Kis hier und jetzt zwei Minuten, um sich vorzubereiten und sich auf die notwendigen Schritte einzustimmen. Er zähle jetzt bis drei, und dann lasse er die Jalousie runter. Was man physisch muß, werden sie auch im Dunkeln sehen.

Melde, sie sei bereits mit allem Drum und Dran eingestimmt, bulikte Henrietta Kis, als sich der Monitor tatsächlich verdunkelte.

Hoho, rief Tubitza, hohooo, jetzt hab ich dich, und fiel über Henrietta Kis her. Es war eine schnelle, triumphale Paarung, Tubitza hielt sich mit ehrlicher Freude am Weibchen fest, die gehorsam kreischte wie ein Zwergsprungkasten. Ich wurde ganz rot, das ist die Wahrheit, gerade, als ich den Ton abdrehen mußte, weil johlend und sich schubsend die

Monitordienstler zurückkamen. Sie wunderten sich, aber ich habe genügend Autorität, so daß sie sich nicht trauten zu fragen, was ich da suche.

Ich sah sie eisig an, Interesse der Bewegung, sagte ich, ich hoffe, ihr versteht, was das für eine Geheimhaltungsstufe bedeutet, sagte ich und flog durchs Fenster. Ich hatte nach allem, was geschehen war, keine Lust, über den Korridor zu gehen und alle möglichen Stinklullen zu treffen.

Date: Tue, 12 Oct 1999 20:12:32

Kaum von Korfu zurück, kam Renzilein heute bei mir vorbei. Sie schmatzte süß vor sich hin, überall klimperte das Gold an ihr, ihr bunter Freizeitanzug knisterte. Wie üblich überfiel sie mich ohne Anmeldung, fragte nicht, ob ich sie empfangen könne oder nicht. Ich hasse es, wenn sie so unzivilisiert sind. Ich war sowieso wütend, ich ahnte Schlimmes.

Sie setzte sich sofort in meinen Schoß und schärfte ihren schokoladigen Schnabel an meiner Mundöffnung.

Husch, zischte ich in meiner Bedrängnis, husch, und rief laut, daß ich nicht bereit sei, mich in so einer Lage und unter solchen unkontrollierten Umständen mit ihr zu treffen.

Steckst du ihn nun rein oder nicht, fragte sie gereizt. Ich frickele hier herum, als ob wir Zeit hätten, dabei haben wir keine.

Lassen Sie mich sofort in Ruhe und gehen Sie, sagte ich recht laut.

Ich solle nur nicht herumbrüllen, sagte sie später, lieber

solle ich sie blitzschnell entführen, sie sei in Gefahr, und ihrer Meinung nach sei ich es auch. Ich solle zur Kenntnis nehmen, daß sie auf der Safari nur deswegen davongekommen ist, weil sie gelogen habe, sie hätte ein Ei drin, dabei Pustekuchen. Weil der Tubitza ist eine Lebensgefahr, ein aktiver Vulkan, oder wie sie so einen immer wieder ausbrechenden Irren nennen soll, aber das wisse ich ja so gut wie sie.

Ich weiß das überhaupt nicht. Und ich bitte mir das im Namen vieler aus, sagte ich.

Ach ja? Und bitte ich es mir etwa auch aus, schrie sie und fing an, mit Cognackirschen nach mir zu werfen, daß Cäsar Tubitza mitten im Abschiedsbankett alle verjagdunfallte? Das auch? Daß die Ukuleleband spielte, Grasröcke und alles, sie waren gerade fertig geworden mit dem Affengehirn, und die Njamnjams trugen die Antilope mit Hanfsaat auf, und auf einmal: Schluß, aus? Die längste Zeit hatte man einen Rassenoberrat gehabt? Bitte ich mir das etwa auch aus?

Sie hatte mit ihrer Eierlüge Glück, der hat sie es zu verdanken, daß dieser komplette Oberguano sie mit sich hinauszerrte, husch, husch, wir gehen mal pinkeln, und dann hat er vierzig Schakalgeier mit Maschinenpistolen an den Zelttüren aufgestellt, ließ die Reißverschlüsse zuziehen und warf zwei Phiolen Irgendwas in die Klimamaschine. Und davon erlagen nach kurzen und ergreifenden Zuckungen sämtliche Rassenvizepräsidenten dem Martyrium, unter ihnen auch der Papi von der Renzilein.

Na. So war es, das ist die Wahrheit, sagte Renzilein. Danach sangen wir, die glücklichen Überlebenden, das *Mimimi* und lüfteten ordentlich durch. Es stank wie die Pest. Das viele Essen war auch alles hinüber, und nebenbei bemerkt ist Antilope abgefahren lecker, aber davon essen könnte sie nicht mehr, und wenn ihr Leben davon abhinge. Überflüssig zu erwähnen, daß das, was mir Tubitza über die Flußpferde vorpalavert hat, ich möge es etwas aufpeppen und der Presse zukommen lassen, erstunken und erlogen ist. Das wisse ich sicher selbst.

Nein, sagte ich, ich weiß gar nichts.

Um so schlimmer, sagte sie und zog mit ihrem Schnabel meinen Reißverschluß hoch und runter, also laß uns sofort die Kasse und die Papiere einsammeln und nach Korfu fliehen, sie habe schon alles vorbereitet.

Wieso die Kasse? Es hätte nicht viel gefehlt, und ich wäre ohnmächtig geworden von soviel Skrupellosigkeit. Entweder provoziert sie mich, oder sie ist komplett meschugge. Und überhaupt, gerade jetzt? Jetzt fliehen?! Was will dieser Hurgopapagei?

Entschuldigen Sie, aber ich muß Sie auffordern, sofort zu gehen, sagte ich klar und deutlich, ich bin nicht bereit, mir solche Reden anzuhören, das ist, bitte vielmals um Entschuldigung, dem Geist unseres Rassenführers nicht würdig, und so weiter. Ich schrie herum und sagte das Ganze zweimal, mitten hinein in die Fresse der Gisi, damit es einen Beweis gibt.

Ich soll mich mal hier nicht abzittern, sagte sie und sah mich höhnisch an, das Überwachungssystem ist kaputtgegangen, jemand hat Kolibrilack in die geschlossene Kette gekippt, die Monitorboys sind gerade dabei, es zu reparieren, allerdings umsonst.

Das interessiert mich nicht, sagte ich, das interessiert mich überhaupt nicht und mach, daß du davonkommst, Renzi, es war schön, es war gut, aber ich krieg das Kotzen von dir, also sieh zu, daß du deinen nymphatischen Arsch hier rauskriegst!

Ist das dein letztes Wort, fragte sie.

Nein, sagte ich, denn ich werde noch ein paar haben, leckmi, nur nicht für dich. Ist das klar? Weil mit so einer rassenschändenden Bruchschwalbe rede ich nicht.

Und ich redete auch nicht weiter. Unter dem Vorwand eines Abschiedskusses packte ich sie, wirbelte sie herum und setzte sie energisch vor die Tür. Ich mußte mich so verhalten. Denn die haben's leicht. So eine! Aber ich habe ein halbes Jahr lang gelitten, mich erniedrigt, mich operieren und umschneidern lassen. Ich habe meine Haut hergegeben. Ich habe fliegen gelernt für die Menschheit. Und das soll sich mal jeder hinter die Ohren schreiben, daß die Geschichte eine größere Banane ist, als daß ich auf einer so kleinen Schale wie der Tubitza Renzi ausrutsche.

(Dieser Brief war quasi mein Geburtstagsgeschenk. Ekelerregend, dachte ich am Abend, als er ankam, und auch jetzt denke ich nichts anderes, dabei bin ich jetzt schon ganz dumpf im Kopf, habe Halluzinationen, fange an, die Grenzen zwischen Realität und Phantasie gefährlich zu durchschreiten.

Unzweifelhaft ist, daß sich die Stadt bis zum Oktober gewandelt hat, sie wurde zugleich nervös und ergeben, ungläubig und apathisch. Die lebenspalomistische Bewegung wurde zu einem Teil der Straße, des grauen Alltags, es war zum Beispiel plötzlich ganz natürlich, daß am Sonntagmorgen vor der Messe palomistische Lieder im staatlichen Rundfunk gespielt wurden undsoweiter, ich könnte fortfahren, aber das überlasse ich meinem Leser, falls ich einen haben sollte.

Diese Veränderungen nenne ich deswegen nicht grundlegend, weil nicht das sogenannte Ganze aufgebrochen oder aus sich herausgegangen ist. Es waren vielmehr die Kleinigkeiten, die sich radikal vermehrten, federleichte Betonungen, die sich zu Hunderten verschoben. Vielleicht ist es verständlich, wieso ich aus meiner krankhaften Hypersensibilität folgend gerade solche Momente wahrnahm, respektive, auf mich bezog, und wieso sie mir auch jetzt einfallen. Daß aus den Geschäften die Hähnchenschenkel verschwanden. Daß eine »nahe gelegene« Firma versprach, jedes Kissen, in dessen Nähe sie auch nur komme, mit Kornrade statt mit Federn zu füllen. Daß immer stolzer ein seltsames, kantiges Lächeln im Fernsehgesicht mancher Politiker aufdämmerte oder daß es auf den Hüten keine Vogelfedern mehr gab.

Unbekannte werfen seit einiger Zeit jeden Morgen ein oder zwei Exemplare des Parteiorgans in meinen Briefkasten. Ehrlich gesagt, traue ich mich nicht, es nicht mit hoch zu nehmen, die Mieter sind ziemlich gemischt, und da habe ich mich noch fein ausgedrückt, aber vielleicht ist es gar nicht so schlimm, daß ich die Zeitung bekomme, wenigstens bin ich seitdem informierter und vor allem vorsichtiger.

Trotz alledem hat es mich ziemlich getroffen, als das

lächelnde Foto meines Helden das erste Mal in der *Paloma* erschien. Wenn ich noch Zweifel hatte, vor den Briefkästen zerstoben sie nun völlig, und ich nahm stumm hin, daß mir einige Hausbewohner im Treppenhaus die Hand schüttelten, sie hätten mein Bild in der Zeitung gesehen und sie freuen sich, so einen berühmten Mitbewohner in der vierten Etage zu haben, und nur weiter so.

Die unter mir wohnende Klavierlehrerin bespuckte mich heimlich.

Das Faß, das von den duckmäuserischen Gratulationen schon voll war, lief von dieser letzten Affäre über, und ich schloß mich endgültig in meiner Wohnung ein. Ich verfaßte sofort eine Presseerklärung, wonach »ich nicht identisch mit jener Person bin, die«, undsoweiter, aber jeder Entwurf war lächerlich, immer lächerlicher, ich sah es sowieso als besser an, durch keinerlei öffentliche Äußerung die Aufmerksamkeit auf mich zu lenken. Schließlich kann es sein, daß ich mich irre, sagte ich zu mir, und überhaupt, wie der Schein auch sein mag, ich kann nicht anders, als ihm zu vertrauen, schließlich ist er mein Held oder was. Und er weiß wahrscheinlich, er muß es wissen, was er warum tut. Vielleicht weiß er schon längst, daß irgend jemand, ob drinnen oder draußen, diese Briefe liest, dachte ich, demzufolge zählt nur das, was er zwischen den Zeilen verstecken kann. Manchmal unternahm ich auch den Versuch, versteckte Botschaften aus seinen Sätzen herauszulesen. Aber davon, was ich da herausschälte, lief es mir nur kalt den Rücken hinunter.

Ich glaube, es ist verständlich, daß ich es zuerst nur zur Kenntnis nahm, später es gar nicht mehr bedauerte, daß die Briefe immer seltener kamen, wenigstens konnte ich mir sagen, daß im Endeffekt er derjenige war, der mich ausgesperrt hat, er der Grund dafür ist, daß ich seine Schritte immer weniger nachvollziehen kann, was natürlich nicht stimmte.

»Er«, sage ich, während die Zeitungen mein Bild abdruckten, ich im Fernsehen auftauchte und mir mein Psychiater ausrichten ließ, daß er vor seiner Auswanderung keine Zeit mehr haben würde, sich mit mir zu beschäftigen.)

Date: Wed, 12 Oct 1999 20:20:23

Entweder sie oder ich. Ich mußte mich beeilen, das Weibchen torkelte noch auf dem Korridor herum, als ich schon unterwegs war ins Rassenarbeitskabinett und ohne Verzug um eine Anhörung unter vier Augen bei Tubitza bat.

Ich redete nicht lange um den heißen Brei herum, ich gab ihm Renzileins Briefe und erzählte ihm kurz und reumütig alles. Und wenn er mich umbringe, sagte ich mit zitternder Stimme, und wenn er mich auf der Stelle erschieße, ich könne nicht länger schweigen. Ich könne nicht zusehen, daß am Zenit von Macht und Popularität, wo er fast schon so weit ist, die Frucht der Arbeit von langen Jahren endlich beim Schopfe zu packen, diese Bergspitze von Schmutz welcher Art auch immer verdunkelt wird. Und den Fleck an unserem, wenn ich das so sagen darf, freundschaftlichen Arbeitsverhältnis, könne ich noch weniger tolerieren. Nein und nochmals nein, rief ich wie ein Kulissenschieber, genauso, im übrigen, wie er es immer macht, nicht einmal, wenn du, Rassengenosse Tubitza, ihn nur mit meinem eigenen schwachen und hinfälligen Flügel abwischen wollen würdest.

Gottseidank, ich hatte richtig spekuliert. Eine Weile zupfte er sich stumm und verstört am Gefieder, pickte rundherum Stückchen aus den verschmierten, kurzen Brieflein des Weibchens, spuckte sie wieder aus, schlug in das restliche Papier kleine Löcher, als würde er die ungeschickten Renzi-Buchstaben mit dem Maschinengewehr niedermähen, schließlich räusperte er sich. Nun, sagte er, er danke mir für diesen galanten, federbrüderlichen Bericht, welcher ein schönes, ja ergreifendes Beispiel für die selbstlose und perspektivische Maskulosolidarität einer neuen Rasse sei. Er bedanke sich de facto dafür, er habe schon darauf gewartet und habe sich nicht getäuscht, ich solle also meine Flügel schließen und mich zurück auf die Stange setzen.

Übrigens ist das beileibe nicht der erste Fall, sagte er, in der Praxis gab es Möwen, Basketballtrainer, einen Strauß in Kenia, und damit habe er nur die konkreten Rassenschändungen erwähnt. Und natürlich gab es unzählige guanohauser Grillstrizzis, daraus machte er nicht mehr als nötig eine Kabinettfrage. Wenn Inflagranti vorlag, entfernte er das Männchen, das Weibchen rupfte er bis zur Galauniform und fertig. Aber diese Phase der Geduld sei nun vorbei, denn zwar sei »die Taubenpeitsche aus Geduld geflochten«, wie ich es freundlicherweise frappant übersetzt habe, aber Geduld sei trotzdem keine dodoistische Stretchhaut, Kumpelfreundchen, daß sie sich über den Rand des Rassenmaßes strecken ließe. Nein und nochmals nein!

Übrigens sei in ihm, Gott sei sein Zeuge, diesmal nicht

der Affekt am Werke, sondern die bluternste Berufung, aus deren Weg man jedweden Federschmutz und Guano hinwegräumen muß. Oder ihm eine Kugel in den Kopf jagen. Das sei eine Frage der mentalen Hygiene. Der Rassenreinheit. Tubitza holte Cognac hervor, verteilte ihn auf zwei Nierenschalen, wir stießen an. Im übrigen, Brüderchen, seufzte er, unter uns gesagt, die Renzi war seit Kückenbeinen an eine komplette Holzfotze, eine großmäulige turtur Holzkloake. Ich solle ruhig sagen, wenn auch ich dieser Meinung sei! Oder ist es etwa nicht so? Stille stellte sich ein.

Wie *so*, fragte ich. Wir schlürften leise, die Augen ganz nah an den Augen des anderen. Wir konnten unsere Schädel von innen sehen, also fingen wir bald zu blinzeln an.

Ich solle mal aufpassen, sagte er, bisher habe er die ominösen Männchen immer sofort erschossen, während er mich, wie man sehen könne, immer noch nicht erschossen habe, was wirklich ein Zeichen für ganz besondere Dämlichkeit sei, wie es scheint, schlucke er täglich seine Toleranzpille oder nehme sie mit dem Weizengummi auf, und man kann ihn sich wirklich aufs Brot schmieren, butterweich, wie er sei, aber egal, er habe versprochen, mir nichts zu tun, und daß sein Rassenvertrauen die Antwort auf mein erstarkendes Rassenvertrauen sei. Aber quittiert seien wir deswegen noch lange nicht, er erwarte also weiterhin unbedingte Ehrlichkeit. Vor allen Dingen wolle er wissen, rein wissenschaftlich sowie technisch, wie es war.

Was war wie, fragte ich.

Na das, leckmi, sagte er, das Dingsda Bumsda, wie das war?! Und ich solle mal dieses menschliche Fuchstempo beiseite lassen, sonst ertränke er mich im Cognac. Das Reinraus, Brüderchen, wie das war. Das Ficken, Bumsen, Stoßen, die Kopulation. Das Vögeln.

Du denkst doch wohl nicht, teurer Bruder, sagte ich mit Tränen in meinen Männeraugen, beweist denn nicht mein reumütiges Hiersein, mein ganzer in das Maul des Löwen gesteckter Kopf, daß ich mit deiner Gattin nichts dergleichen unternommen habe, auf was du hier anspielst?

Natürlich, nickte er, natürlich nicht. Aber ich solle mal hübsch erzählen, wie es war. Ab da, daß ich ihr das Höschen ausgezogen habe. Falls sie eins trägt.

Ich erzählte es. Lange und ausführlich. Ich sah es seinen glänzenden Augen an, daß es ihn interessierte. Hohoo, ich sei aber mein Geld wert, schnaufte er am Ende, hohoo und wie, aber ab jetzt solle ich mich aber ziemlich geduckt halten. Denn das ist, selbst unter Brüdern gesprochen, eine Rassenschande.

Eine Rassenschande, sagte ich, die selbstverständlich niemals passiert ist.

Egal, es ist trotzdem eine, sagte er. Weil das entscheide momentan jedenfalls noch er.

Genau, sagte ich. Momentan jedenfalls noch er.

Date: Fri, 22 Oct 1999 17:56:45

Es brodelt im Erwachenden Nest, wir erleben bewegte Tage, ich habe ein Heer an Problemen, habe zu nichts Zeit, nicht einmal, um mich um meine eigenen Untergebenen zu kümmern. Dabei sind es ordentliche, nestpermanente

Jungtauben, denen das Gespür und die Rassenqualität noch nicht abhanden gekommen sind. Manchmal muß ich jedoch ihr Murren vernehmen, und wenn ich höre, wie sie unter ihrem Schnabelschutz unseren Rassenführer auslachen, tue ich so, als hätte ich nichts bemerkt und würde nur deswegen zwinkern, weil ich Schießpulver ins Auge bekommen habe. Tubitza geht auch mir oft auf die Nerven mit seinen idiotischen Redeplänen und seiner Wandballmanie. Während er das Granatenwerfen sträflichst vernachlässigt!

Heute hatten wir schon wieder eine Meinungsverschiedenheit, ich fürchte, das wird eine Weile alltäglich sein. Ich solle mich nicht so blöd anstellen, fuhr er mich am Vormittag während des Wandballtrainings an, sonst trete er mir sofort den Laptop aus der Hand.

Um die Wahrheit zu sagen, war ich völlig verzweifelt. Ich hätte nie gedacht, daß das Wandballspielen schwieriger sein würde als das Fliegen. Das ist deswegen so, weil ich mir viehisch einen Kopf mache, sagt Tubitza dazu, und daß ich permanent nach Ursachen suche. Der Klugscheißer ist der Tod der Tat. Ich solle tun, was mir mein feuchter, klitschiger Rasseninstinkt diktiere. Die Kropfmilch lügt nicht!

Und überhaupt solle ich mir nicht ins Hemd machen, alles zusammengenommen mache ich schöne Fortschritte, daß ich mir zwischenzeitlich nur noch bis zum Gürtel reiche, ist extra lobenswert, richtig so, hinfort mit dem Ausschuß, dem Arsch, dem Fett, deswegen habe er mich auch hochkommen lassen zum Wandballspiel, für meine totale Entwicklung, und damit wir endlich mal ein bißchen zusammen abhängen, verdammt noch mal, von Mann zu

Mann, aber wenn ich sein Tempo nicht mithalten könne, dürfe ich mich gleich wieder schleichen.

Na! Das habe er natürlich nur in sportpartnertechnischer Hinsicht gesagt, denn ich als sein subalternierter Mitarbeiter befände mich jetzt absolut nach der Arbeitszeit, und da dulde er keinerlei Über-Unterordnung oder Protokoll. Oder Katzbuckeln. Die Zeiten sind vorbei. Und daß er genetisch nicht abschalten könne, solle mich nicht stören, leider sei er so eingerichtet, daß er selbst in seiner intimsten Freizeit permanent nachdenke und diktiere, wenn ich wolle, schreibe ich es auf, wenn nicht, nicht, neuer Absatz.

Und so geht es jeden Tag.

Date: Sun, 24 Oct 1999 19:43:45

Gott weiß, was der Grund ist, vielleicht meine dekadente, rassenveranlagte Natur, daß ich mir den Herbst so gerne anschaue, wenn die Blatthaut raschelt und das scharfe Paprikarot die Sträucher herunterläuft. Unser Führer kann diese Jahreszeit allerdings nicht ausstehen, was er auch jedesmal verlautbaren läßt.

Der Herbst ist die Filzlaus der Tatkraft, der Luxus der Matschpflaumen und Hermaphroditen, sagte er vor ein paar Tagen bei der Einweihung eines Fitneßraums, vor frisch operierten Bankdrückern. Denn, was ist der Herbst, Rassenfreunde, der Herbst ist der Tod des grünblättrigen Buschs und nichts anderes als die Onanie der Spanner, der homosexuellen Schwulen und der sogenannten Schriftsteller, rief unser Führer erzen und klar von der Sprossenwand herunter, ohne daß er offen gemenschelt hätte.

Was dieser Primat Petőfi dadran gefressen hat, kapiere er einfach nicht, murrte er noch während des Heimflugs über der Donau, bestimmt haben's ihm seine rosthaarigen Freunde eingeredet, aber egal, ein gesunder Geist frißt die Fäule und so was nicht freiwillig. Aber wenn Herbst, dann eben Herbst, machen wir eben was dagegen, üben, üben und wachsen, und dann packen wir zu, schwarz auf weiß, daß ihm die Schoki und das Matzo am Hemdkragen herunterläuft, und es gibt kein Wennundaber, sondern einen zugewiesenen Aufenthaltsort, wo jeder nach Hause geht, wo er hingehört, und wer Angst davor hat, hat schon bewiesen, daß er Guano am Stecken hat beziehungsweise im Keller, jawohl, Freunde, schloß unser Anführer, und wenn das so ist, schließen wir daraus, was zu schließen ist, das überlasse er uns, ein Greif fliegt nicht auf Hamster.

Nichts dagegen, daß ich das aufschreibe, aber dem soll ich noch mal nachgehen! Ob er das nicht schon mal gesagt hat. Wenn es schon meine Manie sei, daß ich an seinen Worten hänge, solle ich endlich auch gemeinnützig im erzieherischen Sinne sein. Weil wenn davon auch nur ein einziges glanzäugiges Junges zur Rassendings erwache, solle ich es von ihm aus aufschreiben, wer weiß, wie lange ich noch schreiben könne.

Date: Thu, 28 Oct 1999 13:12:34

Die Jungen, die aus den Eiern der Außerordentlichen Fahnenmutter und Rassenvizepräsidentin geschlüpft sind, müssen fünfmal täglich gefüttert werden. Diese vertrauensvolle Aufgabe hat Tubitza mit dem ausgesprochenen Ziel der Disziplinierung dem verräterischen Weibchen übertragen, ob sie nun Angst vor den Eiersäuglingen habe oder nicht, wenigstens ist der Hausarrest nicht ganz umsonst. Renzilein, die diese Unannehmlichkeiten, geben wir es ehrlich zu, sich selbst zuzuschreiben hat, ist in letzter Zeit auch formell in den Hintergrund gedrängt worden durch meine alte Kameradin und väterliche Freundin Henrietta Kis, Entziehungskur und Flügelstutzen dito inklusive.

Zur Sicherheit hat ihr unser Präsident zwei Genrassenammen und einen Scharfschützen zur Seite gestellt, er möge ruhig eingreifen, wenn Gefahr im Verzug sei. Die rülpsenden, graubeflaumten Kreaturen sind von ihren Ausmaßen her tatsächlich etwas beängstigend, sie schreien mit tiefer Stimme, die Fettfalten an ihren Schenkeln und Armen beben. Äußerlich sind sie ein bißchen wie Engel.

Als nach der Desinfizierung mit dem Schlauch und der Klauentaufe unser »Führer und sozusagen Vater« seine Nachkommen im Turnsaal der Klinik besichtigte, schlug er regelrecht Purzelbäume vor Freude. Da standen die beiden Babytürme, aufgereiht, etwas gegrätscht, jeder wurde von je vier Biotechnikern gestützt sowie vom Tropfständer.

Tubitza, Protokoll hin oder her, begab sich, wie es seine jugendliche und ungestüme Art ist, hinter den Rücken der Jungen, mit den Worten, er könne nicht an sich halten, er müsse ihre popeligen kleinen Flügelchen abküssen, aber die riesigen Körper kreischten und flatterten zu sehr, so daß er ihnen aus Sicherheitsgründen doch nicht zu nahe kam, er kruhahate lieber nur und warf seine präsidentiale Tellermütze in die Luft. Schließlich fing er Henrietta Kisens Taille und Frau Tubitzas Hals umklammernd üppig und lächerlich zu weinen an.

Er bekam nicht einmal einen Wutanfall, weil weder Fernsehen noch Radio vor Ort waren. Ich habe es aufgeschrieben, sagte er kurz und markig, ich habe es an einer tiefen Stelle aufnotiert, und ich werde dafür sorgen, daß gewisse Jemande mit der Nase darauf gestoßen werden.

Date: Sun, 31 Oct 1999 19:47:56

Obwohl das nur ein beiläufiges Zeichen meines Wertgeschätztseins ist, darf ich doch berichten, daß ich bereits zum wiederholten Male teil an unserer präsidentialen Flugsitzung genommen habe, an der Cäsar Tubitza, Zutunhaben hin, Staatsraison her, wenn er nur kann, romantisch festhält.

Ich bin fast nicht mehr unsicher, Fliegen ist sehr wohl schön, Fliegen ist eine Mischung aus Rassenkonzentration und natürlicher Leichtigkeit, für die sich ihre Besitzer mit Recht überlegen fühlen. Nicht jede Woche gehöre ich zu den glücklichen Wenigen, und obwohl ich auch ohne das genug fliege, sowohl privat als auch offiziell – so eine Gelegenheit ist doch etwas anderes, und gar nicht wegen der Polizeieskorte. Sondern wegen des Geistes.

Nur locker, meine Freunde, warf unser Anführer heute zurück, Lockerheit wird sowieso bald Gesetz. Locker, denn so wachsen die Muskeln, die luftleeren Knochen, weiten sich Körper und Seele. Locker und aufmerksam, eins-zwei-drei-vier und von vorn. Das Motto des heutigen Tages, wenn ihr es von meiner Wenigkeit annehmen wollt, soll sein: »aufklären und aufklaren«.

Also dann, tun wir wie geheißen! Bewegung und Umsicht, schrie er vor uns, eins, zwei! Zackig! *Bewegungundumsicht, Bewegungund-Umsicht*, etwa zu dem Rhythmus. Sagt es ruhig, wenn ihr wollt, mit mir gemeinsam! Richtig laut, wenn ich bitten darf! Na, noch einmal! Ich höre nichts! Und noch einmal! Genau so! Leise, leise geht die Reise, leise, leise, und wieder von vorn …

Wie dieses Beispiel zeigt, sorgt unser Anführer immer für großartige Stimmung, auch beim heutigen Arbeitsausflug schallten unsere Stimme weithin, Leibwächter, Sekretäre, Aktivisten, obwohl dieses heutige vielleicht nicht so erzen war wie wenn die Torpedoboys bei uns sind, der hauptberufliche *Paloma Blanca Kollerchor*. Aber auch wir »Amateure« riefen beschwingt aus vollem Schnabel: »Leise, leise geht die Reise.« Auch ich bemühte mich, obwohl es für mich ein wenig schwierig ist, Flügel- und Singbewegung zu koordinieren, was dem scharfen, verbessernden Blick des Rassengenossen Tubitza auch nicht lange verborgen bleiben konnte.

Heda, sagte er. Wem zum Eiergeier rede ich denn hier, daß es ein gewisser Jemand nicht hört, fragte er scherzhaft über der Basilika, und der Strahl seines Auges blitzte nur so. Kriege ich etwa meine Kinnlade nicht auseinander? Ist es mir etwa derogant vor meiner ehemaligen Rasse? Glaube ich etwa, die könnten so weit gucken? Die blinden Lallis? Die können doch nicht bis hierher gucken. Weil jeder nur vor seine eigene Hakennase stiert, rein in die Hundescheiße, und ständig herumrennt, runter, unter die Erde und wieder rauf, voll lachhaft, rennt durcheinander und zur Bank und schmeißt seinen Müll in die Gegend. Schiebt sich einen Broiler nach dem anderen in den Kopf, die perverse Sau. Omeletts. Schau sich einer an, vor denen ist mir eine klare Stimme, ein fröhlicher Marsch peinlich? Wie? Wie-wie-wie-wie-wie?

Ich wurde blaß, das hat auch er bemerkt.

Ist ja gut. Das sei lediglich ein freundschaftliches Ersuchen gewesen, noch dazu verbal, damit ich mich mal am Riemen reiße. Der Mensch soll sich ständig am Riemen reißen. Daß ich hier sei, eingeladen zur Rassenelite, bedeute auch, daß ich genauso singen müsse wie jedes alteingesessene Insidermitglied, sogar den ganzen Text, wenn ich ihn kenne, und wenn nur irgend möglich, solle ich nicht herumkeuchen und -rotzen wie meine verkrüppelte Rasse da. Das sage er natürlich nur so zum Frotzeln.

Ja, auch wenn die Worte manchmal beißend sind, ist es doch etwas anderes, in Begleitung eines Führers zu fliegen, in dessen Schnabel die Ähre der Zukunft immer faustgrößere Körner treibt und der seine eigene Haut und die seiner Lieben zu Markte trägt, dessen dreifaltiger Name da ist: Wachstum, Faktum, Taubentum.

Denn es wird die Zeit kommen, sagte Cäsar Tubitza, auch wenn ich mir so was in meinen beschissenen kleinen Reden nicht ausdenken könne, wenn die auf mehrere Meter ausgestopfte Marmorstatue seiner außergewöhnlichen Wenigkeit wie das Schwert des Damokles auf den Kopf aller Teilnahmslosigkeit und allen hinterfotzigen multikulturellen Drecks heruntersausen wird, der heute noch einen Niemand, sozusagen eine Taube, in ihm sieht, und dito auf die Köpfe der gegenwärtigen politischen Kräfte, die, abgesehen von einigen wenigen redlichen Ausnahmen, sich noch sehr wundern werden, aber die zähle er jetzt nicht auf, die Verhandlungen seien fieberhaft im Gange, das brauche ich gar nicht aufzuschreiben.

Und die ihn dort unten in den Straßenbahnhaltestellen, den Autos und den Metros, auf den vor Schmutz schlüpfrigen Gehsteigen nicht einmal bemerken oder höchstens das »Gaga«-Zeichen auf ihre Stirn klopfen (ist alles auf Video aufgezeichnet), werden noch rechtzeitig erfahren, wofür es dann schon zu spät sein wird, und dann wird das Geheule groß sein und das Einkratzen und die Taubenschlagforschung in der familiären Vergangenheit, aber egal, ich brauche nicht so ein Streber zu sein, daß ich jeden kleinen Gedanken aufschreibe. Ich solle doch endlich bemerken, daß das hier der Ort für Entspannung ist, ich solle lieber auf meinen Neigungswinkel achten und meinen Stützen nicht so hoch halten, ich sei schließlich nicht die Henni!

Nicht wahr, Turtelchen, jauchzte privaterweise unser Anführer. Er stob nach vorne wie ein silberner Torpedo und riß die sich neben ihm abmühende, noch kindbettlägerige Henrietta Kis mit sich, deren Bürzel er jugendlich kniff. Keine Angst, kollerte er ihr zu, du darfst deinen halten, wie du willst, nach so einem Rassendienst darfst du alles.

Landen auch, fragte Henrietta Kis leise und keuchend, aber Tubitza hörte gar nicht hin, er schmetterte weiter.

Das würde mich aber viehisch interessieren, wie diese Spatzenbazis den ihrigen halten würden, wenn sie so einen großen hätten und gerade vom Nest gestiegen wären. Sag mal, fragte er dann flüsternd, hast du denn noch ein Ziehen in deiner kleinen Gebärmutter und tut's noch ausfließen?

Henrietta Kis lächelte verschämt. Was ihre Körpermasse anbelangte, trug sie heute die neuerdings übliche Schwanengröße, sie mußte nur den Hals ein wenig krumm legen, um in einer Lage mit unserem Wohltäter zu sein, obwohl das während des Fliegens egal ist. Verglichen mit ihrem Zustand zu Sommerbeginn war sie nun fülliger geworden, sozusagen fraulicher, der Lurexoverall und die Vierfingerballettschuhe standen ihr gut. Cäsar Tubitza hat ihr eine neue, nun bereits rassenvizepräsidentiale Tellermütze machen lassen, wenn sie die mit einer Hutschnur unter dem Schnabel festmacht und die zwei filigranen Goldschlagstöcke in ihren kleinen Ohren zum Klingen bringt, sehen unser Führer und seine Mätresse blendender aus als jede Sonne.

Unser heutiger Ausflug war reines Sportprogramm, außer Hennilein und den Adlerboys waren wir alle in Zivil. Bei solchen Gelegenheiten fliegen wir niedrig, kaum zwanzig Meter hoch, man könnte sogar unsere Gesichter hinter den Skimützen erkennen, als wären wir ein Freundeskreis auf Ausflug oder unterwegs zum Match. Laut Reglement fliegen die Sicherungskollegen mit dem Sonderabzeichen vorneweg, manchmal tuten sie scherzhaft, fordern die unten stehenden Bürger auf, auf den Boden und so was, Hände in den Nacken, Beine auseinander, kruhaha, ein paar alte Omasopas fallen sogar drauf rein, darüber lachen wir ganz besonders, wir sind jung, geben wir es doch endlich zu! Maximal mittelalt, aber gut in Schuß. Na und.

Was nicht bedeutet, daß wir nicht auch lachend Verantwortung gegenüber der Welttaubenschaft tragen, nicht wahr, Hennilein, fügte unser Anführer heute über der Königlichen Burg hinzu. Zu Hause evolutionieren die jungen Aare, die Cognacrenzi füttert sie, die mal jetzt das Maul aufreißen soll und anstiften zur Gründung einer Pornofraktion auf Korfu, während die Wahrheit zweier verdammt hungriger Mäuler aufgeht, aber was soll's, Tubitza winkte ab, lassen wir das, sonst explodiere ihm noch das Gehirn, laßt uns lieber weiter Scherze treiben.

Und wir trieben noch lange Scherze hoch droben über dem Sonnenberg.

Zuerst wollte ich einen Zeitungsartikel daraus machen, die liegen mir ständig in den Ohren, aber so könnte man das sowieso nicht einreichen, also schicke ich es dir, damit es in unsere Sammlung eingeht. Kannst im übrigen ruhig die Nase rümpfen!

Date: Mon, 1 Nov 1999 23:10:34

Lajoska Balatony kam heute mit einem konkreten Wunsch ins Kabinettsbüro.

Ich muß einen starken Eindruck auf ihn gemacht haben, denn seit unserem ersten Treffen hängt er sehr an mir.

Schon im Sommer hatte er mich mehrfach besucht, zeigte mir das Foto seiner Mami sowie sämtliche seiner Muttermale und bot mehrfach an, mir Markknochen von unten zu besorgen, wann immer ich wolle.

Ausgesprochen rührend war es, als er an meinem Namenstag Tütencognac mitbrachte, er sagte, er habe vom Onkel Doktor Tubitza herausbekommen, daß ich diese Sorte am liebsten mag. Ich solle es also als Geschenk hinnehmen, fügte er verschämt, sich auf die Gehhilfe stützend hinzu, obwohl er mir meine gute Tat sowieso nicht vergelten könne, denn seiner Meinung nach bin ich der Grund für die phantastische Möglichkeit, die er trotz seiner Schmerzen bekommen habe. Er danke also vielmals dafür. Denn ohne mich wäre er noch ein Nadelkissen auf dem Schwabenberg und würde mit Hausmeistern in der Schdanow-Allee Schinkenklopfen spielen.

Ich verstand nicht ganz, was er wollte, sah es aber als besser an, ihm in allem recht zu geben. Ich hatte es im Gefühl, daß es besser ist, sich gut mit ihm zu stellen. Heute haben wir auch wieder herumgescherzt, ich erzählte ihm dieselben zwei Bullenwitze wie immer, danach mußte ich ihm leider etwas zu trinken anbieten, was normalerweise lebensgefährlich ist, aber diesmal bedankte er sich gottseidank und sagte, er dürfe nur eine Hacke voll trinken, da er Medikamente nehme.

Summa summarum, sagte er, nachdem er ungeschickt einen Schluck aus der Nierenschale genommen hatte, komme er hier gut auf seine Kosten. Er habe also keine Probleme, er dürfe sogar kleinere Persönlichkeiten ausstopfen, da habe er freie Hand. Obwohl der Onkel Tubitza seinem Eindruck nach ein bißchen neidisch ist, was das anbelangt. Er beauftrage lieber externe Präparatoren, aber egal, darüber rede er nicht gerne, das führt doch nur zu weißen Lichtern und Kopfrasen.

Deswegen sei er auch nicht gekommen, setzte er fort, sondern, um mich, wenn er mir nicht zu nahe trete, um einen Gefallen zu bitten. Nach seinen Informationen bin ich in so was ziemlich ausraffiniert. Punkt ist, daß er eine private Sache am Laufen habe, bezüglich der Erbschaft. Er habe schon mehrere Eingaben bei den zuständigen Behörden gemacht, aber es sind alle zurückgekommen wegen seines vormundschaftlichen Rechtstatusses, weil er Sanatoriumsinsasse war. Doch nun hoffe er, daß die Zeiten vorbei sind, als Anderssein bedeutete, daß man Sanatoriumsinsasse ist, was der Punkt ist, ich solle doch so freundlich sein und ihm einen ordentlichen Antrag schreiben in dieser sich hinziehenden Erbschaftsangelegenheit, damit er endlich freie Verfügung über die nette kleine Wohnung seines Papis bekomme, mit der ihn zwar nur wenige Erinnerungen verbinden, aber die sind alle gut. Nahe des Stadtwäldchens, Etage vier, Wohnung neun, es gab da einen Gemüsehändler-Onkel, den Onkel Ernő, der anno von Hooligans zu Tode gekitzelt worden ist und so weiter.

Außerdem habe er mit dem Onkel Doktor Tubitza schon besprochen, daß er diese gleichzeitig und ausdrücklich der palomistischen Bewegung schenken möchte.

Ich schrieb die Eingabe, wie es aussieht, muß ich hier alles machen.

Er bedankte sich sehr, putzte seine Sonnenbrille und sagte, für mich würde er alles tun, egal, was.

Ist gut, mein Freund, sagte ich zu ihm, gehen Sie nur ruhig, gegebenenfalls sprechen wir darüber. In diesen harten Zeiten kann es nicht schaden, so einen Hornochsen zur Hand zu haben.

Date: Fri, 5 Nov 1999 19:43:23

Das erste, was mein guter Mann getan hat, war, daß er Renzilein erwürgte.

»Heute hat ihre Seele ausgehaucht: Frau Cäsar Tubitza, Rassenführende Präsidentengattin der Lebenspalomistischen Bewegung, Kropfmädel und neunfache Trägerin des Turulbaby-Abzeichens.« Das soll in der Verlautbarung stehen und irgendein Zitat, sagte Tubitza trocken. Schließlich habe ich sie gekannt, ich wisse selbst am besten, was zu ihr passe.

Das, Brüderchen, war jetzt aber wirklich nicht so geplant, sagte der Präsident und ruckte mit dem Hals. Das erste Mal, daß er in mein Büro gekommen ist. Er habe von der Aktion keine Ahnung gehabt, das müsse ich ihm glauben, Liquidation habe er, Ehrenwort, nie in den Mund genommen, egal, es gibt genug Leute, denen man es in die Schuhe schieben kann, eine Märtyrerin der Multis undsoweiter, er will einen großen Skandal, ein großes Begräbnis, Tränen und all den Scheiß, das braucht man nicht extra zu erwähnen, einen Monat vor der Nacht des Reinen Weizens ist so was evident. Die Ärmste, daß sie den großen Tag nicht mehr erleben durfte! Weiters machen wir eine Gedenktafelenthüllung, sagte er, mit Kantaten und was man so braucht. Wir werden einen Platz nach ihr benennen in Budapest.

Den Rákóczi-Platz, fragte ich.

Guter Witz, sagte er. Im übrigen könne ich ruhig sagen, wenn ich dahinterstecke, gemeinsames Weibchen, gemeinsamer Hintergrund, politisch sei das eigentlich kein Problem, ich hätte bloß vorher Bescheid geben sollen.

Ich war es nicht, antwortete ich.

Dabei hat Lajoska Balatony gesagt, er habe eine klare Anweisung von oben bekommen, sagte Tubitza.

Lajoska Balatony hat offensichtlich etwas mißverstanden, antwortete ich.

Eigentlich müßte man ihn dafür bestrafen, sagte Tubitza, aber davon rastet er nur wieder aus. Ganz abgesehen davon, daß er schon lange mit dieser Arbeit rechnet. Er sagt, das wäre seine erste Ausstopfung, die in ein richtiges Museum kommt. Soll er sich doch freuen, nicht wahr? Deswegen hat er es auch mit einer Schlinge gemacht, damit die Haut nicht verletzt wird, beziehungsweise das ganze Mantelmaterial. Ob ich damit dakkor bin?

Dakkor, sagte ich lustlos und mußte daran denken, daß es die arme Renzi noch ganz gut erwischt hat, hätte es den Lajoska nicht gegeben, hätte auch sie im Fahrstuhlschacht geendet. So wird sie wenigstens in ihrem silbernen Freizeitjogging neben den Obdachlosen stehen, und sie können gemeinsam das *Mimimi* singen.

Ich habe nach einem Zitat gesucht: »Die Besten sind gefallen im langen Kampf.« Ich hoffe, dieser Rassenochse hat nichts dagegen.

Date: Wed, 10 Nov 1999 21:55:49

Mittwochs balneologisieren wir an öffentlichen Orten, Cäsar Tubitza und ich. Wie jede Tradition, so hat auch diese eine schöne, innere Auftriebskraft, das Fliegen, die Einsätze, die Operationen und Reden sind etwas Alltägliches, aber ein Bad gibt es einmal in der Woche, und schon der mickrige Dienstag wird in Glanz gehüllt vom Gedanken, daß darauf ein Mittwoch folgen wird.

Einen Monat vor dem Fest des Reinen Weizens gibt es eine Menge zu tun, unser Führer ist sehr angespannt, und das greift zu einem gewissen Grade auch auf uns über. Vielleicht begehen wir auch Fehler, und zwar nicht wenige. Aber im Bad fühlen wir uns so gut, wir ersticken fast vor Lachen, wir genießen jeden Tropfen der teuren Polizeisicherung, für diesen Vormittag ist die ganze Umgebung des Objekts gesperrt, unten Polizisten, oben Greifterrier, nicht, daß es sich um eine geheime oder geschlossene Veranstaltung handelte, ach wo. Sie ist bloß nicht öffentlich.

Das ist das Minimum, was dem Rassenführerpräsidenten der Palomisten zusteht, ein reserviertes Heilbad, für die wenigen privaten Stunden könnte er sogar die Angestellten austauschen, wenn er wollte, aber er will nicht, man braucht den Kontakt zur Masse, darin stimme ich mit ihm überein. Wenn er hereingestürmt kommt und die anwesenden Primaten sich der schönen, alten Tradition folgend in einer Reihe aufstellen, tritt er spontan an den einen oder anderen strammstehenden Männchen-, beziehungsweise Weibchenkabinenverwalter heran, zwickt sie leicht und fragt, ob sie denn schon ein Nest gebaut hätten. Wie viele Kinder undsoweiter. Ob sie hübsche Brutlieder kennten? Oder ob sie gerne Flügel hätten? So welche wie der da hat, sagt Tubitza und zeigt auf mich, diesen Scherz zu ertragen fällt mir recht schwer, ich muß ständig abwehren, ach geh, Rassengenosse Tubitza, bring mich nicht in die Verlegenheit.

Die Stimmung ist immer gut, neckend ziehen wir in unseren Bermudahosen mit dem Parteiabzeichen und unseren Lurexhandtüchern über die seufzenden Flure, der Dampf des Federpuders ist überall, der warme Federgeruch setzt sich zwischen den römischen Statuen und Säulen fest, schwebt in der Kuppel, wächsern und schwer. Zuerst fahren wir Hydroscooter, danach gehen wir zur Frottierung.

Leckmi, leckmi, dieser Geruch ist genauso wie der vom Federlesen, als ich noch ein kleiner Furz war, sagte Tubitza heute selbstironisch und kruhahate, und wir, die zahlreiche Begleitung, kruhahaten mit ihm, daß es nur so scholl in den betroffenen Sälen und Einrichtungen, während hinter den Fenstern rotbraun und schnabelgelb die restlichen trokkenen Blätter klirrten, diese maskierten Leichen. Der Winter kommt, die Wärme tut gut, das mollige Fleisch des Wassers, das heiße Zwielicht, wo man sich prima vertraulich besprechen kann, Freizeit betreiben, und, je nachdem, wie es sich entwickelt, dem kleineren Mitpolitiker den Hintern versohlen, wenn er in irgendeiner Detailfrage partout nicht einverstanden sein will, mit dem Badelatschen, damit keine körperlichen Spuren bleiben.

Neuerdings spricht Tubitza von mir wie vom zukünftigen Humanminister. Es hängt zwar nicht damit zusammen, trotzdem, es fällt auf, um wieviel schneller und stärker er seit neuerdings ist, wir sind fast schon soweit, daß er mich beim Fangenspielen im Wasser sogar dann einholt, wenn ich es nicht will. Natürlich ist es besser, wenn ich es will. Nach ein paar Metern Verfolgungsjagd schlägt er mir dann auf den so beschwerlich zusammengezimmerten Rükken, zwischen die beiden Flügel, und brüllt, du bist langsam, Dichterchen, Grüße an die Hurimama. Woraufhin ich die Flügel ausbreite und sagte, es ist wohl eher so, daß du schnell bist wie der Wirbelwind, Rassengenosse Tubitza.

Schleimerarsch, sagte heute Tubitza und bespritzte mich, jetzt sei doch nicht so ein Schleimer, sondern ehrlich! Du weißt, ich bin sie gewöhnt, die Unverhohlene, also schone mich nicht, wenn du Gutes willst! Also: Wer ist der Schnellste?

Woraufhin ich schwer seufzte und sagte: Du, Rassengenosse Tubitza, ob's dir gefällt oder nicht, du.

Na, dann ist's ja gut, sagte Tubitza und richtete sich mannhaft die Hose von innen, dann ist's gut, ich mag es bloß mehr, wenn du ehrlich bist, wenn du es sagst, von Männchen zu Männchen, passiere, was wolle. Gerade du, wo du doch weißt, daß du einen Hang zum Speichellecken hast. Und vor allem zum Blabla-Machen.

Es würde ihn viehisch interessieren, sagte er und trat mich scherzhaft in den Bürzel, ob ich auch heute noch solchen Blödsinn denke, von wegen Fiktion und so was. Oder was fällt mir dazu ein, wenn ich die Henrietta Kis im Bikini sehe und den Lajoska Balatony, der, nicht nur, daß er aufgetaucht ist, sogar hier mit uns Fangen spielt und durch die Gegend spritzt und wie ein Verrückter kollert. Egal, diese beiden Fleisch-und-Blut-Geschwister seien, das sage er mir ehrlich, egal, wer sie erfunden habe, gut gelungen.

Bei solchen Gelegenheiten sind wir nur wenige im Bekken, die Begleitung und die Klientel steht am Rand, klatscht, ißt Kuchen, telefoniert oder bewirft die Presse mit fluffigen Pogatschen. Früher oder später fängt Tubitza zu ringen an, so auch heute, macht Kickbox-Bewegungen, stellt mir ein Bein – ein Glück, daß wir im Kinderbecken sind – und drückt mich mit Hilfe der Adlerboys unter Wasser. Neulich wäre ich fast ertrunken, aber es hat sich gelohnt.

(Bald ist morgen. Jetzt, da ich wohl oder übel alles wieder gelesen habe, weiß ich wirklich nicht, wieso ich ausgerechnet an dieser Stelle genug hatte. Vielleicht einfach nur wegen des Novembers, der immer der schlimmste Monat für mich ist, und dieses Jahr war er um ein vielfaches grausiger als sonst.

Es fing damit an, daß völlig unerwartet der Mensch auftauchte, der mir im Frühjahr die Wohnung vermittelt hatte, ich möge ihm die Papiere für die Wohnung geben, es gäbe ein kleines Problem. Leider, sagte ich, habe ich keine Papiere, weder Grundbucheintrag noch sonstiges. Ohne Frage, ich hätte diese Papiere schon längst erhalten sollen, aber, guter Mann, das habe ich en bloc vergessen. Was es an Papieren gibt, liegt bei Ihnen im Vermittlungsbüro.

Liegen tut da gar nichts, sagte der Mann mit der grauen Haut mit einem unwilligen, kantigen Lächeln, und das ist ein Problem, denn es hat sich momentan eine Komplikation ergeben, unerwartet und sehr aggressiv ist ein Erbe aufgetaucht, es wäre also gut, wenn wir uns dringend einen Anwalt nehmen würden. Ich ärgerte mich, aber konkret ahnte ich immer noch nichts Schlimmes, obwohl ich mir im allgemeinen keine Illusionen machte.

Und natürlich kamen der Reihe nach diese ekelerregenden E-Mails, ich brauche wohl nicht zu sagen, was ich dabei empfand.

Aber selbst all das zusammengenommen, weiß ich immer noch nicht, warum ich ausgerechnet jetzt, Mitte November, nach tagelangem Ringen mit mir selbst, zum Schluß kam, Gefahr und Gefährdung hin oder her, der Absender, mein Held, wenn man so will, sei ein patentierter Schuft, und das mußte ich ihm zur Kenntnis bringen, auch wenn ich damit seinen Untergang heraufbeschwor, das heißt, gerade dann. Also schrieb ich ihm einen Antwortbrief und sandte ihn ihm per Drahtpost zu, womit ich die mir durch ihn zwangsweise auferlegten Regeln verletzte.

Ehrlich gesagt, war meine Hoffnung gering, ihn durch so einen Schritt erledigen zu können, dafür war es längst zu spät, er war schon in einer zu hohen Position, manchmal erkannte ich seine zynischen Wendungen selbst in den offiziellen Kommuniqués der Bewegung. Ich wollte bloß meine Meinung gesagt haben.

Ich glaubte also nicht daran, ihm schaden zu können, aber ich redete mir ein, daß ich es wenigstens versucht habe, und wenn es dann noch gelingt, ihn töten zu lassen, hätte ich die … Was noch mal? Die Menschheit? Vor ihm gerettet. Die Menschheit, deren größerer Teil Angst hat und der kleinere, aktive Teil Krallenkreuzler-Märsche singt, Taubentrikots anprobiert und taubisch lernt?

Egal, das ist auch schon egal an so einem Wintermorgen.

Es ist vier Uhr durch, ich werde mir langsam einen neuen

Kaffee kochen. Den nächsten werde ich vielleicht nicht mehr alleine trinken. Schade, daß ich aus reiner Vorsicht die E-Mail, die ich ihm geschickt habe, gelöscht habe. Ich schrieb Sachen wie: Wer er auch immer sei, ich hätte nichts mit ihm zu tun, aber ich bäte ihn, in meinem Namen nicht einmal in meiner Fiktion tätig zu werden, er solle mich vergessen und zur Kenntnis nehmen, daß ich von jetzt an keinerlei Identifizierung seinerseits mit meiner Person hinnehmen werde, und der Grund dafür sei, falls er es nicht wissen sollte, sein durchsichtiges und geschmackloses Kokettieren, seine selbstgerechte Rückgratlosigkeit undsoweiter. Ich war wütend, spielte mich auf, nannte ihn einen Vasallen. Ich war lächerlich, und ich blieb lächerlich. Und der Brief kam sofort zurück.)

Date: Mon, 15 Nov 1999 20:33:25

Weißt du, was du bist? Ein zynischer, bescheuerter Kotzbrocken, so was müßte man mit Guano ausstopfen und im Museum der Rassendodoheit ausstellen. Du hast mich vielleicht auf die Palme gebracht, leckmi, kann kaum einen klaren Gedanken fassen. Was soll das heißen, in deinem Namen? Was soll das heißen: dein Name? Bislang war von dir noch nicht die Rede gewesen, aber in letzter Zeit haben wir sehr beunruhigende Gedanken, was dich anbelangt, und diese E-Mail hat dem Faß endgültig den Boden ausgeschlagen! Aber egal, lassen wir den Seelenkram.

Aber wieso hast du mich in so eine Situation gebracht, sag mir das, Herrentierchen, wieso?

Wenn du mich erfunden hast, was immer noch deine fixe Idee ist, warum hast du mich denn als so einen kleinen Wichser erfunden? Und wenn du es nicht warst, dann scher dich aus meinem Weg, wohin du willst, solange du noch kannst! Im übrigen, wenn ich mich recht erinnere, warst nicht du derjenige, der sich im Frühjahr in unserem eigenen Badezimmer hat operieren lassen, und zwar mehrmals, unter ziemlich kleingewerblichen Bedingungen, sondern ich persönlich, wenn ich mich nicht irre. Und was hast du damals gemacht?

Du hattest die Hosen voll, trampeltest auf der Stelle und ergriffst die Flucht, indem du umzogst, aber du konntest dich nicht entscheiden, ob unser Rassengenosse Tubitza nun ein pfuschiger Massenmörder oder ein genialer Genchirurg und Fleischveredeler ist.

Was an sich schon ein ziemliches Problem für dich ist. Aber das ist heute kackegal, zum Glück, diese Sache hat sich seitdem positiv entschieden. Es ist abgeheilt, ich hab's verarbeitet, ich nässe nicht mehr vor mich hin, weder für die noch für andere. Leicht war's nicht.

Und sag mal, Fuckimucki, wer quälte sich in den Flugstunden, und wer mußte die Übergriffe der Exfrau dieses großformatigen Rassenmännchens erleiden, mit denen sie eine Ehe, eine komplette Nestgemeinschaft, wenn du überhaupt noch weißt, was das ist, eine Familie, ein Fundament unterminierte, na, wer?

Und nicht du warst es, der über langen, sich übel entwickelnden Reden darbte, nicht du hast mit schnaufenden Columba palumbi und Livias Safari im Wohnzimmer gespielt, und du mußtest auch nicht das Fell der Gisi mit der

Kamera bürsten, der Gisi, *die du in einem Fiebertraum geträumt hast*, sondern ich, bis ich endlich aus eigener Kraft soweit gekommen bin, wo ich heute bin, zu gemeinsamen Kinderbeckenspielen und, ich spreche es aus, in die unmittelbare Nähe des Zupackens. Und du mit deiner Fremdherzigkeit kannst froh sein, solange ich derjenige bin, der auf dem sehr hohen Posten sitzt und nicht ein anderer.

Ich weiß genau, was dein Problem ist, beziehungsweise das deiner, entschuldige bitte, Chefs. Alles ist ihr Problem, und alles ist wegen alles, das ist wie ein Haufen gespaltenes Holz. Mit denen, die dich an ihren jämmerlichen internationalen Strippen tanzen lassen, rede ich kein Wort, aber ich lasse ihnen ausrichten, daß es leicht ist, sich mit einem fremden Arsch in die Nesseln zu setzen. Und, entschuldige mal, was gibt dir das Recht, mir vorzuwerfen, daß ich sehr wohl lieber »Karriere« mache als nicht, und damit habe ich nur deine pervertierten, geierkapitalistischen Begriffe benutzt, denn das ist für mich keine »Karriere«, sondern die rassenfundamentierte Lebensberufung selbst, die mich gefunden hat wie ein großformatiges blutiges Licht, wenn du dir mit deinem zynischen Hirn so was noch vorstellen kannst.

Ob du's glaubst oder nicht, ich habe monatelang nachgedacht und bin dahintergekommen, daß Cäsar Tubitza sehr wohl ein Auserwählter ist, ein ganz besonderes Phänomen, das seinem Schicksal nicht entgehen kann. Ein Charismatiker, und der Tag ist nah, an dem das Hohngelächter eines jeden Jurisdodo und das Nichternstnehmen auf den Lippen gefrieren wird, du wirst schon sehen. Wenn du's denn siehst!

Nimm zur Kenntnis, daß die Monate, die ich als politischer Mitarbeiter in der Bewegung verbracht habe, nicht spurlos an mir vorübergegangen sind, sondern ich bin durch sie herangereift für die Aufgabe, die sich mich gewählt hat, und ich erfuhr sehr wohl den Drang, come on, come on, to the top, denn, das spürte ich, daß dort mein Platz ist, on the top, leckmi noch mal. Koste es, was es wolle. Das Pakken der Kraft verbindet sich mit der Kraft des Zupackens und fertig.

Und noch etwas, wenn ich schon ausspreche, was mir im Kropf liegt. Ich kotze so was von ab von diesem intellektuellen Gejammere, und ich habe so was von die Tute voll mit dieser Nichteindeutigkeit, und ich werde ab jetzt nichts anderes mehr denken, als was ich aus meiner Lage folgend sagen muß, mehr noch, ich werde genau das denken, und zwar von innen, was ich sage, und bajbaj, ich scheiße auf dich bis zum Ersticken, du tust also besser dran zu kuschen, wenn du nicht willst, daß du vor der Zeit unbändige Besucher erhältst. Dein Glück, daß du keinen Fahrstuhlschacht hast.

Ich hoffe, du weißt, daß dein dreckiger, primitiver Brief an einem seidenen Faden gehangen hat. Du hast alles, aber auch wirklich alles aufs Spiel gesetzt mit dieser Hinterfotzigkeit, unsere gemeinsame Sache, unsere Zukunft. Allein schon wegen dieses Attentats könnte ich dir meine Turnfalken an den Hals schicken.

Oder wenigstens den Gerichtsvollzieher, solltest du noch nicht bemerkt haben, wo du wohnst.

III.

Sechster Dezember, fünf Uhr morgens. Wie das Grau eines zerredeten Mundes zieht langsam, kaum merklich der Morgen herauf. Hier also sind sie, ich habe sie kopiert und in eine Reihenfolge gebracht, sämtliche Sendungen meines Helden. Alles, was er mir im Laufe eines halben Jahres geschickt hat, vierundsiebzig Briefe, wenn ich richtig gezählt habe. Ich habe noch drei Stunden, und der Großteil der Arbeit ist getan.

Gestern abend habe ich, das erste Mal seit unserer »Trennung«, den Computer wieder eingeschaltet; wochenlang wagte ich es nicht, ihn anzufassen, das ist, glaube ich, verständlich. Seltsam, daß er sich auch nicht von selbst einschaltete, dabei rechnete ich damit, manchmal wartete ich regelrecht darauf, daß er krachend über mich herfällt, mit diesem tödlichen, charakteristischen Ton einer hartgefrorenen Trainingshose, wenn man sie übers Knie bricht.

Drei stumme Wochen gingen so vorbei, ich lief in der Wohnung auf und ab, hörte mir die Nachrichten an, schaute fern, ein hypnotisierter Hase im Dunkel vor dem Scheinwerfer. Ich stellte mich hinter den Vorhang und sah stundenlang zum Fenster hinaus. Ich wohne in einer kleinen Straße, ihre Anwesenheit auf dem Dach und auf der Straße ist also etwas ganz Alltägliches, nur wenn die Aktivisten der Turnfalkenfront jemanden zum Abhängenlassen mitnahmen, gab es das eine oder andere kleine Scharmützel, ansonsten herrschte Ruhe.

Am Himmel hingegen gab es regelmäßig Flugversammlungen mit Musik, vorüberziehende Truppen. Fahrplanmäßig regnete es Flugblätter, jeden Tag gab es Feuerwerk, obwohl ein schlecht informierter oder unaufmerksamer Betrachter wohl kaum unterscheiden konnte, ob das schon das ungewöhnlich früh einsetzende Brimborium des Weihnachtsgeschäfts war oder etwas anderes.

Dabei konnte man genug von den Vorbereitungen hören, mal höhnisch, mal begeistert, hysterisch oder sie herunterspielend. Es entstanden Leitartikel und Cabaretwitze, Aushänge und Gegenaushänge. Die palomistische Presse dementierte, gab sich beleidigt und erhob Vorwürfe, berief sich genauso auf die unabhängige Gerichtsbarkeit und die Kraft der Demokratie wie die Gegenseite und machte neben alldem überhaupt kein Geheimnis daraus, daß der fünfte Dezember der Tag des Zupackens sein würde.

Natürlich erschien das in der offiziellen Verlautbarung der Polizei als genau umgrenzte musikalische Demonstration, als die bekannte Nacht des Reinen Weizens.

Wie man hörte, wurden im Haus des Erwachens den ganzen November über permanent Sitzungen und Versammlungen abgehalten, in manchen Nachrichtenaufnahmen des staatlichen Fernsehens tauchte auch mein Konterfei auf, ganz zu schweigen von den Fotoberichten der *Paloma* und des der *Erwachet!* nahestehenden *Hirse-TV*. Ist es ein Wunder, daß ich allmählich jeden Kontakt zur Außenwelt abbrach? Es fiel mir nicht schwer, es ist sowieso ein Mistwetter, seit Montag fällt mit kurzen Unterbrechungen Schneegries, säuselt, kullert hin und her, der Wind trägt ihn überallhin. Als würde ein überquellender Kornspeicher über den Himmel ziehen.

Mein Wohnungsvermittler ist wie vom Erdboden verschluckt, ich rufe ihn jeden Tag oder jeden zweiten an, anfangs hat es noch geklingelt, später nicht einmal mehr das.

In drei Wochen war ich dreimal auf der Straße. Zuerst wollte ich zur rechtzeitig angekündigten »schicksalsentscheidenden« Gegendemo, aber zum Glück entdeckte ich schon in einer der Seitenstraßen mein Portrait auf einem riesigen Transparent, es war mit Kot beschmiert, die Augen waren ausgestochen, so daß ich unauffällig wieder umkehrte. In den Spätabendnachrichten sah ich mir eine Zusammenfassung der Demo an. Man konnte sie als erfolgreich bezeichnen, die Redner sprachen mir aus der Seele, es hatte sich eine beruhigend große Menge versammelt, genauso wie beim zweiten Mal. Auch beim dritten und dem vierten Mal waren noch viele da, aber dann, mangels eines Feindes, verflachte die Demonstration und starb ab, in Frieden, wie sie geboren wurde.

Beim zweiten Mal ging ich eines Nachts in die Hajós-Straße. Das hatte nun wirklich keinen Sinn, aber es hatte sich soviel Spannung in mir angesammelt, die ohnmächtige Wut des Wartens, daß ich förmlich aus meiner Wohnung getrieben wurde. Ich war in einem ziemlich verwirrten Zustand, das ist wahr, trotzdem verstehe ich bin heute nicht, wieso ich ausgerechnet Richtung Hajós-Straße ging.

Vielleicht fiel mir ein, daß jetzt die Gelegenheit sei, der Frage nachzugehen, die mich seit Tagen beschäftigte, ob es das ehemalige Glasschild »Budapester Honvéd Scharfschützenabteilung« wirklich gab. Menschenförmige, mir bis zur Brust reichende Tauben, Greifbullkommandos vexierten durch Budapest, das Parlament lernte fliegen, und ich wollte mich verzweifelt von der Wirklichkeit einer schwarzen Tafel mit goldener Inschrift überzeugen.

Als hinge meine Zukunft davon ab, ob ich neben irgendeinem Tor ein blasses Viereck an der Wand finde, mit vier morschen Löchern anstelle der einstigen Schrauben. Obwohl es nicht ratsam war, verlangsamte ich meinen Schritt, drehte den Kopf vorsichtig nach rechts und links, aber natürlich fand ich nichts. Fast hätte ich die alte Frau mit dem Kinderwagen gefragt, die vor der Fleischerei stand, ob sie sich an so etwas erinnere, aber als sie mich sah, grätschte sie, wie eine Tänzerin, die Beine und fing lächelnd zu urinieren an. Ich ließ die Ärmste in Ruhe, wenn sie so was macht, kommt sie sowieso nicht mehr weit.

Es war spät, es waren nicht viele auf der Straße, ich faßte Mut und spazierte Richtung Freiheitsplatz. An der Stirn des Hauses des Erwachens blinkte die Laseruhr, die Platanen waren voller Aktivisten, unten auf dem Perlkies schlug knisternd der Schneegries auf. Mit hochgestelltem Kragen, von so fern wie möglich, besah ich mir den Kordon. Hinter dem schützenden Absperrgitter standen in gewohnter Weise die Polizisten mit den Maschinenpistolen, bliesen in die Plastikbecher vor ihren Mündern und starrten in den Himmel, in Gottes verschneiten, traurigen Bildschirm. Ich könnte sagen, ich kam, um mich zu verabschieden, wobei ich nicht weiß, warum ich mich ausgerechnet von diesem Freiheitsplatz verabschieden wollte.

Das letzte Mal war ich gestern, das heißt vorgestern, am Samstag, auf der Straße, wenn es auch nur zwei Ecken weiter war. Ich wollte Blumenkohl holen beim Gemüsehändler im Haus, denn seit einer Weile aß ich nur noch Blumenkohl und Matzen, aber das Geschäft hatte überraschenderweise geschlossen, sogar die Rolläden hatte die verwitwete Frau Ernő Knurr heruntergelassen.

Um wenigstens etwas Luft zu schnappen, traute ich mich bis zum Kellermarket vor, obwohl ich noch genug Matzen bis heute früh hatte. Der kleine, wohlriechende Gemischtwarenladen ist fast schon an der Ecke, von dort aus kann man unter Umständen bis zum Heldenplatz sehen. Ich stieg die Treppen nicht hinunter, aber ich stand etwa eine Minute vor dem Eingang und hörte zu, wie sie drüben die Podeste bauten, der Kran brummte und die Skalphunde übten. Es war Mittag.

Warum auch immer, die Gedenktafel entdeckte ich erst auf dem Rückweg, von der anderen Straßenseite aus. Links neben unserem Tor hielten vier kaum stilisierte Krallen eine mächtige Marmortafel mit die Handschrift imitierenden, frisch vergoldeten Buchstaben: *»Es kommt der Tag / wenn Windeseile / stolze Schwingen / trägt zum Heile.« In diesem Haus lebte und arbeitete der Märtyrer Kálmán Balatony (Name der Mutter: Piroska Haisz), Pionier der Gigantopalmologie. Wir vergessen nichts!* Unter der Tafel hingen an drei schwarzen Haken grünblättrige Kränze mit Krallenkreuzen und perlmuttgrünen Schleifen. Der stechende Geruch des Domestos hing noch in der Luft, aber gottseidank, es war keiner mehr von ihnen auf der Straße, und daran, daß sie mich von den Dächern aus, hinter den

Schornsteinen hervor, von den Simsen beobachteten, hatte ich mich längst gewöhnt.

Wie üblich ging ich auch diesmal »in Gedanken versunken«, mit gesenktem Kopf über die Straße, ich traute mich noch nicht einmal langsamer zu gehen, geschweige denn stehenzubleiben, aber aus dem Augenwinkel sah ich alles ganz genau, ich merkte mir sogar die Maserung der grauen Steintafel.

Ich stieg in den vierten Stock hoch, in meine Wohnung, das heißt in die Wohnung Kálmán Balatonys, das heißt, noch genauer, die des braven Scharfschützen, die bald in den Besitz der Palomisten übergehen wird, wenn sie ihnen nicht schon längst gehört. Ich stellte die leere Tasche ab und starrte eine halbe Stunde lang die hastig übermalte Küchentür an, die gräulich geweißten Wände mit den Pinselhaaren. Mein Gott, wie überflüssig, daß ich renoviert habe, das ging mir durch den Kopf, sonst nichts.

Anschließend klopfte ich den Fußboden und die Wände ab, sah in den Rissen der Ecken nach, im Schornstein, aber ich fand nichts, ich hatte auch keine Ahnung, wonach ich suchte. Schließlich kratzte ich hinter der Küchentür einen Fetzen Silberpapier hervor, aber das konnte ebensogut auch ich dorthin geworfen haben. Auch ich esse gerne Balaton-Schnitten.

Am frühen Nachmittag versuche ich, auf den Dachboden zu gehen, aber das Vorhängeschloß an der vollgekritzelten Eisentür war behördlich versiegelt, ich ließ also die Plombe in Ruhe, nicht, daß ich etwas zu verlieren gehabt hätte. Meine Wade fing an, ziemlich weh zu tun, da bemerkte ich, daß ich seit Mittag auf Zehenspitzen ging.

Und heute, das heißt gestern, wurde die Nacht des Reinen Weizens abgehalten.

Ich verfolgte die Ereignisse, wie man so schön sagt, am Fernsehgerät, trotz des Umstandes, daß im Haus seit Mittag ohne jeden Grund oder logische Erklärung der Strom schwankte und mehrmals sogar ganz ausfiel, für eine Minute, eine halbe, manchmal auch nur punktuell, wie ein Stecknadelkopf. Solche hinterhältigen Unterbrechungen schaden ganz besonders den PCs, aber Feuer ist für die Festsplatte auch nicht gerade dienlich, und der Hammer ist auch nicht besser, und überhaupt war mein Computer am Nachmittag noch in tiefes Schweigen versunken. Ob das der Grund war oder nicht, am Nachmittag wurde das Bild leider ziemlich schlecht, verschneit, mit Geistern, und, was am merkwürdigsten war: schwarzweiß.

Daß vom frühen Abend an sämtliche lokale und landesweite Sender die Großversammlung übertrugen, war nicht überraschend, bestenfalls ungewohnt, denn bis jetzt wurden live, mit Berichten vor Ort, maximal Begräbnisse und Hochzeiten im Fernsehen übertragen.

Breiig, nervös brodelte der Dezembernebel über dem Heldenplatz, die vollen Dächer, die überquellenden Fenster knackten. Schwerfälligen, urzeitlichen Löffeln gleich hoben und senkten sich die Körbe der Kranwagen mit daunenbejackten Kameramännern, ihre Kollegen am Boden liefen am Laufband ihrer Ü-Wagen durch die Massen, die Zuschauer durften nichts verpassen, obwohl ich mehrfach das Gefühl hatte, selbstverständlich fälschlicherweise, der einzige Zuschauer zu sein, während alle anderen Teilnehmer dieser festlichen Ereignisse waren.

Sie kamen, die Einsamen und die in Gruppen, es war kein Ende zu sehen, sie kamen aus der kolibrigrauen Mündung der Andrássy-Straße. Größere, vermutlich angekündigte Delegationen wurden mit Knallerbatterien und Platzpatronensalven empfangen, mit Einbruch der Dunkelheit wäre es zu riskant gewesen, mit scharfen Kugeln oder Schrot zu schießen, denn oben am Himmel versammelten sich wie dicke, beseelte Federdecken immer mehr Vögel.

Der Sprecher mit der tiefen, langsamen Stimme berichtete der Menge zwischen den hinlänglich bekannten Parolen über ihre eigene permanente Wandlung, der Veränderung ihrer Zahl und ihrer Zusammensetzung: »Da seid ihr also endlich, ihr Taucher aus Komárom«, »Ein Willkommen den Ungarischen Riesen«, »Es leben die Budapester Hochtrabenden«, »Die Tippler Sturmabteilung ist jetzt bei uns«, tönte er, und manchmal machte er auch praktische Durchsagen, zum Beispiel »Ringeltauben, haltet euch Richtung ehemaliger Zoo!«, beziehungsweise »Grätscheisen und Taktstöcke können an der Ecke Museum entgegengenommen werden«.

Es war gerade ganz dunkel geworden, als es einem gewitzten Kameramann, wahrscheinlich dank seines witzigen Federkostüms, gelang, in den VIP-Aufwärmraum hinter der Estradenbühne vorzudringen. Eine Weile kippelte das Bild geheimnisvoll, dann fiel der Ton aus, dafür konnte ich plötzlich mich selbst erblicken. Ich hätte mich allmählich daran gewöhnen können, trotzdem war es jetzt ein wimmerndes, ekelerregendes Gefühl. Ich lächelte gerade angespannt, der Laptop beleuchtete mein puderblasses Gesicht von unten, wie eine clever gesetzte Theaterlampe. Der nämliche Laptop in der Hundelederhülle. Es gab keinen Zweifel, das war er, mein Held. Er sah für einen langen Augenblick herüber, ich denke bis heute, daß er geradewegs mich ansah, und verzog unwillig den Mund.

Der festgewandete Cäsar Tubitza sprang neben ihm durch die Gegend und boxte, seine Nervosität abzureagieren, in die Niere meines Helden, der die scherzhaften, nichtsdestotrotz recht heftigen Salven mit zum Himmel gerichteten Augen über sich ergehen ließ. Sie warteten auf den großen Auftritt, tranken Red Bull und Greiftee. Adlerboys in Paradeuniform und bestiefelte Kropfmädel wirbelten geschäftig um sie herum, die Faxe knatterten, die Telefone kollerten.

Schütze dich, leckmi, schütze dich, sonst bringe ich dich um, sagte Tubitza, ich konnte jeden seiner Sätze von seinem Schnabel ablesen.

Konzentriere dich lieber auf deine Rede, Chef, sagte mein Held.

Rassengenossen, Federbrüder, Tauben, ratterte Tubitza herunter, schlug aber weiter auf die Niere meines Helden ein. Zu dieser großen Stunde eines großen Tages, links, links, rechts, links, großen Stunde eines großen …

Na! Gewisser Jemand sprang beiseite. Jetzt paß doch auf, leckmi, du zertrümmerst mir noch ’s Handy, und dann steh ich da. Aus einer silbernen Nierentasche zog er das Handy hervor, schaltete es ein, hauchte es an, polierte es.

Jetzt mach mal keinen Haufen, du Tränentier, ich zertrümmere es schon nicht, sagte der goldbeschuhte, weißbemäntelte Anführer. Und wenn doch, bekommst du morgen ein neues von mir, aus massivem Platin, sagte er und versetzte meinem Helden einen Tritt in den Hintern, um sich anschließend mit gespreizten Beinen, tatsächlich wie ein Boxer, auf einen Stuhl fallen zu lassen. Okilidokili oder was, fragte er und schloß folgsam die Augen, damit die beiden kurzschnabeligen Visagisten eine neue Lage fluoreszierenden Federpuders auftragen konnten.

Okilidokili, sagte Gewisser Jemand und sah sich grinsend Cäsar Tubitza an. Mir trat der Schweiß auf die Stirn von diesem Grinsen. Hier wurde plötzlich schwarzes Nylon auf die Kamera geworfen, das Bild verdunkelte sich, und die Bildregie beschloß nach kurzer Ratlosigkeit, die langsame Totale einer Dachkamera einzuspielen.

Da brodelte schon die ganze Stadt, die Bäume des Stadtwäldchens, und als die Kamera langsam herumschwenkte und die Teilnehmer heranzoomte, war es überwältigend zu sehen, wie diszipliniert, ja gebremst diese Masse kulminierte. Mehrere hunderttausend Schnäbel, das heißt Schnabelschützer, bewegten sich rhythmisch und zwanghaft auf dem Heldenplatz auf und ab, und es war selbst den kahlen Nacken anzusehen, wie die strahlenförmige Kaumuskulatur arbeitete. Die eine Hälfte telefonierte, die andere kaute Weizengummi. Es kauten die Reporter und die Sprecher, die Polizisten und die Turulisten, die Vorschüler und die gerade in Marschformation auftretenden rassenschützenden Texan King Jungtauben, soweit man das unter der Skimaske und dem Nike-Schnabelschützer nachprüfen konnte.

Zwar trug jeder Zivile eine Baseballmütze, einen tropfenförmigen Daunenanorak und eine schwarze Sonnenbrille, trotzdem glaube ich nicht, daß ich mich geirrt hätte, als ich auf einmal Lajoska Balatony, den übelriechenden Scharfschützen meiner Träume, vor dem Gebäude der Jugoslawischen Botschaft erblickte. Der schlecht geschnittene schwarze Flügelsack hing schräg über seinem Rücken. Er kaute, wie jeder andere auch, Weizengummi und telefonierte. Mit seiner schwarz beflaumten Bärenhand drückte er ungeschickt am winzigen Gerät herum, die Kamera entfernte sich schnell, aber ich sah seinen Rücken von weitem, sah, wie er mit jemandem ein paar Worte wechselte, eifrig nickte, die Hacken zusammenschlug, um sich anschließend in seinem typischen Entengang in die Masse zu werfen, Lajoska Balatony, wenn er es denn wirklich war.

Der Wintermorgen ist wie ein langsamer Hirntod, schreiben kann man vielleicht noch, aber sich konzentrieren ist unmöglich. Für Details bin ich endgültig zu müde. Überhaupt, obwohl ich es nicht »hoffe«, muß ich mit einigem Zynismus leider voraussetzen, daß mein zukünftiger Leser mehr von diesen Rassenversammlungen gesehen hat und sehen wird als ich und genau weiß, was ich damit andeuten will, wenn ich sage, daß das, was ich da sah, grauenerregend und imposant zugleich war.

Ich kann nicht leugnen, daß mich selbst so, über den Bildschirm, jene Masseneuphorie packte, die nur noch ein Haar vom Entsetzen trennt. Sie gruselten mich, und ich wünschte mir, unter ihnen zu sein, und irgendwas sagte mir, ich brauche mich nicht zu fürchten, denn auch eine gefürchtete Menge ist eine Menge, die einen umfängt und schützt, wenn sonst nicht, dann wenigstens vor der Kälte des Alls. Dieser paradoxe, plötzliche Mut wird der Grund dafür gewesen sein, daß ich meiner Neugier nachgab und das erste

Mal seit drei Wochen den Rechner einschaltete. Die Aufregung war auf mich übergegangen, ich bereitete mich vor, wenn ich auch nicht wußte, worauf. Es mag sechs Uhr gewesen sein, maximal Viertel nach.

Während ich, tief durchatmend, prüfte, ob ich Post bekommen hatte, sah ich aus dem Augenwinkel, wie die Figur mit dem schwarzen Flügelsack vor der Kunsthalle von einem Ordner, der Armbinde nach zu urteilen einem Riesenkröpfler, aufgehalten wurde. Lajoska Balatony starrte ihn unverständig an, schob dann das lächerliche Hindernis beiseite und wollte weiterrennen, aber der Adlerboy ließ sich nicht abschütteln. Jemand muß meinem Scharfschützen eingebleut haben, keinen Skandal zu veranstalten, denn er wurde geradezu freundlich und zeigte geduldig, aber ausdauernd Richtung Bühne. Schließlich wurde der besorgte Stabskröpfler des Hin und Hers müde, winkte resigniert ab, drückte ein Fliegt-auf-Transparent in die herumfuchtelnde Bärentatze und machte sich mit einem *Was lange gärt wird schließlich Wut*-Spruchband über dem Kopf Richtung brennende Eishalle davon.

Ich hatte keine Nachrichten.

Unter dem stöbernden, after-shave-farbigen Himmel wallten zu Hunderten die grünblättrigen Krallenkreuz-Fahnen, um es mit den Worten eines unsterblichen Starreporters zu sagen: »Unaufhaltsam wuchs das friedlich rumorende Stimmengewirr.« Dutzende Postorchester spielten im Himmel wie auf der Erde, ein Budapester Riesenwalzer folgte auf den anderen. Eiscremebomben wurden hochgeschossen, die Girrtaubengala auf der nestförmigen, aus Neonröhren, Stroh und Biobeton gebauten Bühne kam zu ihrem Finale. Es herrschte eine frenetische Stimmung, mitreißend wie die Angst.

Zwei Fernsehreporter, uns allen gut bekannt von ehemaligen Maidemonstrationen, kommentierten von der ersten Minute an mit hingerissenen, rollenden Stimmen. In ihren Daunenjacken tauchten sie mal hier, mal dort auf, ihr rundes Gesicht strahlte cremig, und in ihren Augen stand jenes einstige, züngelnde Lodern der ewigen und unverbrüchlichen Loyalität. Der eine teilte vertraulich, quasi ans Ohr des werten Zuschauers gebeugt mit, daß nach der Festrede zu den Klängen der Palomistischen Hymne, des allseits beliebten *Mimimi*, tausend weiße Vorschüler in den Himmel geschossen werden, ihre kleinen Käfige stehen schon von glücklichen Eltern umringt am Grab des Unbekannten Soldaten aufgereiht.

Vor dem Mikrophon des anderen Reporters erklärte gerade ein bebrillter, frisch am Schnabel operierter junger Mann befangen, daß das Kollern, das Buliken sowie die Lautgruppe, die mit tutturu und rukuku-kuku zu umschreiben wäre, der menschlichen Kehle überhaupt nicht fremd sei, und er bemühte sich, das auch durch Beispiele zu belegen. Im Knopfloch trug er ein leuchtendes Krallenkreuzabzeichen.

Ab und an wurde der speichelnde Phonologe von einer eine Tellermütze tragenden Felstaube verbessert, die dicht neben ihm stand. Sag's noch einmal, Brüderchen, murmelte er lächelnd, mit stechendem Blick, sag's noch mal brav von vorne: »Wir waren, sind, werden hier: die raumgreifende Kraft!« Der Patient bemühte sich, tirilierte, hustete, aber bald hatte er sich vollkommen verheddert, woraufhin ihm der Logopädenhauptmann plötzlich mit seinem Plexiflügelschutz auf den Rücken schlug. Kutz, kutz, sagte er, Lump bleibt Lump beziehungsweise, der Wolf stirbt in seiner Haut. Und er winkte dem Kameramann, finito, seht zu, daß ihr weiterkommt, leckmi, hier gibt's nämlich bald, um es mit dem Dichter zu sagen, ein Bad in der Donau, und die Kamera machte sich sofort davon, im Abzug verbeugte sie sich geschwind, bedankte sich für die Gelegenheit, die wertvollen Gedanken.

Ich male es hier aus, liefere Details wie ein Karnevalskommentator oder als würde ich einen Schulaufsatz über »mein schönstes Ferienerlebnis« schreiben. Anstatt das, was ich in etwas mehr als einer Dreiviertelstunde wie auch immer aus der Hand geben werde, noch einmal durchzulesen. Leider ist es so, daß die Zeit für die Ausmalarbeiten reicht, für das Nochmallesen nicht. Der einstige Redakteur dieses Skriptkonvoluts wird wahrscheinlich tausend Fragen haben, die ich dann nicht mehr werde beantworten können. Es ist ein unbequemes Gefühl, aber was unklar oder im Gegenteil überbordend und zuviel erklärt ist, wird nunmehr so bleiben müssen, ich kann höchstens noch hoffen, daß das Überflüssige sich, wie der Kaffeesatz, nach einer Weile auf dem Grund sammeln wird.

Es ist hell geworden, mir ist schlecht vom ganzen Kaffee und vor Müdigkeit. Es ist der Nikolaus-Morgen, ich könnte für Gewissen Jemanden ruhig meine Stiefel ins Fenster stellen. Meine Schnürstiefel. Ob er wohl soviel Verstand hat, die Anspielung zu verstehen? Ob ich genug Mumm hätte, Anspielungen zu machen, ist eine andere Frage. Wenn ich mich doch nicht einmal traue, den Hörer abzunehmen, um zu sehen, ob das Telefon seit dem Stromausfall gestern wieder geht! Wenn nicht, war's das mit meinem Plan, das heißt: mit diesem Buch. Normalerweise geht es nach einer Weile wieder, ich kann also hoffen.

Als könnten Müllwagen fliegen, entsteht vor der Kunsthalle ein großer Radau, ich kann durch das obere Drittel des Fensters sehen, wie drei Federschredder Richtung Schützenplatz ziehen. Wie es aussieht, hat man mit der Säuberung begonnen. Der eiserne Besen des Palomismus, wie es Tubitza, der Ärmste, formuliert hatte. Zugegeben, hinter einer Masse von solchen Ausmaßen gibt es einiges zu fegen.

Gestern gegen sieben mußten es schon mehr als eine Million sein, der Luftraum füllte sich langsam, jener große, weiche Sack, jener Feder- und Blutkessel, den man ab heute mit noch mehr Grund und mehreren Betonungen den Platz der Helden nennt.

Die Masse wogte scheinbar unkontrollierbar, aber von Unordnung oder gar Kopflosigkeit war nichts zu sehen. Kein Wunder, schließlich war alles voll mit professionellen und immer zahlreicher werdenden freiwilligen Ordnern. Wenn jeder zum Ordner wird, wird es keine Unordnung mehr geben, schrieb die *Paloma* vor anderthalb Wochen. Vor dem Museum der Schönen Künste verteilten die Jungturnfalken Fußboxer und Tapferkeitsringe, die man auf die Baseballschläger ziehen konnte. Die Schlange war lang, dabei mußten sich die, die mit Blut belegen konnten, daß sie ihren eigenen Schläger in der Massenarbeit zerbrochen hatten und das dritte, vierte Mal zurückkehrten, nicht einmal anstellen.

Ich weiß auch jetzt nicht, ob es ein Fehler in der Übertragung war oder ob es an meinem Fernseher lag, aber gegen Viertel acht gab es eine neuerliche Störung, erst fiel der Ton immer wieder aus, dann blieb er ganz weg. Eine Weile merkte ich es gar nicht, da alles durch das Fenster zu hören war, die Stadt war quasi laut gestellt, sie rumorte wie das Meer, ich wohne sowieso nicht weit vom Platz entfernt, ich mußte nicht befürchten, irgend etwas zu verpassen. Trotzdem stand ich bald auf und trat schwindelnd, meinen steifen Nacken massierend ans Fenster, und, entgegen meiner Gewohnheit, öffnete ich es.

Ich hatte mich gerade wieder vor den Bildschirm gesetzt, als ein höllischer Trommelwirbel einsetzte, die Laserkanonen malten fußballfeldgroße, dreidimensionale Krallenkreuze in den Himmel, und einige Sekunden später erschien auf dem stummen Bildschirm, umgeben von Adlerboys, Cäsar Tubitza, Rassenführender Präsident der Lebenspalomistischen Bewegung höchstpersönlich. Er kam wie ein Boxer, ihm auf dem Fuße folgte, mit etwas respektvollem Abstand, mein massiger und ziemlich klobig scheinender Held, mit Henrietta Kis an seiner Seite, die eine rosa Tellermütze trug. Die straußgroße Rassenpräsidentenfrau mit dem krummen Rücken schwankte leicht wegen der Aufregung, die sie vorher zu sich genommen hatte. Ganz hinten, in der Deckung, flitzte eine schwarze Sonnenbrille vorbei.

Als würde der Himmel herunterfallen angesichts der einziehenden Triade, brachen eine Million rote Kehlen in ein stürmisches Rukkukukk aus. Der Lüster über meinem Kopf, das Glas in Onkel Kálmánkas schäbigen Fensterrahmen erzitterte. Eine Stimme wie Blitz und Donner, sie bäumte sich auf und stürzte nieder, kulminierte und schnürte mir den Magen zu, wenn ich mehr Gutes über mich auch nicht sagen kann: den Magen eines mittelbaren Zeugen.

Wenn mein ehemaliger Nachbar ihn mit seinem zum Gruß geschwungenen und lange gehaltenen Flügel nicht abgewunken hätte, von alleine wäre er nie erstorben, so ein Ton war das. Doch der Rassenführergeste folgend verstummte der Platz, für einen Moment war es sogar so still geworden, daß man hören konnte, wie der Nebel, dieser Pitbull der Lüfte, durch mein Fenster hereinglitt.

In diesem Moment, der nicht länger dauerte, als man braucht, um einen Schnabel zu öffnen, passierte der Putsch.

Erst wurde ich auf ein stummes und entschlossenes Geschubse aufmerksam, anschließend auf weiße Lichtblitze, als würde eine Sonnenbrille explodieren. Vielleicht war der watschelnde Schatten zu sehen, vielleicht nicht, aber zwei schwarz beflaumte Büffelhände umarmten von hinten den Rassenführenden Präsidenten samt seines geöffneten Schnabels und rissen ihn wie eine Federboa, mit einer einzigen beherzten Bewegung, nicht einmal grob, vom Redepult. All das geschah schneller als ein Gedanke, Cäsar Tubitza verschwand unter seinem eigenen triumphierenden Atemzug von der Bühne des Palomismus wie ein vorbeisausendes Stück Guano.

Der vorherige Redner hatte seine Seele in der sirrenden Stahlschlaufe vielleicht noch gar nicht ausgehaucht, als mein Held, als wollte er nur retten, was es zu retten gab, zum leeren Mikrophon sprang, sich streckte und seine beflügelte Faust zum wohlbekannten Palomistengruß erhob. Unter dem tarnfarbenen Kittel blitzten ein weißer Anzug und ein goldenes Hemd hervor.

Ein herabsausender Tsunami könnte nicht lauter zusammenbrechen, ich hörte es in meinen Adern, den Knochen, wie die Masse erneut auffuhr, und in noch lauteres, wenn auch unorganisierteres Gebrüll und wahnwitziges Geschmetter ausbrach. Wieder knallten zu Hunderten die Knallerbatterien, pufften und rotierten die Granatenkränze, eine unbeschreibliche Kakophonie erhob sich, und auf dem Podest stand, wie im Auge des Taifuns, mein Held, hochmütig, einsam.

Nun sahen wir uns nurmehr soweit ähnlich wie das Innere und das Äußere eines Gesichts; aus meinem geöffneten, weichen Mund liefen Speichel und Tränen, in seinem Gesicht blitzte ein bronzehartes, kantiges Lächeln. Über die einzige funktionierende Kamera, die ihn durch den stummen Monitor aus unmittelbarer Nähe zeigte, starrte er geradewegs mich an, schob seinen Platinschnabelschützer beiseite und formte die einfachen, leichten Worte: *Wir werden dich ausstopfen, Herrentierchen!* Er artikulierte sorgfältig, er zweifelte nicht, daß ich ihn sah und ablesen konnte, was er sagte.

In diesem Moment, ich sah es aus dem Augenwinkel, stürzte mein Computer ab.

Ich wollte gerade den Knopf drücken, um ihn neu zu starten, als beide Bildschirme, des Fernsehers und des Computers, sich verdunkelten, das Elektrosystem der Wohnung schloß mit einem leisen Knacken die Flügel, und die Nacht mit ihrem schwülen, schwitzigen Federgeruch breitete sich über mich aus. Plötzlich wurde es sehr kalt. Ich umklammerte die Maus in der Finsternis.

An verschiedenen Punkten der Stadt hob ein stürmisches

Feuerwerk an, Aero-Mercedese und -Mitsubishi-Pajeros hupten, die Sirenen der Rettungswagen und der Feuerwehrautos tönten, und, was doch ziemlich ungewöhnlich war, innerhalb von Minuten bevölkerte sich der Himmel. In meinem Fensterrahmen, aus dem man unter normalen Umständen Häuserdächer und ein Stück von den fernen Bergen sehen kann, wirbelten nun seltsame, glucksende Lichter.

Eigenhändig gebastelte Luftfahrzeuge, Girrkopter, bunte Etwasse purzelten und stoben durch die Gegend, ihre Passagiere entkorkten eine Sektflasche nach der anderen, die Korken knallten und pfiffen ins Nichts, zentnerschwerer Schaum ergoß sich nach unten, tote Kellner und leere Flaschen zerschellten auf dem Gehsteig. Und so ging es die ganze Nacht lang.

Als der Strom wiederkehrte, war der Livebericht im Fernsehen zu Ende. Auf dem Bildschirm, der wieder Farbe hatte, war ein schwerer, grüner Vorhang zu sehen, und ein leerer Armsessel wartete auf jemanden. Klassische Musik spielte, erfüllte das Zimmer, die Stadt, meine trockene Seele. Nichtsdestotrotz hätte ich die Großorchesterversion des *Mimimi* kaum erkannt, und während ich den ungeduldigen Computer neu startete, mußte ich daran denken, daß es für mich wohl vorbei ist mit diesem Lied, denn, wenn ich den ehemaligen Text bis heute nicht gelernt habe, werde ich ihn wohl auch nicht lernen können.

Date: Sun, 5 Dec 1999 19:14:56

Festplatte sperren, bis anderslautende Order! Prüfe es 08:00 Uhr nach.

Nur der Ordnung halber: Das war die letzte E-Mail des Gewissen Jemanden, nun ist das Bild vollständig, wenn auch nicht lückenlos. Ich kann ruhig den Kaffee aufsetzen. Bestimmt habe ich einige wichtige Umstände vergessen, aber um alles aus allen Richtungen zu durchdenken, bedürfte es mehr Zeit. Den Fernseher habe ich übrigens die ganze Nacht laufen lassen, aber es passierte nichts, es war nur der grüne Vorhang mit dem Krallenkreuz zu sehen. Menschengroß, wenn das noch etwas bedeutet.

Und natürlich zeigten sie unerschütterlich den leeren Armsessel, und ich hatte keine Zweifel darüber, wer darin Platz nehmen würde. Und pausenlos die Musik, das *Mimimi* für Chor und instrumental, dann Tschaikowsky, Beethoven, Wagner und wieder von vorn, wie das in der gebildeten Welt eben üblich ist, bis Sendeschluß.

Es sind ungefähr zwölf Stunden vergangen, ich habe nach acht Uhr abends angefangen zu schreiben, beziehungsweise dieses Konvolut zusammenzustellen. Es ist voluminöser geraten, als ich es gestern noch vermutet hätte. Es ist wohl besser, wenn ich es in drei Teile teile und so an meine kurze Nachricht anhänge.

Vorhin habe ich mich überwunden und habe den Hörer abgenommen, um zu prüfen, ob das Telefon funktioniert. Es funktioniert. Ich könnte jemanden anrufen. Ich könnte fliehen. Wenn ich es geschickt anstelle, komme ich bis zum

Zeitungskiosk, bis zu meinem goldbehemdeten Abbild auf der Titelseite der Tageszeitungen. Wohin könnte ich auch gehen, außer zu ihm, der sowieso kommen wird, um mich zu holen?

Ich sitze vor dem Bildschirm, mein Koffer ist gepackt. Alles, was man so braucht im Gefängnis, im Spital. Alles, was man braucht. Der Kaffee läuft durch. Wenn ich den Schlußpunkt gesetzt habe, drücke ich ein paar Knöpfe, dann ist es fertig. Danach bleiben mir noch zehn Minuten, um alle Spuren dieser Nacht von der Festplatte zu tilgen. Meine Spuren. Und dann werde ich dasitzen, zur beschlagenen Fensterscheibe schauen und darauf warten, daß sein großer, schwankender Schatten dort erscheint.